RALF LEHMANN

Das Buch des Schwarzen Prinzen 3

Buch

Fernd, der Erbe des Alten Niemand, ist getreu dem Wunsch seines Großvaters ins Scheidegebirge aufgebrochen, um dort nach dem Verbleib des Erfts zu forschen – jenes magischen Kristalls, der dem Treiben des Schwarzen Prinzen Einhalt gebieten könnte. Unterwegs trifft er auf viele wundersame Gestalten, die ihm bei seiner Suche helfen. Doch nicht alle meinen es gut mit Fernd: Der Schwarze Prinz hat ihm die Gifalken hinterhergeschickt, unheimliche Wandler, die sich ihm in Freundesgestalt nähern – mit dem Ziel, ihn ins Verbotene Land zu entführen. Fernd entkommt mit knapper Not, und die Geister des Rulawaldes helfen ihm dabei, doch die Gifalken bleiben ihm auf den Fersen. Schließlich schickt ihm der Silbergreis seinen eigenen Schatten entgegen, der ihm den Ausweg aus der Falle der Gifalken weist. So gelangt Fernd zur Ostmauer, wo er vom Silbergreis wichtige Informationen über die Lande, die Erften und den Schwarzen Prinzen erhält. Ausgerüstet mit dem Roten Erft, erreicht Fernd endlich den Waldbühl, wo er Reika und seinen Bruder Hatib wieder trifft. Der Augenblick der Entscheidung über die Zukunft der Lande ist gekommen …

Autor

Ralf Lehmann, Jahrgang 1973, ist auf der Schwäbischen Alb aufgewachsen. Geprägt vom rauen Mittelgebirge, beschäftigte er sich schon als Kind mit den Sagen seiner Heimat. Später schärften ausgedehnte Reisen in die schottischen Highlands, aber auch in die Wüsten Innerasiens seinen Blick für Landschaften und Menschen. Nach dem Studium der Geographie, Romanistik und Germanistik in Tübingen kehrte er in seine Heimatstadt Heidenheim zurück, wo er seitdem als Lehrer arbeitet.

Bereits erschienen:

Das Buch des Schwarzen Prinzen:
1. Die Legende von Araukarien (24285)
2. Die Melodie der Masken (24306)
3. Das Kristallhaus (24343)

Ralf Lehmann

Das Kristallhaus

Das Buch des Schwarzen Prinzen 3

Roman

BLANVALET

Umwelthinweis:
Alle bedruckten Materialien dieses Taschenbuches
sind chlorfrei und umweltschonend.

Der Blanvalet Verlag ist ein Unternehmen
der Verlagsgruppe Random House.

1. Auflage
Originalausgabe 6/2005

Umschlaggestaltung: Design Team München
Umschlagillustration: Agt. Luserke/Bondar
Satz: deutsch-türkischer fotosatz, Berlin
Druck: GGP Media GmbH, Pößneck
Titelnummer: 24343
Redaktion: Andreas Heckmann
V. B. · Herstellung: Heidrun Nawrot
Printed in Germany
ISBN 3-442-24343-2
www.blanvalet-verlag.de

1

Im Holzland

»Diese Sage passt zum heutigen Tag«, sagte Erouan hart.
»Seit die Schattenmänner da sind, ist eine
düstere Zeit für uns angebrochen.
Das habe ich in dem Moment verstanden,
als ich den Jungen sah.«

Das Holzland ist ein Teil Araukariens und dem Alten Reich als einzige Provinz bis zum Untergang treu geblieben. Die Holzländer, wie sie sich selber nennen, haben dem Born gern Tribut gezahlt – in der Gewissheit, dass er sie dann meist in Ruhe lässt. Deswegen hat diese Gegend immer eine ziemliche Eigenständigkeit bewahrt.

Die Holzländer behaupten von sich, das älteste Volk der Welt zu sein, denn der Überlieferung nach stand in ihrer Heimat der Ahnbaum – hoch wie ein Berg und ebenso ausladend. Wenn seine Früchte zu Boden fielen, zerbrachen sie, und alle Arten von Lebewesen krochen daraus hervor. So wurde das erste Leben erschaffen, und die Lande bevölkerten sich.

Dann verdorrte der Baum und brach zu einem großen, modrigen Hügel zusammen, dem heutigen Holzland. Die kleinwüchsigen Bewohner wissen mit wenig Aufwand Nutzen aus dem fruchtbaren Boden zu ziehen. Außerdem beherrschen sie eine weitere Kunst: Tief unter der Erde fördern sie das versteinerte Harz des Ahnbaums zutage, das sie als Tränenstein bezeichnen – weil sie vermuten, dass der Vater allen Lebens viel Kummer mit seinen Abkömmlingen gehabt hat.

Sie stellen daraus großartige Kunstwerke her, die in der ganzen Welt Beachtung finden: durchsichtige Figuren oder Kugeln und Quader, die von innen heraus in honigfarbenem Licht schillern. Sie handeln damit und tauschen Lebensmittel aus fernen Ländern ein. Kaum ein Volk ist so naschhaft wie die Holzländer.

Wie durch ein Wunder war Fernd seinem Angreifer vor dem Waldbühl entkommen – im Gegensatz zu Bolgan, der überwältigt worden war – und marschierte jetzt die Oststraße entlang. Die war nicht viel mehr als ein gewundener Trampelpfad, doch schon die Heere des alten Khor waren hier gezogen, um ihre Heimat zu verteidigen. Er war auf sich allein gestellt, und die Wölfe suchten ihn. Vermutlich hatten sie seine Spur wieder gefunden und holten rasch auf.

›Und hier gibt es nirgendwo Deckung‹, dachte Fernd. Immer noch schwebten die Ereignisse in Araukaria wirr und ungeordnet in seinem Kopf herum. Und der Gedanke an Reika. Mit aller Kraft versuchte er, ihr Bild von sich fern zu halten, aber dann sah er sie doch, bleich, müde und so traurig, dass er fast den Verstand verlor. Manchmal, wenn das Gefühl der Verlassenheit zu groß wurde, warf er sich hin, krallte die Hände in den Boden und presste das Gesicht in die Erde. Von dort ging etwas aus, das ihm Kraft gab – vielleicht der Gedanke, dass Reika auf demselben Boden stand. Sein Bruder Hatib fand die Kraft zum Weitergehen immer in sich selbst, Fernd dagegen musste sie aus den Erinnerungen an sein Mädchen schöpfen.

War das Freiheit? Hatib hatte einmal gesagt, beim Marschieren durch die Lande werde man leicht und lasse den Körper hinter sich; dann erhebe man sich in die Lüfte und segle einfach mit dem Wind davon – zu den Meeren, wo alles sein Ende finde. Auch Fernd spürte, dass er nur die Schwingen seiner Fantasie ausbreiten musste, doch dieses Gefühl machte ihm Angst.

›Ich will gar nicht frei sein‹, dachte er. ›Frei ist man nur, wenn man allein ist.‹

Entferntes Wiehern ließ ihn aufhorchen, und Fernd wandte sich um. Auf einer Anhöhe, etwa eine Meile hinter ihm, hatte ein Reitertrupp Halt gemacht. Kaum sah er ihn, lief er panisch los. ›Sie werden mich finden‹, hämmerte es in seinem Kopf. ›Sie werden mich finden und töten.‹

Doch so weit war es noch nicht, denn er stolperte geradewegs in ein Dorf der Holzländer hinein. Ihre Häuser sind so klein wie für Kinder, haben aber eine große hölzerne Veranda. Gut zwanzig dieser Häuser zogen sich den Weg entlang, und sogar ein gusseiserner Ziehbrunnen war da, aus dem ein Holzländer gerade Wasser schöpfte. Fernd lief geistesgegenwärtig hin und fasste ihn an der Schulter.

»Ich suche eine Unterkunft«, keuchte er. »Guten Tag.«

Der Mann schaute verwundert zu ihm hoch. Er hatte ein etwas verkniffenes Gesicht mit leicht nach unten gezogenen Mundwinkeln, die an den grimmig-gutmütigen Ausdruck einer Bulldogge erinnerten. Winzig kleine Äuglein musterten Fernd prüfend. Am Kinn wucherte dem Holzländer ein Bart, der Ähnlichkeit mit einem ausgedünnten Rossschweif hatte.

»Ein Menschenkind, das Unterkunft bei einem Holzländer fordert?«, krächzte er. »Hat man so was schon gehört? Bist du etwa auf der Flucht?«

»Nein – ja«, gab Fernd zu. Die Reiter mussten jeden Moment über den Hügel kommen. »Könnt Ihr mich verstecken?«

Der Holzländer schien zu überlegen, aber dann hellte sich sein Gesicht auf. »Fliehst du etwa vor den Schattenmännern? Dann bist du wahrlich in Gefahr! Schnell herein.«

›Er nennt sie Schattenmänner …‹

Fernd nahm seinen Rucksack ab und schlüpfte ins Holzhaus. Im spärlich erleuchteten Wohnzimmer stand eine kleine Frau mit ergrautem Haar und seltsam zerknittertem Gesicht. Als sie Fernd sah, schlug sie überrascht die Hände überm Kopf zusammen und rief: »Was ist denn das?«

»Ein Menschenkind«, rief der Mann hinter Fernds Rücken. »Das siehst du doch.«

»Aber was hat er hier zu suchen?«

»Er ist auf der Flucht vor den Schattenmännern und hat um Obdach gebeten.«

»Wenn er uns nur nicht die Haare vom Kopf frisst! So ein großer Junge!« Neugierig schaute sie an ihm empor. »Wie heißt du denn?«

»Fernd.«

»Nun lass den Jungen doch endlich durch«, rief ihr Mann von hinten. »Eben sehe ich die Schattenmänner über den Hügel kommen. Die wundern sich, wo du abgeblieben bist.«

»Schnell weiter in die Speisekammer, Junge.« Die Frau nahm seine Hand und zog ihn weiter.

›Speisekammer ist gut‹, dachte Fernd, dem der Magen knurrte. Unbeholfen versuchte er Schritt zu halten. Schließlich öffnete die Frau eine Tür. »Da hinein.« Er stolperte in die dunkle Kammer, aus der ihm ein würziger Geruch entgegenkam. »Und mucksmäuschenstill!« Dann saß er im Dunkeln.

›Ob das die richtige Entscheidung war?‹ Was wäre, wenn die beiden wunderlichen Alten ihn verrieten?

Draußen hörte er Stimmen, deren Klang ihm Angst einjagte. Doch der Holzländer schien die Schattenmänner, wie er sie nannte, am Hauseingang aufgehalten zu haben. Endlich verstummten sie – seine Verfolger schienen gegangen zu sein. Wenige Minuten später kam der Holzländer zurück, und seinem Gesichtsausdruck nach war die Gefahr vorüber.

»Komm heraus, mein Junge«, sagte er. »Die Schattenmänner meinten dich vorhin auf der Oststraße gesehen zu haben, aber zum Glück« – er verzog das Gesicht zu einem Lächeln – »zum Glück warst du zu weit weg. Sie waren sich nicht sicher.«

»Und da haben sie einfach kehrtgemacht?«

»Nicht ganz.« Sein Lächeln verschwand. »Sie waren schon drauf und dran, hier einzudringen. Aber in meine Höhle kommt man nur auf Einladung.«

»Und das hat gewirkt?«

Der Holzländer schien um einige Zentimeter zu wachsen. »Natürlich! Oder hätten sie sich deinetwegen mit dem ganzen Dorf anlegen sollen? Dazu waren sie zu wenige. Man muss sie nur richtig behandeln, dann sind sie einigermaßen höflich.«

»Höflich«, murmelte Fernd verwirrt. »Seit wann kennt Ihr sie denn?«

»Seit einer Woche.« Sein Gegenüber kehrte unbeirrt wieder zum Thema Höflichkeit zurück. »Bis jetzt ist noch jeder Herrscher mit dem Volk der Holzländer gut ausgekommen – solange er uns anständig behandelt hat.« Er blinzelte. »Deswegen sind wir noch nie vertrieben worden! Weil sich unser Volk mit den jeweiligen Herren gut verstanden hat. Überhaupt sind wir das älteste Volk der Welt. Stand hier nicht der Ahnbaum, in dessen Reste unsere Höhlen gegraben sind? Ich sage dir, es ist immer besser, sich in Ruhe beherrschen zu lassen, denn letzten Endes …«

»Schwatz nicht so viel, Ono«, fiel seine Frau ihm ins Wort. »Siehst du nicht, dass der arme Junge hungrig und müde ist? Nun setz dich erst mal, Ferns oder wie du heißt, und iss etwas. Und dann wäschst du dich, verstanden? Das täte dir übrigens auch mal wieder gut, Alter.« Sprach's und marschierte in die Speisekammer.

An den Wänden der Wohnstube hingen Haushaltsgeräte aller Art, dazwischen kleine Kugeln und andere Schnitzereien aus Tränenstein. Fernd wusste, dass reiche Araukarier ein Vermögen gezahlt hatten, um an solche Gegenstände zu kommen. Es hieß, sie hätten magische Kräfte, weil sie aus den Tiefen der Erde stammten. Kein Wunder, dass die Holzländer nicht jeden hereinließen.

»So.« Die Frau kam zurück und stellte Brot, Butter, Käse und schwarzen Schinken auf den Tisch, dass Fernd das Wasser im Munde zusammenlief. Dann setzten sie sich zum Abendessen.

»Zur Sache, Fernd«, sagte Ono und füllte seinen Krug mit etwas, das nach Apfel roch. »Was hast du denn ausgefressen, dass die Schattenmänner hinter dir her sind?«

»Eigentlich nichts. Sie verfolgen mich, seit sie Araukaria verbrannt und ausgeplündert haben.«

Asis fiel das Stück Brot aus der Hand, das sie gerade in den Mund stecken wollte. »Verbrannt, sagst du?«

»Wisst ihr das denn nicht?« Und umständlich, wie es seine Art war, begann Fernd zu erzählen – vom Untergang der Stadt und vom Tod des Alten Niemand. Und von Hatib und Bolgan.

»Dann haben sie uns belogen«, sagte Ono schließlich fassungslos. »Die Schattenmänner haben vor fünf Tagen bei uns angeklopft und gesagt, es habe einen Aufstand in Araukaria gegeben. Ein neuer Herrscher wohne jetzt im Bornspalast, aber er sei freundlich und gütig – wie sein Vorgänger Olean. Der hat uns ja nie Kummer bereitet. Und es gebe Arbeit für uns, sagten sie. Man suche junge Holzländer, die nach Araukaria kommen und bei einem großen Bau helfen – wir sind geschickte Leute, weißt du.« Er rieb mit dem Zeigefinger an seiner Nase. »Und dann sucht der neue Herrscher auch noch den begabtesten Steinschleifer im ganzen Land. Vor einem halben Jahr ist bei uns das bisher größte Stück Tränenstein gefunden worden – groß wie ein Kinderkopf und so rein, dass man hindurchsehen kann. Jetzt sollen wir daraus eine Fassung für einen sehr wertvollen Edelstein machen.«

Fernd kratzte sich am Kopf. »Das verstehe ich nicht.«

»Ich habe die Schattenmänner ja von Anfang an nicht gemocht«, sagte Asis empört. »Aber dass sie eine Stadt anzünden und ihre Bewohner gefangen nehmen, hätte ich ihnen nicht zugetraut. Nein, so was darf man nicht machen.« Sie schüttelte den Kopf. »Am besten bleibst du jetzt eine Weile in unserem Dorf – und tust so, als wärst du unser lieber Sohn.«

»Habt ihr denn keine Kinder?«

»Nein«, sagte Asis traurig. »Wir leben allein.«

Fernd überlegte. Ihm graute vor den Schattenmännern. Das nächste Mal würde er vielleicht nicht so viel Glück haben.

»Aber mein Großvater, der Alte Niemand, hat mir aufgetragen, ins Scheidegebirge zu gehen und nach dem Kristallhaus zu suchen. Dort gibt es eine Sage über einen Edelstein namens Erft. Mit seiner Hilfe kann man den Schwarzen Prinzen besiegen.«

»Ich weiß nicht.« Asis schüttelte den Kopf. »Viel Rücksicht hat dein Großvater nicht auf dich genommen. Ins Scheidegebirge würden mich keine zehn Pferde …«

»Was würdest du denn tun, wenn man dir dein Dach überm Kopf einreißen würde?«, unterbrach Ono sie barsch.

»Du hast ja Recht«, lenkte Asis ein. »Hast du eigentlich schon ein Mädchen, Fernd?«

Der senkte den Kopf. »Ja«, murmelte er rau. »Aber ich weiß nicht, wo sie ist.«

Stille trat ein. Ono warf seiner Frau einen vorwurfsvollen Blick zu. ›Trampeltier. Sieh doch, was du angerichtet hast‹, schien er zu denken. Dann schenkte er dem Jungen nach. »Trink noch was.«

»Was ist das eigentlich?« Fernd war froh, auf andere Gedanken gebracht zu werden.

»Apfelwein«, erwiderte Ono, und seine Augen leuchteten. »Gut, nicht wahr? Wenn du willst, kannst du mich nachher auf einen Krug in die Dorfschenke begleiten. Da bin ich fast jeden Winterabend. Oder bist du müde?«

Eigentlich war Fernd sehr müde, und schon jetzt war ihm der Kopf schwer, doch er wollte den kleinen Mann nicht verärgern und sagte folgsam: »Auf einen Krug wird es schon gehen, denke ich.«

»Na dann los«, sagte Ono vergnügt, schob seinen Stuhl zurück und stand auf.

»Aber trink nicht wieder so viel.« Asis hatte seine Worte gehört und gab ihrem Mann einen Klaps auf den Rücken. »Morgen muss der Kohlenkeller für den Winter gefüllt werden.«

»Ich weiß schon«, murmelte Ono unwillig. »Ein Krug Apfelwein haut mich nicht um.«

»Einer nicht, aber fünf. Und verführ mir den Buben ja nicht dazu, so viel zu trinken, hörst du!«

☆☆☆

Die Schenke war ebenso niedrig wie alle anderen Häuser, aber größer. Das halbe Dorf schien sich dort eingefunden zu haben. Als Fernd und Ono eintraten, erstarb das Stimmengewirr, und mindestens fünfzig Holzländer schauten verdutzt auf das ungleiche Paar.

»Das ist Fernd«, rief Ono. »Er versteckt sich bei uns vor den Schattenmännern.«

Die kleinen Leute schauten Fernd neugierig an, der sich in

dem niedrigen Raum bücken musste, um nicht an die Decke zu stoßen. Die Wände waren mit allerlei Tand und alten Jagdtrophäen behängt; als Sitze dienten leere Fässer.

»Dann komm rein«, sagte ein alter Holzländer, der in ein feines schwarzes Gewand mit silbernen Knöpfen gekleidet war. »Ich für mein Teil kann die Schattenmänner nicht leiden – was immer sie versprechen mögen.«

Er sah in die Runde und erntete beifälliges Nicken.

»Das ist Okido, unser Bürgermeister«, erklärte Ono. »Gleichzeitig ist er unser Lehrer, Wirt und Arzt. Dieses Dorf ist so klein, dass wir uns so viele Amtspersonen eigentlich gar nicht leisten können.«

Dafür erntete Ono Gelächter, und der Bürgermeister verzog säuerlich den Mund. »Ich bitte mir etwas mehr Höflichkeit aus«, sagte er würdevoll. »Vor allem, wenn wir Gäste aus Araukaria bei uns haben.«

»Schon gut.« Ono klopfte ihm auf die Schulter. »Wo du gerade von Araukaria sprichst – da gibt es Neuigkeiten.«

Es wurde still im Wirtshaus.

»Die Schwarzen haben uns belogen«, sagte Ono. »Es hat keinen Aufstand in Araukaria gegeben. Stattdessen haben sie die Stadt angezündet und dem Erdboden gleichgemacht.«

»Nein!«, ereiferten sich die Holzländer.

»Doch.« Ono fasste Fernds Bericht zusammen.

»Das ist ja eine Gemeinheit!«, schimpfte Okido endlich.

»Stimmt«, pflichtete ein anderer bei. Erregt sprachen die Holzländer von den Schattenmännern, die der Herrschaft des »feinen alten Herrn«, wie sie Olean nannten, ein Ende gesetzt hatten. Trotzdem schienen sie die Ereignisse nicht allzu ernst zu nehmen.

Da ging die Tür auf. Fernd erschrak, denn der Neuankömmling sah selbst aus wie ein Schattenmann – er trug einen schwarzen Hut und einen schwarzen Mantel, der vom Regen durchweicht war und glänzte.

Doch es war ein Holzländer, klein, faltig und alt. Nur seine Augen schienen heller zu leuchten als die der anderen.

»Erouan! Erouan!«, begrüßten ihn die Übrigen und schienen froh, auf andere Gedanken gebracht zu werden. Der alte Mann lächelte und grüßte zurück. Bedächtig hängte er seinen Mantel zum Trocknen an den Ofen und setzte sich.

»Das ist Erouan, der Hirte«, sagte Ono. »Man sieht ihn nicht oft, denn er ist die meiste Zeit draußen bei seinen Schafen.«

»Warum freut ihr euch so über ihn?«, fragte Fernd.

Ono zwinkerte. »Er ist unser Geschichtenerzähler.«

Fernd spitzte die Ohren. Der Großvater hatte Geschichten gesammelt – und auch er war ja nur deswegen unterwegs. Doch der alte Hirte beteiligte sich kaum am Gespräch der anderen. Er hatte seine Pfeife angezündet und schmauchte friedlich. Da entdeckte er Fernd, runzelte verwundert die Stirn und beugte sich zu seinem Nebenmann. Er schien wissen zu wollen, was ein Menschenkind im Dorf der Holzländer zu suchen hatte. Schließlich nickte er und winkte ihn zu sich.

»Du bist also Fernd.« Erouan musterte ihn prüfend, und Fernd bekam den Eindruck, die tief eingesunkenen Augen des alten Hirten könnten bis auf den Grund seiner Seele schauen.

»Ich – ich komme aus Araukaria«, sagte er stockend. »Ich bin auf der Flucht vor den Schattenmännern.«

»Das hat man mir eben erzählt. Sei auf der Hut! Sie sind immer noch da draußen und suchen dich. Was ist denn an dir so wichtig?«

»Mein Großvater, der Alte Niemand, hat mich ausgeschickt, um herauszufinden, wie man den Schwarzen Prinzen vernichten kann. Deswegen soll ich ins Scheidegebirge gehen.«

»Der Alte Niemand«, murmelte Erouan nachdenklich. »Von dem habe ich gehört – er war der älteste Mensch, der in den Landen umherwanderte. Hatte er denn Kinder?«

»Ich bin nicht sein richtiger Enkel.« Fernd stockte. »Aber er hat gesagt, ich bin sein Erbe«, fügte er stolz hinzu. »Ihm gehörte das Land der Tanzenden Berge.«

»Das ist eine schwere Hinterlassenschaft«, sagte Erouan ernst. »Jedenfalls wünsche ich dir viel Glück auf deiner Reise. Aber noch einmal: Sei auf der Hut!« Er leerte seinen Krug und machte Anstalten, nach Hause zu gehen.

»Noch nicht, noch nicht!«, bettelten die Holzländer, die der Apfelwein besinnlich gestimmt hatte. »Du bist doch gerade erst gekommen. Erzähl uns noch eine Geschichte, Erouan. Niemand kann das so gut wie du.«

»Es ist schon spät«, wehrte der Hirte ab. »Und zu meinen Schafen ist es noch ein weiter Weg.«

»Trotzdem«, beharrte Okido und schenkte Erouan nach. »Wir haben einen Gast und sollten ihm zeigen, dass man im Holzland Kultur zu schätzen weiß.«

»Der Junge gehört ins Bett«, sagte Erouan. »Die Müdigkeit blickt ihm aus den Augen, und er braucht seine Kräfte für die gefährliche Reise. Ist es nicht so, junger Mann?«

»Ich«, antwortete Fernd, »würde gern noch eine Geschichte von Euch hören, wenn Ihr nichts dagegen habt. Mein Großvater hat sein ganzes Leben lang Sagen gesammelt.«

Da gab Erouan seinen Widerstand auf. »Also gut!« Er fixierte Fernd mit einem merkwürdig scharfen Blick. »Ich will dir eine Sage erzählen, die vielleicht mit deiner Suche zu tun hat – die Geschichte vom Verbotenen Land.«

In der Kneipe wurde es still.

»Das Verbotene Land liegt tief im Süden und ist furchtbar öde – eine Wüste aus rotem Sand, die kaum ein Mensch zu betreten wagt. Die wenigen, die es versuchten, waren vom Wahnsinn gezeichnet, als sie wieder herauskamen. Ein Fluch liegt über dem Land, und kein Leben, ob Mensch, Tier oder Pflanze, vermag sich dort zu halten.

Doch das war nicht immer so.

Am Ende der Ebene, dort, wo sie gegen die roten Berge ansteigt, befindet sich ein alter Brunnen. Vor vielen tausend Jahren speiste er einen Fluss, der das ganze Land fruchtbar machte und blühen ließ. An seinen Ufern wohnten die ersten Menschen. Sie bewässerten das Land, und der Boden war so gut, dass man nur darauf zu spucken brauchte, um Getreide und Früchte wachsen zu lassen. Mehr noch: Diese Menschen waren unsterblich.«

»Unsterblich?«, hauchten die Holzländer. »Wie schön.«

»Der Segen des Verborgenen Gottes ruhte auf ihnen. Doch im Übermaß des Guten ruht der Keim des Untergangs. Wenn Menschen Kinder zeugen, müssen die Alten sterben; so war es von jeher Gesetz der Lande. Die Unsterblichen aber – Fathàri genannt – wurden immer mehr, sodass bald Streit und Zank unter ihnen entstanden. Auch das Wasser des Flusses reichte nicht mehr für alle. Als die ersten Hungersnöte im Land wüteten, beschlossen sie daher, den Brunnen auszuschachten – trotz der unheilvollen Zeichen, die sich häuften, je tiefer sie kamen.

Denn oft bebte die Erde, während die Arbeiter sich durch den Fels bohrten, und immer wieder wurde der Brunnenschacht von herabfallenden Felsbrocken verschüttet. Schwarzes Wasser quoll aus der Tiefe empor, doch die Menschen waren blind für das Schicksal, das sie herausforderten, und gruben immer tiefer.

Bald gab es keine Freiwilligen mehr, die in den furchtbaren Schacht hinabsteigen wollten: Das Los entschied über Leben und Tod.«

Erouan machte eine Pause und tat einen tiefen Zug aus seinem Krug. Im Wirtshaus wagte niemand ein Wort zu sagen.

»Da kam es«, fuhr der Hirte schließlich fort, »dass auf dem Grund des Schachts ein großer Edelstein gefunden wurde.«

›Der Erft‹, dachte Fernd. ›Immer wieder der Erft.‹

»Als er nach oben gebracht wurde, erwachte Gier in den Fathàri – jeder wollte den Stein für sich. Sie begannen zu streiten, und das Juwel fiel zu Boden und brach in drei Teile.

Da packte die Unsterblichen die Wut, und verbissen gruben sie weiter, bis sie auf einen Gang stießen, der gerade nach Osten verlief, ins Ungewisse. Keiner wagte ihn zu betreten, doch die Fathàri vollbrachten eine ruchlose Tat: Sie warfen ihre Nachgeborenen in den Schacht. ›Wir sind zu viele!‹, riefen sie. ›Schaut, ob ihr da unten eine Welt findet, in der mehr Platz ist!‹

So machten sich die Nachgeborenen auf den Weg. Sie tasteten sich durchs Dunkel und sahen endlich in der Ferne ein Licht – der Gang hatte sie unter der Ostmauer durchgeführt.

Auf der anderen Seite der Mauer aber wohnte der Tod.

Als er die Nachgeborenen ans Tageslicht treten sah, fragte er: ›Was habt ihr hier zu suchen?‹

Sie berichteten ihm von ihrem traurigen Schicksal. Da betrat der Tod den Schacht und wanderte lange durchs Dunkel, bis er im Verbotenen Land an die Oberfläche kam.

›Wer bist du?‹, fragten ihn die Fathàri.

›Ich bin der Tod.‹

›Was ist das?‹, fragten die Unsterblichen. ›Etwas Schönes?‹

›Etwas sehr Schönes‹, antwortete der Tod. ›Wollt ihr davon kosten?‹ Er streckte die Hand aus und berührte sie – und seit jenem Tag waren sie sterblich. Vorbei war es mit der Fruchtbarkeit im Verbotenen Land. Es gab kein Wasser mehr, und aus dem Brunnen kroch nun wie grauer Nebel die Angst und vertrieb die letzten Bewohner. Bald war das Land leer und öde, so wie es heute ist. Und nie wieder sind Menschen in diese Gegend zurückgekehrt.«

Erouan lehnte sich zurück und leerte seinen Krug. Im Wirtshaus war es still, ganz still.

»Das ist aber eine düstere Sage«, meinte Okido schließlich. »Was du sonst erzählst, ist viel netter.«

»Sie passt zum heutigen Tag«, erwiderte Erouan hart. »Seit die Schattenmänner da sind, ist eine düstere Zeit für uns angebrochen. Das habe ich in dem Moment verstanden, als ich den Jungen sah.«

»Aber ...«

»Ihr habt mich gedrängt, eine Sage zu erzählen – dies ist die Sage des Jungen und keine andere.« Erouan gab Fernd die Hand. »Auf Wiedersehen. Ich glaube, eines Tages werden wir uns noch einmal begegnen.«

Fernd sah dem alten Hirten in die Augen und begriff, dass er ihm etwas Wichtiges mitgeteilt hatte. Er wollte weiterfragen, doch der Geschichtenerzähler wandte sich ab und trat in die Nacht hinaus.

»Er ist manchmal etwas seltsam.« Okido sah ihm nachdenklich hinterher. »Er hat sein ganzes Leben draußen bei seinen Schafen zugebracht.«

Fernd aber blieb den Abend über in Gedanken versunken und beteiligte sich kaum noch an der Unterhaltung. Etwas an Erouans Geschichte faszinierte ihn – ein Weg führte von dort zu Siljans Turm und weiter zur Antwort auf die Frage nach dem Warum ...

Die Holzländer saßen noch einige Zeit beisammen, Fernd

jedoch hatte den Apfelwein und seine Müdigkeit unterschätzt. Bald nahm er das Gespräch nur noch wie durch einen Schleier wahr. Sein schwerer Kopf sank auf die Brust, und er spürte nicht mehr, wie er an Händen und Füßen gepackt und nach Hause getragen wurde.

☆☆☆

Als Asis ihn wachrüttelte, war es schon später Vormittag.

»Komm schon, Junge!«, sagte sie energisch. »Deine Milch wird kalt.«

Vorsichtig öffnete Fernd die Augen. Ono und Asis hatten ihm ein Lager aus Fellen auf dem Boden bereitet. Wie er dorthin gekommen war, daran erinnerte er sich nur dunkel.

»Wie spät ist es denn?«, fragte er und gähnte.

»Seit zwei Stunden ist es draußen hell.« Streng blickte Asis zu ihm herab. Auf dem Wohnzimmertisch standen Milch, Brot und Butter und als Beilage ein paar getrocknete Apfelscheiben. Ono saß da und aß. Er schien schon länger auf den Beinen zu sein. Seine Hände waren schwarz wie das Stück Brot, das er eben zum Mund führte.

»Guten Morgen, Fernd«, sagte der kleine Mann vergnügt. »Gut geschlafen?«

»Lass dem Jungen etwas übrig«, rief Asis aus der Küche, ehe Fernd antworten konnte. »Wenn du ihm schon gestern so viel Apfelwein gegeben hast.«

»So viel war das gar nicht«, verteidigte sich Ono.

»Das ist Ansichtssache.« Asis klang kaum besänftigt. »Wenn der Junge heimgetragen werden muss und der Hausherr laut singend hinterherläuft, zieht man seine Schlüsse.«

Fernd langte kräftig zu. Dabei fiel ihm der alte Hirte wieder ein. Er hatte gesagt, er solle auf der Hut sein. Erouan … Seine Geschichte ging ihm nicht mehr aus dem Kopf.

Ono stand auf, klopfte auf den Tisch und sagte: »Beeil dich. Ich brauche dich am Kohlenmeiler.«

Fernd schaute überrascht auf. »Dann … wollt Ihr, dass ich bei Euch bleibe?«

Sein Gastgeber sah ihn verdutzt an. »Was hast du denn gedacht? Wir haben uns so lange einen Sohn gewünscht! Wenn dann einer unverhofft gelaufen kommt, geben wir ihn so schnell nicht her.«

Fernd stand gehorsam auf und folgte ihm.

Ono war der Köhler im Dorf. Hinter einem Hügel hatte er einen großen Meiler stehen, der vor kurzer Zeit ausgebrannt war, und Fernd verbrachte den ganzen Tag damit, Holzkohle ins Haus zu schaffen. Der Winter würde bald kommen, hatte Ono gesagt.

»Es ist zwar noch kein Schnee gefallen, aber das hat nichts zu bedeuten«, meinte er und schaufelte eifrig die Schubkarre des Jungen voll. »Der Winter kommt – und er wird hart. Das spüre ich in meinen alten Knochen.«

Am Abend sah Fernd selbst aus wie ein großes Stück Kohle – so schmutzig war er. Asis bereitete ihm ein Bad in der Wanne und gab ihm alte Kleider ihres Mannes, die sie für ihn geweitet hatte.

»Nun siehst du aus wie einer von uns«, sagte sie stolz, während sie ihn von allen Seiten betrachtete. »Vielleicht etwas groß und stämmig, aber doch ein richtiger Holzländer.«

Da erst wurde sich Fernd darüber klar, wie sehr die beiden Leutchen ihn mochten.

☆☆☆

Einige Tage vergingen. Wenn er nicht Holzkohle schaufelte, verrichtete Fernd Hausarbeit, grub den kleinen Garten hinterm Haus um oder saß in der Wohnung am Tisch und leistete Asis beim Kochen Gesellschaft. Außerdem tat er, was der Alte Niemand ihm aufgetragen hatte: Er führte die *Rechenschaft* fort. Fein säuberlich trug er Erouans Sage in das Buch ein. Er spürte, dass sie dort hineingehörte.

Doch diese Ruhezeit dauerte nur kurz. Fieberhaft suchten ihn die Schattenmänner, und irgendwann wurde ihre Ahnung, dass die Holzländer ihm Schutz boten, zur Gewissheit. Am Abend des vierten Tages – Fernd saß gerade mit Ono und Asis beim Essen – pochte es plötzlich an die Tür. Okido stand draußen.

»Es gibt Ärger, Ono«, hörte Fernd ihn sagen. »Ich hatte dich ja gewarnt.«

»Nicht hier«, murmelte Ono und trat vor die Tür. Fernd hörte die beiden Männer flüstern und sah Asis bleich werden.

»Was ist?«, fragte er, aber sie winkte ab. Ono kam aufgeregt zurück.

»Die Schattenmänner sind wieder da! Diesmal sind es über fünfzig, und sie wollen das Dorf durchkämmen.«

»Was?«, fragte Asis. »Das werden sie nicht wagen!«

»Doch. Und sie sind nicht zimperlich, hat Okido gesagt. Sie haben sein Wirtshaus auf den Kopf gestellt und alles kurz und klein gehauen, als sie nichts gefunden haben.«

Asis schluckte. »So leicht bekommen sie Fernd nicht. Wir verstecken ihn im Kohlenkeller.«

»Aber …«, murmelte der Junge, doch die Frau schnitt ihm das Wort ab: »Das schaffen wir schon.«

Trotzdem stieg in Fernd Angst auf. Jeder im Dorf wusste, wo sich der flüchtige Araukarier versteckt hielt. Würden alle schweigen?

›Einer wird mich verraten‹, dachte er. Doch seine Gasteltern schafften ihn samt Rucksack und allem, was auf seine Anwesenheit deutete, in den Kohlenkeller. »Leg dich dort in die Ecke«, sagte Ono. Dann begannen die beiden zu schaufeln.

»Und verhalte dich ruhig«, sagte Asis, bevor sie die Tür zumachte. »Ich höre sie schon.«

Eine Zeit lang geschah nichts. Das Gewicht der Kohlen drückte ihn so, dass er kaum atmen konnte.

Dann wurde die Tür geöffnet, und jemand trat in den Raum.

»Das ist nur der Kohlenkeller«, erklang Onos Stimme. »Ich hab Euch doch gesagt, hier ist niemand.«

»Schon seltsam«, erwiderte eine schneidende Stimme. »Der Junge kann nicht ohne fremde Hilfe entkommen sein.«

»Wir haben ihn jedenfalls nicht gesehen«, erwiderte Ono, und Fernd spürte das Zittern in seiner Stimme. Der kleine Mann bangte um sein Leben.

»Das will ich hoffen«, erwiderte der andere, und Fernd fuhr es kalt den Rücken hinunter. »Sonst wird es nicht gut für euch ausgehen. Du hast also nicht das leiseste Anzeichen davon bemerkt, dass er hier durchgekommen ist? Ein gestohlenes Stück Brot? Eine Fußspur im Feld?«

»Nichts. Vielleicht war er nachts unterwegs …«

»Seht euch vor! Wir werden nicht nachlassen, bis wir ihn gefunden haben.«

Die Tür wurde geschlossen. Im Haus rumorte es, ein erstickter Schrei ertönte, dann war es still.

Es dauerte gut eine Stunde, bis Ono endlich in den Keller kam und leise sagte: »Die Luft ist rein.«

»Du musst mir raushelfen«, murmelte Fernd unter dem Haufen. »Die Kohlen sind zu schwer.«

»Ach ja.« Ono begann zu graben und hatte Fernd nach kurzer Zeit befreit.

»Oh«, sagte der, als er das Gesicht des Holzländers sah. »Was ist denn passiert?«

»Sie haben ihn geschlagen.« Asis stand mit verweinten Augen in der Tür. »Ach, es ist so ungerecht.«

»Aber warum?«

»Zur Warnung«, sagte Ono bitter. Aus seinem rechten Mundwinkel rann Blut, und die listigen Äuglein waren verquollen. Fernd ahnte, dass er ebenfalls geweint hatte. »Weil wir nicht aufgepasst haben, meinten sie. Und wenn sie dich finden, wird das Dorf, das dich versteckt hat, angezündet.«

Fernd schluckte.

In der Wohnstube sah er, dass die Schattenmänner ganze Arbeit geleistet hatten. Der große Tisch war umgeworfen, der Hausrat über den Boden verstreut. Zerschlagene Stühle lagen herum.

»Alle Tränensteine haben sie mitgenommen«, schimpfte Asis. »Unser ganzes Vermögen. Das ist zu wertvoll für euch Holzländer, haben sie gesagt.«

»Sie haben schon wieder behauptet, dass du ein gefährlicher Verbrecher bist«, ergänzte Ono. »Man dürfe dir nicht über den Weg trauen; du hättest versucht, deine Eltern zu ermorden.«

»Ich habe doch gar keine Eltern mehr«, brummte Fernd. Traurig schaute er auf das Bild der Verwüstung. »Und das alles wegen mir. Es tut mir so Leid.«

»Sehen wir zu, dass wir Ordnung machen«, sagte Ono. »Und dann gehen wir zu Bett. Es war ein böser Tag für uns.«

Es wurde spät in der Nacht, bis sie die Wohnung wieder einigermaßen aufgeräumt hatten. Fernd versuchte anfangs mitzuhelfen, doch als er beim Aufheben einen Krug zerbrach, hieß ihn Asis in einer Ecke sitzen bleiben.

»Du machst uns mehr Arbeit, als du uns hilfst«, sagte sie streng. Fernd schwieg. Er wusste plötzlich, dass ihm nur eine kurze Atempause vergönnt war. Jetzt war sie vorbei.

Am nächsten Morgen tauchte Okido auf.

Der Bürgermeister, Lehrer und Wirt schien seine schwarze Feiertagskleidung niemals auszuziehen, doch der linke Ärmel war eingerissen, und auch einige Knöpfe fehlten.

»Sie haben alle Dörfer im Umkreis von zwanzig Meilen durchkämmt«, sagte er, als er am Tisch saß und Asis ihm, Ono und Fernd einen Krug Milch einschenkte. »Sie waren verdammt gründlich. Es ist ein Wunder, dass keiner von uns den Jungen verraten hat.«

»Ich hätte ihnen den Schädel eingeschlagen«, murrte Ono. »Und das wussten sie.«

»Vor allem mögen sie Fernd und glauben den Geschichten der Schattenmänner nicht.« Okidos Gesicht verdüsterte sich. »Aber nicht alles ist gut ausgegangen. Im Morgengrauen haben wir Erouan gefunden, draußen bei seiner Herde. Er ist tot. Die Schattenmänner haben ihn im Wassertrog ertränkt.«

Ono zuckte zusammen. »Diese Schweinehunde. Erouan hat ihnen doch nichts getan!«

Auch Fernd war erschüttert. Immer noch sah er das Gesicht des alten Hirten vor sich und hörte die rätselhaften Worte, die er ihm auf den Weg gegeben hatte: *Eines Tages werden wir uns noch einmal begegnen.* Was hatte es mit der Sage auf sich? Fernd ahnte, dass Erouan genau deswegen zum Schweigen gebracht worden war.

›Ich muss fort von hier‹, dachte er. ›Ich bringe den Tod über diese Menschen.‹

Okido hatte denselben Gedanken gehabt, und das war der Grund seines Besuchs. »Mein Junge«, sagte er, »in Anbetracht dieser Umstände solltest du dir überlegen, ob …«

»Ich weiß schon. Ich muss weiterziehen.«

»Was?«, rief Asis entsetzt. »Wohin denn, wenn der Winter kommt und alle Welt dich sucht? Wohin denn?«

Fernd senkte den Kopf. »Nach An-Tiki«, murmelte er. »Zum Kristallhaus. Wie mein Großvater es gewollt hat.«

»Und was willst du gegen die Schattenmänner ausrichten? Da draußen wartet der Tod, nur der Tod!«

»Trotzdem«, murmelte Fernd starrsinnig.

»Wie alt bist du, Fernd von Araukaria?«, rief Asis verärgert und hieb mit der Hand auf den Tisch, dass Fernds hölzernes Geschirr klapperte.

»Wie alt bist du?«, wiederholte sie erregt. »Du könntest mein Sohn sein. Was willst du gegen den Schwarzen Prinzen ausrichten, wenn du nicht mal ein Küchenmesser gerade halten kannst?«

Fernd schaute geistesabwesend vor sich hin und sah dann Asis an. Beiden standen Tränen in den Augen.

»Ich weiß, dass ich noch jung bin«, sagte er rau. »Aber das hat meinen Großvater nicht gekümmert. Also darf es mich auch nicht kümmern.«

Okido ergriff das Wort. »Ich danke dir für deinen Entschluss«, sagte er. »Du hast es mir leicht gemacht.«

»Ich weiß, dass Ihr mich nicht gern vertreibt«, sagte Fernd. »Aber es geht eben nicht anders.«

»Ach was«, seufzte Asis. »Im Grunde hätte ich es mir denken können. Ein Menschenkind ist eben ein Menschenkind und kein Holzländer.« Gedankenverloren fuhr sie sich durchs Gesicht. »Also geh. Meinen Segen hast du.«

☆☆☆

Eine Stunde später brach Fernd auf, mit allem bepackt, was seine Gastgeber entbehren konnten. Auch seine Kleider waren ausgebessert und frisch gewaschen.

»Kennst du den Weg nach An-Tiki überhaupt?«, fragte Ono, während er Fernd half, den Rucksack zu schultern.

»Nicht genau.«

»An-Tiki ist weit«, begann Ono. »Bleib weiter auf der Oststraße, bis du an den Fluss Omladin gelangst. Dort kommst du an einem früheren Schlachtfeld vorbei, wo schon seit Jahrhunderten kein Mensch mehr wohnt.« Er senkte die Stimme. »Lass es so schnell wie möglich hinter dir, denn es ist dort nicht geheuer. Danach führt eine alte Brücke über den Omladin, und du kommst in das Dorf Hellinge. Die Bewohner sind scheu und sonderbar, aber vielleicht kriegst du dort einen Rat, wie du am besten übers Scheidegebirge kommst. Denn ich weiß nicht, ob der Rotjochpass im Winter begehbar ist.«

»Der Rotjochpass?«

»Als ich Kind war, erzählte mir mein Vater von An-Tiki und vom Kristallhaus. Neben dem Pass erhebt sich ein Berg, die Feuerzinne. Dort musst du vorbei. Wenn du diese Zinne hinter dir hast, ist es eine knappe Tagesreise zu den Ruinen.«

»Dort liegt das Kristallhaus, hat der Großvater gesagt.«

»Sieh dich vor!«, warnte Ono. »Es heißt, die Felajun seien nicht alle tot und ihr König gehe dort noch um.« Er stellte sich auf die Zehenspitzen, um Fernd umarmen zu können. »Alles Gute.«

Die Holzländer standen vor ihren Türen oder lugten durch die Fenster ihrer Wohnungen, um dem Abschied zuzusehen. Als Fernd losmarschierte, begannen sie zu winken. Fernd winkte zurück.

Nach ein paar Schritten wandte er noch einmal den Kopf. Asis und Ono schauten ihm nach und sahen so traurig aus, dass es ihm fast das Herz zerriss. Er ließ seinen Rucksack fallen und rannte zurück.

»Ich komme wieder«, flüsterte er, als er die beiden noch einmal drückte. »Ganz fest versprochen.«

2

Die alte Gronia

»Inwiefern muss ein Held denn anders sein als ich?«,
fragte Fernd.
»Ein richtiger Held« – Gaetan dachte angestrengt nach –
»wäre nicht mein Freund. Er würde gar nicht auf mich achten.
Ein Held kümmert sich nur um wichtige Dinge.«
»Und du bist nicht wichtig?«
»Nein.«

So begann der zweite Teil von Fernds Wanderung nach An-Tiki. Die Verschnaufpause bei Ono und Asis hatte ihm gut getan, und er marschierte bald zwanzig Meilen am Tag – auch aus Angst, die Schattenmänner könnten wiederkommen. Doch seltsamerweise bekam er keinen von ihnen mehr zu Gesicht. Fernd wusste nicht, dass der Schwarze Prinz sie zurückgerufen hatte, um ihm die Gifalken hinterherzuschicken – seine furchtbarste Waffe. Doch er war vorsichtig geworden und hielt sich von Siedlungen fern, um keine unbequemen Fragen beantworten zu müssen. Nicht alle Holzländer waren so gutherzig wie Ono und Asis.

Mitte Januar überschritt er endlich die Ostgrenze des Alten Reichs. Die Lande senkten sich und gaben den Blick auf das Tal des Omladin frei, das etwa fünfzehn Meilen breit war. Dahinter erhoben sich wolkenverhangen die verschneiten Gipfel und Pässe des Scheidegebirges.

Es war kalt geworden, und der Wind trieb erste Schneeflocken über das ergraute Land. Raureif hing an den kahlen Bäumen; nur selten kam die Sonne heraus. Gegen Mittag erreichte er den Omladin, der nicht besonders breit, aber tief und reißend ist, und schlug sich durch die winterkahlen Auen, um die Brücke zu erreichen, von der Ono gesprochen hatte. Plötzlich stand er vor einem Grab, einem flachen Hügel, auf dem einige rostrote Steine lagen. Es war die letzte Ruhestätte eines Soldaten, und man hatte wahrscheinlich seinen Schild darauf gelegt, der längst zerfallen war.

»Das Schlachtfeld am Omladin«, murmelte Fernd. Bei näherem Hinsehen entdeckte er Dutzende dieser Hügel.

›Der Großvater hat mir davon erzählt‹, fiel es Fernd wieder ein. ›Als ich klein war.‹

Er war bei Großvaters Geschichten nie der aufmerksamste Zuhörer gewesen, aber diese hatte er sich gemerkt. Vor bald tausend Jahren hatte hier eine der letzten großen Schlachten des alten Khor stattgefunden. Die Wölfe waren über die Berge gekommen, wild und zahlreich, und hier hatten die Grasleute sie noch einmal aufhalten können, bevor ihr Reich endgültig unterging.

Fernd setzte sich auf den Grabhügel. »Es hat ihnen wohl nicht mehr viel genützt.«

Tausende von Soldaten hatten ihr Leben an den eisigen Fluten des Omladin verloren. Fernd erinnerte sich an ein Lied über diese Schlacht. Der Alte Niemand hatte es ihm einige Male vorgesungen. Gedankenverloren summte er es vor sich hin, brach dann ab und erstarrte. ›Da ist jemand‹, begriff er.

›Wer bist du?‹, dachte er und zuckte zusammen. Das war nicht sein Gedanke gewesen.

»Wer spricht da mit mir?«, murmelte er erschrocken.

›Wer bist du?‹, fragte es erneut in ihm.

»Ich heiße Fernd. Wo bist du denn? Ich kann dich nicht sehen.«

»Unter dir«, sagte die Stimme. Fernd hatte nicht den Eindruck, er sei in Gefahr. »Ich liege in dem Grab, auf dem du sitzt. Würdest du etwas rücken? Du drückst mir auf den Panzer.«

Fernd sprang auf wie von einer Wespe gestochen. »Sprichst du mit jedem so? Kein Wunder, dass die Leute diesen Ort meiden.«

»Mit den meisten kann man gar nicht reden«, antwortete der tote Soldat. »Sie haben wenig Feingefühl und glauben nur, was sie sehen.«

›Das habe ich jetzt davon‹, dachte Fernd. ›Ich stehe an einem Grab und halte einen Plausch mit jemandem, der seit tausend Jahren tot ist.‹

»Warum kann gerade ich dich hören?«

»Weiß nicht«, erwiderte die Stimme. »Es ist jedenfalls dreihundert Jahre her, dass ich mit einem Lebenden gesprochen habe – einem alten Mann aus Araukaria. Ich habe mich gut mit ihm unterhalten. Aber du bist noch sehr jung, nicht wahr?«

»Ja. Ich bin erst siebzehn.«

»So alt war ich auch, als ich fiel. Du bist aus dem verbrannten Araukaria, wenn ich richtig vermute.«

»Woher weißt du das?«, fragte Fernd. »Du bist doch tot.«

»Man erfährt einiges, wenn man hier unten Wache hält.«

»Wieso Wache?«

»Dieser Platz ist heilig. Vor tausend Jahren kamen die Wölfe übers Scheidegebirge und überrannten unsere Grenzen. Die Gefallenen harren hier aus, bis der letzte Tag anbricht.« Dann wechselte er das Thema. »Du bist auf der Flucht, nicht?«

»Ja«, gab Fernd zu. »Mein Großvater, der Alte Niemand, hat mich zum Kristallhaus ins Scheidegebirge geschickt, um etwas über den Schwarzen Prinzen herauszufinden – den Mann, der Araukaria zerstört hat.«

»Sieh einer an. Der Schwarze Prinz.«

»Kennst du ihn etwa?«

»Natürlich«, antwortete der tote Soldat. »Jeder hier kennt den Schwarzen Prinzen.«

Fernd machte große Augen. »Weißt du vielleicht, wie man ihn vertreibt?«, fragte er hastig. »Das würde mir viel Arbeit ersparen.«

»Den Schwarzen Prinzen vertreiben?« Die Stimme klang belustigt. »Hat dir dein Großvater denn nie gesagt, was er ist?«

»Er hatte wohl keine genaue Vorstellung«, gab Fernd zu.

»Dann weißt du nicht einmal, dass der Schwarze Prinz gar kein richtiger Mensch ist?«

»Was dann?«

»Er ist nur eine Hülle«, erwiderte die Stimme. »Ein Mantel aus schwarzem Stahl, zusammengehalten von einem bösen Willen, der von jenseits der Ostmauer stammt. Ohne diesen Willen ist er nichts, zerfällt zu Staub, ist vergessen und verweht. Um ihn zu vertreiben, musst du hinter die Ostmauer gehen, den finden, der ihn lenkt, und ihn … töten.«

»Aber hinter die Ostmauer kommt man nicht. Sie ist das Ende der Welt.«

»Das ist das Problem.«

Fernd senkte den Kopf. »Das heißt, es ist unmöglich.«

»Vielleicht, vielleicht auch nicht. Was hast du denn vor?«

»Im Kristallhaus gibt es eine Sage über einen wertvollen Edelstein namens Erft. Der ist vielleicht der Schlüssel zum Ganzen.«

»Kluger Junge. Den Schwarzen Prinzen kann man niemals durch Kriege besiegen – das weiß ich aus eigener Erfahrung.

Und auch nicht durch Magie. Sagen sind vermutlich der richtige Weg.«

»Bist du sicher?«

»Nein.«

Kälte kroch in Fernd hoch.

»Ich bin Soldat und gehorche Befehlen«, meinte die Stimme, »statt mir Gedanken über Legenden zu machen. Wie ich schon gesagt habe: Den Schwarzen Prinzen leitet eine Macht jenseits der Ostmauer. Mehr weiß ich nicht.«

»Das ist nicht viel«, überlegte Fernd.

»Wer weiß schon viel über den Schwarzen Prinzen? Vielleicht findest du ja wirklich im Kristallhaus eine Antwort.«

»Und wenn nicht?«

»Ich glaube, du wirst es irgendwie rauskriegen«, erwiderte die Stimme. »Du bist anders. Du hast viel Wärme.«

Fernd dachte nach.

»Da ist noch etwas, Junge. Weißt du, dass du verfolgt wirst?«

Fernd hob verwundert den Kopf. »Verfolgt?« Dann besann er sich. »Ach so, die Schattenmänner.«

»Von wegen. Hast du noch nie etwas von den Gifalken gehört?«

»Von wem?«

»Das sind die schlimmsten Jäger des Schwarzen Prinzen. Du scheinst ihm ziemlich wichtig zu sein.«

»Das hab ich gemerkt«, brummte Fernd mit einer Mischung aus Stolz und Furcht. »Dann muss ich mich wieder verstecken.«

»Vor einem Gifalken kann man sich nicht verstecken«, warnte der tote Soldat. »Noch haben sie deine Fährte nicht gefunden, aber es wird nicht lange dauern. Geh jetzt, diese Flussauen sind kein guter Ort. Du lebst, hier aber gibt es nur

Tod. Überquere die Brücke nach Hellinge und frage dort nach dem Weg zum Rotjochpass. Und hüte dich vor den Gifalken! Sie sind Wandler und können jede Gestalt annehmen – auch die deines besten Freundes. Gute Reise!«

»Danke«, sagte Fernd. »Mach's gut.«

Da fügte die Stimme leise hinzu: »Wenn du je ins Grasland kommst, grüß es von mir. Ich bin nur ein einfacher Soldat, aber ich habe meine Heimat nicht vergessen.«

»Mach ich«, versprach Fernd. »Hattest du dort ein Mädchen?«

Die Stimme schwieg, und Fernd fror plötzlich, aber mehr im Herzen als am Körper.

»Mach's gut«, sagte er noch mal und fühlte die Einsamkeit der Lande in sich hochkriechen, die das Gespräch mit dem Grabgeist für kurze Zeit zurückgedrängt hatte. Er nahm seinen Rucksack und marschierte weiter.

Der Omladin ist ein Gebirgsfluss und im Frühjahr, wenn die Schmelzwasser kommen, reißend und wild. Weiter südlich wendet er sich gegen das Gebirge, das ihn speist, durchbricht es in einer schmalen Schlucht und fließt dann durchs Erzgehügel nach Nordosten, um sich mit dem Ohub zu vereinigen und seinen Lauf endgültig nach Süden zu nehmen.

Als Fernd die baufällige Brücke überquerte, blieb er einen Moment stehen und dachte an das Gespräch mit dem toten Soldaten. Man konnte den Schwarzen Prinzen also nicht im Kampf besiegen, und er wurde von einer Macht jenseits der Ostmauer gelenkt. Die Ostmauer. Immer wieder die Ostmauer.

›Aber bis dorthin ist es viel zu weit.‹ Wütend spuckte Fernd in den Fluss. ›Ich bin nicht frei, wie Hatib meint. Ich kann nicht fliegen. Ich bin nur ein Gejagter, und meine Wanderung ist eine Flucht.‹

Am jenseitigen Ufer sah er Häuser mit rauchenden Schornsteinen – das Dorf Hellinge. »Na dann«, murmelte er und stapfte los.

Hellinge bestand nur aus etwa zehn über den Gebirgshang verstreuten Anwesen – großen Bauten, deren Dächer seltsam spitzgiebelig und mit grauem Schiefer gedeckt waren. Es roch nach gebranntem Torf. Fernd sehnte sich nach einem wärmenden Ofen, doch auf der Straße war kein Lebenszeichen zu entdecken. Still saßen die Dorfbewohner in ihren Häusern und warteten auf den Winter.

Wenn Hatib nicht mehr weiterwusste, fand er Schutz im Schoß der Lande, während es bei Fernd die Menschen waren, die ihm auf wundersame Weise den Weg wiesen. Als er noch unschlüssig auf der Straße stand und nicht wusste, wohin, flackerte in einem Haus ein Licht auf: Jemand hatte eine Kerze angezündet.

›Versuchen wir's dort‹, dachte Fernd und stieg die steinernen Stufen empor, die an einer mächtigen Eichentür endeten. Er hob die Hand und klopfte.

Erst nach langem Warten hörte er schwere, langsame Schritte. Die Tür wurde geöffnet, und eine alte Frau stand vor ihm.

»Guten Abend.« Fernd lächelte schüchtern. »Ich bin ein Wanderer aus Araukaria und bitte um ein Nachtlager.«

Die Frau war sicher schon hoch in den Siebzigern und musterte ihn streng. Sie war größer als er und starkknochig; schlohweißes, streng zurückgekämmtes Haar, das von ein paar starken Nadeln zusammengehalten wurde, umrahmte ihr Gesicht.

»Weißt du, dass du sehr viel von mir verlangst?«, fragte sie schließlich mit tiefer Stimme. »Wenn ich dich aufnehme, bleibst du den ganzen Winter.«

»Keine Sorge«, sagte Fernd eilig. »Morgen zieh ich weiter.«

»Wohin denn?«

»Ins Scheidegebirge …«

»Nichts wirst du«, unterbrach ihn die alte Frau. »Heute Nacht kommt der Schneeherr und bringt uns den Winter. Siehst du nicht, wie die Wolken den Hang herunterziehen? Morgen ist hier alles verschneit, Wege, Brücken und Pässe. Du kannst Hellinge erst im Frühjahr wieder verlassen.«

Fernd starrte sie mit offenem Mund an. »Das hab ich nicht gewusst«, sagte er schließlich kleinlaut.

Da hellte sich die Miene der alten Frau ein wenig auf. »Im Grunde könnte ich eine helfende Hand gut brauchen; Vorräte habe ich genug.« Sie gab sich einen Ruck und öffnete die Tür ganz. »Komm rein. Erfrieren lassen kann ich dich ja nicht.«

»Danke schön.« Fernd folgte ihr verwirrt. Wer mochte der Schneeherr sein? Das Haus war dunkel und viel zu groß für diese gebeugte Frau.

»Wohnt Ihr ganz allein hier?«

»Mein Mann ist seit acht Jahren tot, und meine Söhne sind lange ausgezogen.«

Fernds Schlafkammer war im Obergeschoss und hatte ein großes Fenster. Wer mochte in dieser entlegenen Gegend die Kunst des Glasmachens beherrschen? Die Frau schien seine Gedanken zu erraten. »Im Nachbarhaus wohnt Kara, der Glasbläser. Er versorgt das ganze Umland mit Glas.«

Wenig später saß Fernd in der Wohnküche am Tisch und ließ es sich schmecken. Seine Gastgeberin schien über gute Vorräte zu verfügen. Insbesondere eine Sorte kleiner geräucherter Würste hatte es ihm angetan. Dazu trank er klares Wasser. Die Greisin aß fast nichts. Still saß sie da und häkelte an einem Topflappen. Schließlich sah sie auf: »Wie heißt du denn nun? Mit ›Junge‹ kann ich dich nicht die ganze Zeit anreden.«

»Fernd. Ich bin aus Araukaria.«

»Mich nennt man die alte Gronia, und so heiße ich auch für dich.«

Fernd nickte und futterte weiter.

Wieder unterbrach die alte Frau die Stille. »Du bist noch ziemlich jung für so eine Wanderung, findest du nicht?« Nachdenklich musterte sie ihn über ihre Häkelnadeln hinweg. »Was sagen denn deine Eltern dazu?«

»Ich habe keine mehr.«

»Was machst du dann am Omladin?« Gronia beantwortete die Frage selbst. »Du bist auf der Flucht. Ich seh's in deinen Augen.«

Fernd senkte den Kopf. »Ich will Euch aber nichts Böses«, sagte er leise.

»Wovor fliehst du denn?«

»Vor dem Schwarzen Prinzen, der Araukaria zerstört und seine Bewohner in Gefangenschaft geführt hat.«

Gronia legte überrascht ihr Häkelzeug beiseite. »Zerstört, sagst du?«

Als Fernd seine Erlebnisse berichtet hatte, sagte sie nachdenklich: »Deshalb also ist seit Wochen kein Händler mehr gekommen wie sonst im Herbst. Im Dorf haben wir uns schon gewundert. Ich hätte ein bisschen Wolle gut brauchen können und einen neuen Topf. Aber nun ist es zu spät. Heute Nacht kommt der Schneeherr.«

»Wer ist das eigentlich?«

»Er wohnt auf einem Felsgipfel, den man seiner Form wegen die Feuerzinne nennt. Er ist der Herr des Gebirges, ein Geist, den man meidet, doch zu Beginn des Winters kommt er ins Tal und bringt Schnee.«

»Aber ich wollte doch nach An-Tiki«, murmelte Fernd.

»Schlag dir das aus dem Kopf! Du musst warten, bis der Winter vorbei ist.«

»Das kann doch Monate dauern!« Fernd musste an die Gifalken denken, vor denen ihn der tote Soldat gewarnt hatte.

»Geduld, Junge. Ich weiß, drei Monate sind in deinem Alter eine lange Zeit, und doch ist das nur ein Wimpernschlag im Leben eines Menschen.« Die Andeutung eines Lächelns zog über Gronias knochiges Gesicht. »Im Alter denkt man nicht mehr in Jahren, sondern in Jahrzehnten.«

Dann kam sie wieder auf den Schneeherrn zurück. »Weißt du, er meint es eigentlich nicht böse mit uns. Er hat eben seine Zeit – wie wir Menschen. Es heißt, wer ihm in die Augen schaut, ist des Todes, denn er ist ein Kind der Berge, und alles, was er berührt, verwandelt sich zu Eis.«

»Und er kommt jeden Winter?«, fragte Fernd.

»Manchmal früher, manchmal später. Er hat sich dieses Jahr viel Zeit gelassen, aber ich habe nun sechsundsiebzig Winter in diesem Haus verbracht – heute Nacht kommt er.«

Der Rest des Abends verstrich schnell. Still saß die Alte da und häkelte weiter. Fernd beschloss, seine Fragen über den Schneeherrn, über die Eispaläste im Scheidegebirge und alles Weitere auf später zu verschieben. Zeit genug hatte er ja jetzt. Er sah zu, dass er sein Abendbrot zu Ende aß, und sagte dann Gute Nacht.

»Schlaf schön«, erwiderte die alte Gronia, ohne von ihrer Arbeit aufzusehen. »Und denk daran: Schau nicht in die Augen des Schneeherrn!«

»Keine Sorge«, versprach Fernd. »Ich bin so müde – ich werde schlafen wie ein Murmeltier.«

☆☆☆

Fernd wäre nicht Fernd gewesen, wenn er auf die Warnung der alten Frau gehört hätte. In seine Decke gehüllt, saß er gegen Mitternacht am Fenster und schaute fasziniert nach draußen. Die Häuser am Hang waren erleuchtet und warfen einen warmen Schein auf die Umgebung. Es war bitterkalt geworden, und Eisblumen wuchsen auf den Fenstern.

Dem Haus der alten Gronia gegenüber stand das des Glasbläsers. Dort war alles dunkel, bis auf ein Fensterchen direkt unter dem Giebel. Dort stand eine kleine Kerze auf dem Fensterbrett. Eine schmächtige Gestalt mit Lockenkopf sah nach draußen.

›Das dürfte das Kind des Glasbläsers sein. Wahrscheinlich wartet es auch auf den Schneeherrn.‹ Fernd hob die Hand und winkte, doch sein Gegenüber reagierte nicht.

›Hoffentlich haben die Eltern ihn gewarnt, dem Schneeherrn nicht in die Augen zu schauen. Wo bleibt er nur?‹

Die Nacht war totenstill, und die Lichter erloschen eins nach dem anderen. Fernd spürte seine Müdigkeit. Immerhin hatte er in den letzten Tagen eine Strecke von über hundert Meilen zurückgelegt.

›Nicht aufgeben.‹ Er setzte sich gerade hin. ›Die nächsten Monate habe ich genug Zeit zum Schlafen. Ich will ihn einfach nur sehen.‹

Dann schlief er ein.

☆☆☆

Irgendwann schreckte er von der Fensterbank hoch und erinnerte sich dunkel, von etwas Weichem geträumt zu haben, wohl von dem Kissen, das ihn auf dem Bett erwartete.

›Ich könnte mich ohrfeigen.‹ Er spähte nach draußen.

Es hatte zu schneien begonnen. Große Flocken fielen vom schwarzen Himmel und schwebten am Fenster vorbei, als wollten sie ihn grüßen. Fernd hatte in Araukaria noch nie richtigen Schnee gesehen, höchstens Graupel. Gebannt schaute er jetzt auf das leise Schauspiel. Im Haus gegenüber war die Kerze fast heruntergebrannt – der Sohn des Glasbläsers war am Fenster eingeschlafen.

Da schwebte ein Lichtschein von den Bergen herunter. ›Der Schneeherr‹, dachte Fernd fasziniert.

Der Berggeist schritt in einer Wolke aus blauem Licht daher und war sicher einen Meter größer als ein Mensch. Sein Haar wallte bis zum Gürtel, und auch das Gesicht war von einem langen grauen Bart verdeckt, der bei genauerem Hinsehen aus winzig feinen Eiszapfen bestand. Auf dem Kopf trug der Schneeherr eine Krone aus geflochtenem Eis. Langsam und bedächtig schritt er einher, als habe er in langen Jahren die Zeit besiegt.

Fasziniert starrte Fernd auf die seltsame Gestalt. Der Schneeherr sah nicht eigentlich böse aus. ›Wer bist du?‹, dachte er. Da blieb der Berggeist stehen und drehte sich bedächtig zum Haus der alten Gronia um.

›Nein! Nicht!‹

Dann sah Fernd in seine Augen.

Sie waren kalt wie Eis, sodass dem Jungen schier das Herz im Leib erstarrte. Verzweifelt versuchte er, den Kopf zu wenden, doch gebannt wie ein Kaninchen starrte er den Berggeist an, der alle Wärme aus ihm zu saugen schien. ›Lass mich los!‹ Fernd wehrte sich verzweifelt gegen diesen kalten Blick und versuchte, ihm etwas entgegenzusetzen. Doch es schüttelte ihn, und seine Arme und Beine fühlten sich taub und kalt an. Jetzt zahlte er dafür, nicht auf Gronias Warnung gehört zu haben.

Der Schneeherr seinerseits wunderte sich über das Paar großer dunkler Augen, das ihn unverwandt anschaute. Das Menschenkind hatte Angst vor ihm, obwohl es ihn gerufen hatte, doch in seinen Augen lag eine Wärme, die er noch nie zuvor gespürt hatte. Lange maß er seinen Blick mit ihnen, eher erstaunt als erzürnt, dass jemand gewagt hatte, ihn zu fragen, wer er sei.

Und schließlich – noch nie hatte ein Menschenkind seinen Blick ertragen! – fühlte er, wie seine Krone zu tauen begann. Da senkte er die Augen.

›Wir sind nicht füreinander gemacht, Junge‹, dachte er. ›Leg dich schlafen, und sieh mir nicht länger bei der Arbeit zu.‹

Der Schneeherr kannte die Sprache der Menschenkinder nicht, doch er wusste, dass dieses eine ihn verstehen würde.

Und Fernd hatte verstanden. Er schlotterte, stellte aber mit Erleichterung fest, dass sein Körper ihm wieder gehorchte. Mühsam stand er auf, wankte durchs Zimmer und setzte sich an den Ofen. Als die Kälte nachließ, ging er ins Bett und zog die Decke über den Kopf. Er hatte genug gesehen.

☆☆☆

»Na, was hab ich gesagt?«, meinte Gronia am nächsten Morgen. »Alles ist weiß.«

»Ich habe den Schneeherrn gesehen.« Fernd saß auf der Ofenbank und sah der alten Frau beim Abtrocknen des Geschirrs zu.

»Dann ist er am Haus vorbeigekommen, was?« Gronia stellte einen Wasserkessel in den Schrank.

»Er ist durch die Straße gegangen wie ein Nachtwächter, der die Lichter löscht«, murmelte Fernd. »Oder wie ein Totengräber.«

»Er muss sehr nah gewesen sein. Ich hab gespürt, wie die Kälte ins Haus kam.« Die Greisin verstaute das restliche Geschirr und fragte ernst: »Er hat dir in die Augen gesehen, nicht?«

Fernd senkte den Kopf. »Ja.«

»Ich habe noch nie gehört, dass man seinem Blick entkommen kann. Erzähl niemandem davon – und auch nicht zu viel von dir. Die Menschen am Omladin sind rau und hart, und viele haben gute Gründe, außerhalb der Grenzen des Alten Reichs zu wohnen.«

Fernd nickte und sah wieder aus dem Fenster.

Draußen fiel immer noch Schnee, und die Lande waren vollkommen verwandelt. Fernd fühlte sich im Haus geborgen. Wenn die Gifalken in der Nähe waren, saßen sie jetzt fest.

»Ich habe Arbeit für dich«, sagte Gronia. »Du musst mir den Weg zum nächsten Haus bahnen. Normalerweise erledigt das Karas Bub, aber ihr könnt ja aufeinander zuschaufeln. Er ist ein netter Bursche – du wirst ihn mögen.«

Wenig später räumte Fernd den Weg zum Glasbläserhaus frei. Bald tat ihm der Rücken weh, denn der Schnee lag über einen halben Meter hoch, doch er genoss die Helligkeit und die klare Luft. Der Morgen war wunderbar still, und auch die Hangwälder schienen regelrecht eingeschlafen.

Der Sohn des Glasbläsers war auch schon mit der Schaufel zugange, und als er den Fremden sah, stutzte er. Fernd zögerte kurz, dann hob er die Hand und winkte. Der Junge winkte zurück, und sie machten sich wieder an die Arbeit. Als sie nahe genug waren, um sich zu unterhalten, rief der Junge: »Wer bist du? Dich hab ich noch nie gesehen.«

Er war ein paar Jahre jünger und hatte dichte blauschwarze Locken. Große dunkle Augen blickten neugierig zu Fernd hoch.

»Ich komme aus Araukaria. Ich bin hier vom Wintereinbruch überrascht worden und wohne jetzt bei der alten Gronia.«

»Fein«, meinte der Junge. »Dann muss ich nicht immer ihr Haus freischaufeln. Sie ist furchtbar genau, weißt du.« Er grinste, und auch Fernd musste lachen.

»Mir wird wohl nichts anderes übrig bleiben. Wie heißt du?«

»Gaetan. Ich bin jetzt dreizehn.«

»Ich bin siebzehn. Fällt hier jeden Winter so viel Schnee?«

»Weißt du denn nichts vom Schneeherrn?«, fragte Gaetan. »Wenn er uns besucht hat, gibt es kein Durchkommen mehr.«

»Davon hat mir Gronia gestern erzählt«, sagte Fernd stolz. »Ich habe ihn sogar beobachtet.«

»Du hast ihn gesehen?« Gaetans Stimme überschlug sich vor Aufregung. »Wie sieht er aus?«

»Wie ein alter König, aber seine Haare sind aus Eis, und sein Bart ist es auch. Auf dem Kopf hat er eine geflochtene Krone, und seine Augen ...« Fernd brach ab, als er daran dachte.

Gaetan bemerkte das nicht. »Jetzt bin ich neidisch. Ich hab auch versucht, ihn zu sehen, aber ich bin eingeschlafen.«

»Stimmt.« Fernd lächelte.

»Der Schnee schmilzt frühestens in zwei Monaten. Du hast Glück gehabt: Der Winter hätte schon vier Wochen früher kommen können. Hast du's denn eilig?«

»Eigentlich ja.« Gaetan sah ihn fragend an, und trotz Gronias Warnung erzählte Fernd dem Jungen seine Geschichte.

»Das ist ja furchtbar.« Gaetan musterte ihn mitleidig. Er war nicht ganz so groß wie Fernd, aber dünn und im stärksten Wachstum. Sicher würde er ihn bald überragen. Jetzt legte er den Kopf schräg: »Willst du mein Freund sein?«

»Gern. Aber wenn der Winter vorbei ist, zieh ich weiter.«

»Bis dahin ist es noch lang«, erwiderte Gaetan leichthin. »Ich habe keinen richtigen Freund. Ein Junge im nächsten Dorf ist in meinem Alter, aber den sehe ich die nächsten Wochen ja nicht. Weißt du was? Komm heute Abend zu uns. Und bring die alte Gronia mit. Meine Eltern wollen sicher genauer wissen, was mit Araukaria geschehen ist.«

Gaetans Eltern hießen Kara und Alia. Kara, der Glasbläser, war im Dorf groß geworden. Als junger Mann war er auf Wanderschaft gegangen und hatte nach Jahren seine Frau mitgebracht. Beide waren groß und freundlich und noch keine vierzig Jahre alt. Fernd wurde üppig bewirtet, musste dann erzählen und gab die Geschichte zum Besten, die Gaetan, der mit großen Augen auf der Eckbank saß, schon kannte.

»Das ist wirklich eine schlimme Nachricht«, sagte der Vater bestürzt. »Wir alle haben vom Alten Reich profitiert, denn zwischen dem Erzgehügel jenseits des Scheidegebirges und Araukaria herrschte reger Verkehr. Wir haben zwar kaum Geld, etwas zu kaufen, aber Anschauen ist auch schön, und gegen ein gutes Nachtlager hat schon manches hübsche Stück hier seinen Platz gefunden.«

»Ich hätte noch einiges gebraucht«, murrte die alte Gronia, »vor allem Wolle. Dann hätte ich dem Jungen eine Weste stricken können.« Missbilligend betrachtete sie Fernds Kleidung. »Er hat kaum warme Sachen für den Winter.«

»Bei der Vertreibung aus Araukaria hatte ich andere Sorgen«, brummte der Gescholtene.

»Ich wollte noch Pigmente fürs Glasfärben kaufen«, bedauerte Kara. »Zu spät.«

»Nach diesem Winter wird die Welt anders sein«, meinte Gronia und fügte düster hinzu: »Manchmal bin ich froh, dass ich schon alt bin und vieles nicht mehr erleben muss.«

Kara und Alia schwiegen.

»Fernd«, fragte die Greisin weiter, »wenn der Frühling kommt, willst du dann wirklich nach An-Tiki hinaufsteigen?«

»So hat es mir mein Großvater aufgetragen.«

»Weißt du, wie hoch es zu den Eispalästen der Felajun hinaufgeht?«, fragte Alia. »Die Sonne hat nicht einmal im Hochsommer die Kraft, das Eis zu schmelzen. Nur wenige sind je so weit vorgedrungen – warum auch? Man kann ihre Bücher ja doch nicht lesen.«

Fernd dachte an die *Rechenschaft* und sagte nichts.

»Hat dir dein Großvater von den Felajun erzählt?«, fragte Gronia. Als Fernd verneinte, sagte die Alte: »Dann hör gut zu.«

»Du kennst ihre Geschichte?«, meldete sich Gaetan zu Wort. »Mir hast du sie nie erzählt.«

»Du musst mit zwölf Jahren auch noch nicht alles wissen«, wies ihn die alte Frau zurecht.

»Dreizehn.«

Gronia dachte nach.

»Ich weiß selbst nicht, woher die Felajun gekommen sind«, begann sie endlich. »Vielleicht sind sie mit dem Gebirge entstanden. Jedenfalls waren sie uns Menschenkindern ähnlich – aber nicht aus Fleisch und Blut, sondern Geschöpfe der Kälte. Sie lebten auf den Gletschern, und ihre Hauptstadt war An-Tiki. Sie liebten Sagen und Legenden, und Geschichtenerzähler wurden bei ihnen verehrt wie Zauberer. Deshalb schrieben sie ihr Wissen auf Eistafeln, die sie in ihrer Bibliothek, dem Kristallhaus, verwahrten. Dort, im Na-ani, was so viel heißt wie ›Das vom Licht Durchschienene‹, ist bis heute ihr gesamtes Wissen untergebracht.

Dann begann der Aufstieg des Reichs von Khor, das innerhalb weniger Jahrzehnte seine Grenzen bis zum Scheidegebirge erweiterte. Eine Zeit lang existierten beide Völker friedlich nebeneinander, doch dann drangen die Khorer an die Ostmauer vor und wollten auch die Berge in Besitz nehmen. Den Großkönigen im Grasland waren die Felajun ein Dorn im Auge, denn sie bewachten die hoch gelegenen Pässe, und Khor wollte kein freies Volk unter seiner Herrschaft dulden. Eines Sommers stiegen sie auf und griffen die Gletscherstädte an. Nachdem das Eisvolk um Gnade gebeten hatte, vollbrachte Ari, Großkönig von Khor, die ruchloseste Tat in der Geschichte des Reichs: Er sicherte ihnen Schonung zu, wenn sie ihre Waffen abgeben würden, doch als sie auf sein Angebot eingegangen und wehrlos waren, brach er sein Versprechen und ließ sie gefesselt den Pass hinunterführen. Die Felajun schrien und weinten, aber in jenen unseligen Zeiten gab es die Gnade noch nicht, und man trieb sie allesamt in den Sommer hinein. Die meisten starben schon auf dem Weg und lösten sich in Dampf und Wasser auf, und ein Bach floss den Passweg hinunter, auf dem die Überlebenden über ihre sterbenden Gefährten steigen mussten.

Nur der König überstand den langen Marsch zu den Furten des Omladin. Dort verfluchte er Ari und das Menschengeschlecht und wurde in den Fluss geworfen. Das war das Ende der Felajun.

Doch der Fluch hat sich bewahrheitet, denn Jahrzehnte später begann das Großreich von Khor auseinander zu brechen. Ein neues, wildes Volk von jenseits der Ostmauer unterwarf das Stromland und das Erzgehügel, und schließlich drängte es die Soldaten von Khor übers Gebirge zurück.«

›Wölfe‹, dachte Fernd.

»Dann unternahmen sie Kriegszüge ins Land der Grasleute, bis deren Verteidigungskraft erlahmte. Schließlich vertrieben sie ihre Gegner über den Omladin. Dort konnten die Khorer noch einige Jahre ihre Stellung halten.«

›Das Schlachtfeld mit dem toten Soldaten‹, begriff Fernd.

»In einer grauenvollen Schlacht gelang es endlich, das westliche Ufer zu erobern, und vierzig Jahre später bestand das Reich von Khor nicht mehr. Das war die Strafe dafür, so schändlich an den Felajun gehandelt zu haben.«

Die Alte wandte sich an Fernd.

»Sei auf der Hut, wenn du nach An-Tiki kommst! Man sagt, einige Felajun haben überlebt und wohnen noch immer dort oben, versteckt und verbittert über die Menschen. Sogar der König geht noch um. Vielleicht«, sie zwinkerte ihm zu, »hast du ihn ja schon gesehen.«

»Der Schneeherr«, hauchte Gaetan, der gebannt zugehört hatte. »Er ist der König des Eisvolks!«

»Vielleicht. Auf dem Weg nach An-Tiki musst du an seinem Wohnsitz vorbei, der Feuerzinne. Jeden Winter steigt er dort herunter, um zu sehen, ob sich seine Untertanen nicht aus dem Omladin erheben, um in ihre Heimat zurückzukehren. Dann wäre der Verrat von König Ari gerächt – und der Winter nicht mehr so kalt.«

Es war spät geworden, und die Greisin erhob sich. »Ich muss zu Bett. Mit sechsundsiebzig Jahren sollte man nicht mehr bis nach Mitternacht aufbleiben.«

»Fernd, kommst du morgen wieder?«, fragte Gaetan. »Wir können ja zusammen Schnee schippen. Oder etwas anderes tun.«

»Er hat einen Freund gefunden.« Alia lächelte. »Gut so – er ist der einzige Junge im ganzen Dorf.«

☆☆☆

So verbrachte Fernd den Winter. Der Schneeherr hatte seine Arbeit gründlich verrichtet. An ein Weiterwandern war nicht zu denken, und ein besseres Versteck vor den Gifalken konnte er sich eigentlich nicht wünschen. Seine Bekanntschaften im Dorf beschränkten sich auf die alte Gronia und die Familie des Glasbläsers. Obschon gastfreundlich, waren die Menschen am Omladin verschlossen und hart – wie das Land, in dem sie lebten. Fernd sehnte sich häufig zurück nach der Lebensfreude Araukarias und vor allem nach Reika.

»Sie lebt«, sagte er sich immer wieder. »Ich hätte es ganz bestimmt gespürt, wenn ihr etwas zugestoßen wäre.«

Die Liebe zu Reika, durch die Distanz nur tiefer geworden, hielt ihn aufrecht. Denn sosehr in dieser Geschichte auch von großen und geheimnisvollen Kräften die Rede sein mag: Es gibt keine größere Macht bei den Menschenkindern als die Liebe. Sie ist fast so ewig wie das Gesetz der Lande.

Arbeit gab es genug. Still und fleißig taten Fernd und Gaetan ihren Dienst in dem unter tiefem Schnee begrabenen Land. Eine herzliche Beziehung hatte sich zwischen ihnen entwickelt, und sie verbrachten fast jeden Abend zusammen, meist in Gaetans kleiner Stube, wo sie vor der Einsamkeit der Erwachsenen geschützt waren. Manchmal, wenn ihnen danach war, lasen sie sich gegenseitig Geschichten vor. Sonst sprachen sie nicht viel, sondern schauten ins gelbe Licht einer Kerze, die die Dunkelheit aus der Kammer trieb, und dachten an den Frühling.

»Wann musst du weiterwandern?«, fragte Gaetan an einem dieser Abende.

»Sobald die Wege wieder frei sind.« Die Kerze begann zu flackern, und Fernd nahm eine Schere, um den Docht zu stutzen. Er sprach nicht gern mit Gaetan über dieses Thema, denn er wusste, dass er seinem jungen Freund damit wehtat.

»Kann ich dich nicht begleiten? Hier wird es langweilig sein, wenn du nicht mehr da bist.«

»Du bist noch zu jung. Auf der Reise zum Kristallhaus lauern tausend Gefahren.«

»Du bist nicht viel älter«, wandte Gaetan ein.

»Vermutlich bin auch ich zu jung für diese Wanderung.«

»Dann bleib doch hier! Weißt du, ich glaube nicht, dass du gegen den Schwarzen Prinzen kämpfen kannst. Das kann man nur, wenn man ein richtiger Held ist, wie in Gronias Sagen.«

»Bin ich denn keiner?«, fragte Fernd belustigt.

»Nein.« Gaetan stockte. »Helden sind anders.«

»Inwiefern?«

»Ein richtiger Held« – Gaetan dachte angestrengt nach – »würde nie mein Freund sein. Er würde gar nicht auf mich achten. Ein Held kümmert sich nur um wichtige Dinge.«

»Und du bist nicht wichtig?«

»Nein.«

☆☆☆

Die Tage wurden wieder länger, und die Kälte ließ nach. Ein warmer Wind wehte von Westen und brachte Regen.

Regen! Fernd saß am Stubenfenster und sah, wie der Schnee zusammensank und sich in Matsch verwandelte. Schon zeigten sich die Konturen des Bodens, und Fernd wusste, dass er bald Abschied nehmen würde. Von Hellinge am Omladin, von der alten Gronia und von Gaetan.

Auch die drei Gifalken, die Bolgan einst am Ayakilfelsen gesehen hatte, machten sich nun auf den Weg. Noch hatten sie Fernds Aufenthaltsort nicht herausgefunden, doch ihr Instinkt wies ihnen die Richtung.

Bis jetzt hatten auch sie festgesessen: Die von Osten übers Gebirge drängenden Schneemassen machten ein Weiterkommen unmöglich. Also waren die drei in eine Hütte eingedrungen, hatten die Bewohner umgebracht, den Winter über ausgeharrt und mit toten Augen über die Lande geschaut und gewartet. Endlich hatte die Jagd begonnen. Auch Fernd ahnte, dass sich der Abstand zwischen ihm und seinen Verfolgern verringerte, und sehnte seine Abreise herbei.

Aber zunächst kam ein neuer Wintereinbruch von Westen, und die alte Gronia wurde krank und musste sich mit Fieber ins Bett legen.

Wahrscheinlich hatte sie sich nicht warm genug angezogen, und die Strafe folgte auf dem Fuß. Was als Husten und Schnupfen begonnen hatte, verschlimmerte sich zur Lungenentzündung.

»Sechsundsiebzig Jahre«, murmelte sie immer wieder. »Nie habe ich mich erkältet. Und jetzt das.«

Bleich und mit eingefallenem Gesicht lag sie schwitzend im Bett, und Fernd versuchte ihr Suppe einzuflößen.

»Halt dich gut warm«, sagte er dann. »Ich hab dir noch eine Decke aus dem Schrank geholt.« Oder: »Bald wird es wärmer. Dann setz ich dich raus in den Sonnenschein. Die frische Luft wird dir gut tun.«

Doch Gronia war schon zu alt und zu müde, um gegen das Fieber anzukämpfen. Nach ein paar Tagen rief sie Fernd zu sich, schaute ihn aus trüben Augen an und sagte: »Es ist Zeit. Geh zu Kara. Der soll nach meinen Söhnen schicken. Denn ich werde nicht mehr aufstehen.«

Und Fernd rannte und bestellte dem Glasbläser die Nachricht. Die Kunde von der Krankheit der alten Gronia hatte sich in Hellinge herumgesprochen. Die nächsten Tage bekam sie oft Besuch, doch keiner traute sich, ihr zu sagen, dass die Söhne nicht kommen konnten, weil noch kein Weg aus dem Dorf führte. Die Schneemassen lagen zu hoch.

Die Greisin schien das zu ahnen. Sie fragte nicht mehr nach ihren Söhnen, und in der fünften Nacht darauf starb sie. Fernd hielt die Totenwache. Nach all den langen Tagen empfand er das als seine Pflicht. Gaetan leistete ihm Gesellschaft.

»Bei uns sagt man, dass die Seele eines Verstorbenen aufsteigt und übers Gebirge schwebt«, sagte er leise. »Der Wind trägt sie zur Ostmauer – in ein Land, in dem die Toten wohnen.«

Die Ostmauer. Fernds Ahnung, dass die Antwort dort und

nur dort verborgen war, verdichtete sich langsam zur Gewissheit.

»Bei uns denkt man anders.« Er blickte mit trüben Augen auf Gronias erstarrte Züge, die von einer Kerze beleuchtet wurden. Die letzten Tage waren nicht leicht gewesen. Ihre robuste Natur hatte der Krankheit bis zuletzt widerstanden und sich an das entfliehende Leben geklammert. Es war ein quälender und schmerzhafter Kampf gewesen. Nun, seit sie ihren letzten Atemzug getan hatte, wirkte sie fast friedlich.

»In Araukaria«, sagte Fernd endlich, »glaubte man, die Toten würden erwachen, wenn der letzte Tag anbreche, und in das Reich des Verborgenen Gottes eingehen. Aber wann das ist, weiß niemand.«

☆☆☆

Das ganze Dorf war versammelt, als die Verstorbene am nächsten Tag begraben wurde. Viele sah Fernd zum ersten Mal. Stumm und ernst standen sie da, aber ohne Trauer.

›Ich trage den Tod in mir‹, dachte Fernd, während der Leichnam im Grab versenkt wurde. ›Meine Eltern, der Alte Niemand, Erouan und jetzt Gronia – warum?‹

Die alte Frau war auf einem Holzbrett aufgebahrt. Selbst im Tod sah ihr Gesicht streng und herb aus – wie das Land, in dessen Schoß sie nun zurückgegeben wurde. Doch Fernd wusste, dass jetzt eine gute Seele über die Ostmauer schweben würde.

☆☆☆

Als die Gifalken den Südrand des Scheidegebirges erreicht hatten, berieten sie sich.

»Er ist in Hellinge«, schnarrte der Erste. »Der Schneeherr hat es dem Schwarzen Prinzen gesagt.«

»Schwer zu erreichen«, sagte der Zweite. »Zu viel Schnee.«
»Wir könnten einen Umweg nehmen«, meinte der Dritte. »Übers Holzland. Dort sind die Wege bereits frei.«
»Das dauert zu lange«, erwiderte der Erste.
»Wir könnten mit den Holzländern spielen«, meinte der Dritte. »Wenn wir in der Nähe der Berge bleiben, stecken wir bald wieder fest. Genau wie der Junge.«
Sie trennten sich.

☆☆☆

Endlich war der Schnee geschmolzen, und die Wege frei – Zeit für Fernd, seine Wanderung wieder aufzunehmen. Nachdem er die Tür verschlossen und verriegelt hatte, ging er zum Nachbarhaus. Gaetan schien gespürt zu haben, dass der Abschied kam. Er stand auf der Veranda und wartete.
Lange sahen sie sich an, der kleine Junge und der große – Freunde, die sich vielleicht nie wieder sehen würden.
»Ich gehe jetzt«, sagte Fernd.
»Ich weiß.« Gaetans Stimme klang rau und dunkel wie die eines Erwachsenen.
Eine Zeit lang schwiegen beide. Schließlich blickte Gaetan hinauf zu den Hängen des Scheidegebirges.
»Da oben wird es kalt sein.« Plötzlich lächelte er. »Warte. Ich hab noch was für dich.« Er verschwand im Haus und kam mit einer fest verschnürten Wolldecke zurück.
»Die ist für dich«, sagte er und reichte Fernd das Bündel.
»Aber das ist doch deine Decke«, protestierte er. »Du wirst in den kalten Nächten frieren.«
»Nein«, widersprach Gaetan bestimmt. »Weil du mit meiner Decke auch nicht frieren wirst. So ist das bei richtigen Freunden.«
Jetzt lächelte auch Fernd. »Ich danke dir.«

3

An-Tiki

»Du lügst«, sagte Fernd.
»Ich lüge nicht.« Der Gifalk hatte mit dem Fuß wieder Halt gefunden und stützte sich vorsichtig auf einen Mauervorsprung. »Der Silbergreis lässt dich überall suchen. Es heißt, er setzt große Hoffnungen in dich. Dass ich nicht lache!«

Es war am Abend nach Fernds Abmarsch aus Hellinge. Draußen wurde es bereits dunkel, und die Silhouetten begannen schon, mit dem grauschwarzen Himmel zu verschwimmen, als die Tür des Glasbläserhauses behutsam geöffnet wurde und Gaetan heraustrat.

Vorsichtig sah sich der Junge um. In den meisten Häusern schimmerte Kerzenlicht, nur nicht in dem der alten Gronia, das dunkel und verlassen dastand.

Er schulterte einen Rucksack, der bis obenhin mit Würsten, Brot und Käse bepackt war. Auch ein zweites Paar Schuhe hatte er dabei – falls das erste nass werden sollte.

»Seid mir nicht böse«, sagte er und meinte damit seine Eltern. »Aber es ist Zeit, dass ich auf Wanderschaft gehe – so wie Vater einst.«

Damit schlug er den gleichen Weg ein, den Fernd vor gut acht Stunden gegangen war – den vom Schmelzwasser angeschwollenen Omladin hinauf, der über die blank gewaschenen Steine toste. Ein genaues Ziel hatte er nicht. Die Sehnsucht nach der Fremde hatte ihn aus dem Dorf getrieben.

Vielleicht würde er Fernd folgen oder das Gebirge entlangwandern, bis er in ferne Länder kam.

›Freiheit‹, dachte Gaetan stolz, während er dem Pfad folgte, der bald nach rechts abknickte und in einen dunklen Tannenwald führte. ›Vater war viel älter, als er loszog.‹

Er hatte einen Brief aufs Bett gelegt. Wenn Mutter morgen zum Wecken kam, würde sie ihn finden. Trotzdem hatte er ein komisches Gefühl im Bauch, das im Wald nur zunahm.

›Unheimlich hier‹, dachte er und stolperte. ›Vielleicht hätte ich doch bei Tageslicht loswandern sollen. Aber dann hätten sie es gemerkt.‹

Er versuchte ein Lied zu pfeifen, um sich Mut zu machen, doch die Tannen standen wie verkrüppelte Riesen zu beiden Seiten des Weges, und so verstummte die Melodie bald kläglich in der Dunkelheit. Nur der Wind säuselte leise.

»Ob es in dieser Richtung überhaupt Menschen gibt?«, murmelte der Junge und blieb stehen. »Vielleicht sollte ich doch nach Süden gehen? Da ist es wärmer.« Dann aber gab er sich einen Ruck. »Los, du Feigling. Vorwärts.«

Vorsichtig stapfte er weiter ... und zögerte erneut. Gaetan war noch ein halbes Kind – wie hätte er den Nachtwald nicht als bedrohlich empfinden sollen? Aber nicht der Wald allein flößte ihm Angst ein. Etwas lauerte im Dunkeln, das böser war als Kobolde und Waldgeister. Gaetan spürte das und blieb endgültig stehen. ›Und meine warme Decke habe ich Fernd gegeben. Hoffentlich friert er im Gebirge nicht.‹

Beim Gedanken an seinen Freund, der sich vielleicht in diesem Augenblick in den winterkahlen Bergen ein einsames Nachtlager suchte, schalt er sich einen Angsthasen, musste dabei aber an zu Hause denken und das warme Bett, das dort auf ihn wartete. Und an die kleine Kerze, die dort brannte und die bösen Gedanken der Nacht vertrieb.

»Ich werde ein andermal losziehen«, beschloss er. »Es ist zu kalt, es ist dunkel und noch Winter. Vielleicht haben es Vater und Mutter ja nicht einmal gemerkt.«

So machte er kehrt, doch sosehr er sich auch beeilte: Der Pfad wurde immer länger und der Wald immer finsterer. Kein versöhnliches Licht tauchte zwischen den Bäumen auf, um ihm den Weg nach Hellinge zu weisen, und das Schweigen hämmerte in seinen Ohren. Erschöpft blieb Gaetan schließlich stehen, und sein Blick irrte umher wie der eines gehetzten Tiers.

»Ich hab mich verlaufen«, flüsterte er fassungslos. »Wie ist das möglich?«

Da erkannte er, wie vermessen sein Gedanke gewesen war, mitten in der Nacht aufzubrechen. Auf Wanderschaft gehen! Ein toller Kerl war er, der nach einer Meile schlappmachte, Angst bekam und sich dann auch noch verlief. »Ich will nach Hause«, flüsterte er und sah sich verzweifelt um. »Ich will nur wieder nach Hause.« Tränen der Angst schossen ihm aus den Augen – der Angst vor etwas, das lautlos aus dem Dunkel auf ihn zukam.

»Guten Abend, Junge.«

☆☆☆

Von alldem wusste Fernd nichts. Der Ostweg hatte ihn ins Gebirge geführt und sich durch die Täler Richtung Rotjochpass gewunden, von dem Fernd hoffte, er sei schon schneefrei. Immer öfter brach die Sonne durch die schnell nach Westen ziehenden Vorfrühlingswolken. Das Hochtal war weit, und ein Gebirgsbach plätscherte zu seiner Linken. Als er am Abend endlich den Kopf des Tals erreichte, blieb er überrascht stehen.

Vor ihm lag ein weiträumiger Kessel, vor Jahrtausenden vom Gletschereis ausgeschliffen und ohne Ausgang – bis auf den Passweg, der sich an der mächtigen Ostwand schier endlos in die Höhe schlängelte. Das Rotjoch, das dem Pass den Namen gegeben hatte, verbarg sich in Wolken.

»Das muss die Westwarte sein«, murmelte Fernd. Der Kesselgrund war von braunem Hochgras bestanden, doch Bodenwälle deuteten auf früheren Ackerbau hin. Da und dort arbeitete sich frisches Grün durchs braune Winterkleid. Gräser reckten sich dem Frühling entgegen. In einem uralten Zwetschenbaum summten die Hummeln.

Die Westwarte, eine ehemalige Verladestation für Waren, die von Trägern über den Pass befördert werden mussten, war schon vor langer Zeit aufgegeben worden. Die alte Gronia, die davon erzählt hatte, mochte die Häuser in ihren jungen Jahren noch bewohnt vorgefunden haben. Nun waren sie verlassen und zerfallen.

Fernd blickte zur Passhöhe auf. »Noch zwei Tage nach An-Tiki. Wenn ich es überhaupt finde.«

Einen Moment gaben die ziehenden Wolken den Rotjochpass frei. Fernd erkannte die gekrümmte Linie gut tausend Meter über dem Talkessel. Dann verschwand sie wieder. Der Junge war allein hier oben, bis auf einen Häher, dessen Krächzen von den Felswänden widerhallte.

Bis er den Kessel durchschritten hatte, war die Sonne hinter den Bergen verschwunden, und das Tal lag in grauem Schatten. Nur die Gipfel hoben sich rotgolden gegen den dunkelblauen Himmel ab. In den Ruinen der Westwarte fand der Junge eine kleine, vom Wind schief geblasene Holzhütte, in der sogar einige Ballen uraltes Stroh lagen. Er richtete sich ein, so gut es ging, aß noch etwas, wickelte sich fest in Gaetans Decke und war bald eingeschlafen.

☆☆☆

Am nächsten Morgen war sein Rücken steif vom Liegen. In der Nacht war der Frost in die Berge zurückgekehrt, doch jetzt fiel helles Sonnenlicht durch die Holzritzen. Die Balken waren schon angewärmt und knackten.

»Ich habe verschlafen«, murmelte Fernd. »Aber gerade zum Schluss ist es so schön warm geworden.«

Da fiel ein Schatten durch die Ritzen, und Fernd erschrak. Was war das? Vorsichtig spähte er durch einen Spalt. Hatte ihn ein Tier gewittert? Fernd fasste sich ein Herz und öffnete die Tür. Vor der Hütte stand – Gaetan.

»Endlich hab ich dich gefunden«, erklang seine helle Stimme, und ein Lächeln zog über sein Gesicht, als er Fernd umarmte. »Ich hatte solche Angst um dich! Da bin ich einfach losgezogen. Nimmst du mich mit auf dein Abenteuer?«

»Wie hast du mich gefunden?«, fragte Fernd und strich seinem Freund erfreut über die Wange.

»Das war leicht«, erklärte der Junge stolz. »Ich bin einfach deinen Spuren gefolgt – du hast ziemlich deutliche Fußstapfen hinterlassen.« Er legte den Kopf zurück und lachte keck.

Fernd runzelte die Stirn. »Was hast du da?«

Gaetans Lachen verstummte. »Was meinst du?«

Sein Hals war von roten und blauen Flecken geziert, als hätte er eine Prügelei hinter sich.

»Ein tief hängender Ast, nichts weiter.« Der Junge betastete sich vorsichtig. »In der Nacht habe ich einmal geglaubt, eine Stimme zu hören, und bin querfeldein gerannt, weil ich Angst hatte. Aber da war nichts.«

»Was tu ich denn jetzt?«, fragte Fernd kopfschüttelnd.

»Du musst mich mitnehmen«, erwiderte Gaetan bestimmt. »Wir sind doch Freunde, oder?« Dabei legte er den Kopf schräg und schaute seinen älteren Gefährten bittend an.

»Aber was werden deine Eltern sagen?«

»Das ist mir egal. Ich hab ihnen einen Brief aufs Bett gelegt, dass ich mich auf Wanderschaft gemacht habe wie Vater. Wenn sie das lesen, werden sie beruhigt sein.«

»Das glaube ich kaum.« Fernd seufzte und nahm den Jungen bei der Hand. »Im Grunde bin ich ja froh, wenn ich einen Gefährten habe. Aber du tust, was ich sage, verstanden?«

»Klar wie Glassuppe.« Gaetan grinste.

Es war Mittag, als die beiden endlich die Passhöhe erreichten. Ein harter Aufstieg lag hinter ihnen – Stunde um Stunde mit gesenktem Blick, um die unzähligen Serpentinen nicht zu sehen. Trotzdem war es besser gegangen als befürchtet. »Schau«, sagte Fernd, als der Weg auf einen verschneiten Bergsattel führte. »Wir haben es geschafft.«

Gaetan blickte auf und kniff die Augen zusammen. Hell blitzte die Sonne vom Himmel. »Da links muss das Rotjochhorn sein«, sagte er und wies auf den Gipfel. »Hat mir Vater gesagt. Und rechts ist die Feuerzinne.«

Das Rotjochhorn war schmal und spitz, und seine verschneiten Hänge leuchteten blendend weiß. Der Gipfel lag hinter Wolkenfetzen, die sich wie Rauchfahnen an ihm festkrallten. Der Berg war der höchste des gesamten Scheidegebirges, und kein Mensch hatte ihn je bestiegen.

Dennoch wirkte das Rotjochhorn nicht halb so mächtig und bedrohlich wie die Feuerzinne. Eis, glatt wie polierter Stahl, umlagerte deren Gipfel, der aussah, als sei vor Urzeiten ein riesiger Steinquader auf die Gletscher gefallen. Senkrecht und klobig ragte die zerklüftete Wand in den dunkelblauen Himmel, gut tausend Meter über der Passhöhe. Der Name war leicht zu erklären: Der Berg hatte die Form einer zerborstenen, von Zinnen gekrönten Burg, und die Sonnenstrahlen färbten ihn rötlich. Seit seiner Erschaffung war er nur Adlern zugänglich, und die kreisten majestätisch über ihm.

Fernd schluckte. »Und dort oben wohnt der Schneeherr?«

»Hat die alte Gronia zumindest gesagt.« Mittlerweile war Gaetan die Müdigkeit anzumerken, und seine sprudelnde Kinderlaune war verflogen. »Wie geht es jetzt weiter?«

»Das weiß ich nicht genau.« Mühsam wandte Fernd den Blick von der lastenden Feuerzinne und sagte unsicher: »Rechts, glaube ich. Ono meinte, an der Feuerzinne vorbei. Dann ist es noch ein knapper Tagesmarsch bis An-Tiki.«

»Bist du sicher? Vater hat einmal gesagt, das Kristallhaus ist hinter dem Rotjochhorn. Könnte Ono sich geirrt haben?«

»Möglich.« Fernds Blick wanderte suchend über die Berge.

»Vater hat sich bestimmt nicht getäuscht. Der kennt den Weg besser als dein Ono.«

Fernd traf eine Entscheidung. »Nein, wir nehmen den Weg zur Feuerzinne. Ich glaube einfach, dass er richtig ist.«

»Wenn du meinst.« Gaetan wirkte enttäuscht.

Der Weg führte zunächst über ein Geröllfeld. Unterhalb des Gletschers machten sie in einem Wäldchen Halt.

»Genug für heute«, sagte Fernd. »Bauen wir uns einen Windschutz, und ziehen wir morgen weiter.«

»Gut«, murmelte Gaetan.

»Müde?«, fragte Fernd freundlich.

»Ist ja wohl kein Wunder.« Gaetans Augen blitzten stolz. »Immerhin hab ich dich die ganze Nacht gesucht und keine Pause gehabt. Schafft nicht jeder, stimmt's?«

»Kann man wohl sagen«, erwiderte Fernd nachdenklich. »Ich hätte es nicht für möglich gehalten.«

Gaetan wechselte das Thema. »Es wird bald dunkel.«

Die Sonne war längst im Westen verschwunden, und ein eisiger Wind fegte über den Firn. Nachdenklich schaute Fernd auf die Ausläufer des Scheidegebirges tief unter ihnen, die immer mehr im Dunkel der Nacht verschwanden.

›Eigentlich bin ich froh, dass Gaetan dabei ist.‹ Fernd ahnte, dass ihn nichts Gutes in An-Tiki erwartete.

»Sieh mal.« Sein junger Freund deutete fasziniert nach oben. Die Adler hatten sich zu einem weiten Kreis zusammengefunden. Scheinbar schwerelos umschwebten sie den Felsenhorst. »Fliegen müsste man können«, murmelte er und streckte träumerisch die Hand aus, als wollte er die Vögel greifen.

»Schau mal. Sie ziehen nach Süden.«

»Vielleicht hat der Schneeherr sie verjagt. Ob er wirklich da oben wohnt?«

Fernd musste an die Gestalt im Schneetreiben denken, und ihn schauderte.

Mit etwas verwittertem Holz entfachten sie ein kleines Feuer und aßen schweigend. Beide waren vom langen Aufstieg sehr müde. Fernd blickte immer wieder zur Feuerzinne hoch, deren schwarze Masse klobig vor dem sternenübersäten Himmel stand.

›Von ihr geht etwas Warnendes aus‹, dachte er. ›Sie will, dass wir so schnell wie möglich verschwinden.‹

»Lass uns schlafen gehen«, sagte er, und die beiden krochen unter der wärmenden Decke zusammen. Fernd wunderte sich, wie kalt Gaetans Körper war.

›Hoffentlich wird er nicht krank‹, dachte er. ›Ich habe nicht die Kraft, ihn aus den Bergen zurückzubringen.‹

Dann schlief er ein.

☆☆☆

Blendend weiß strahlten die Schneeflächen, und dunkelblau leuchtete der Himmel. Die Feuerzinne drohte steingrau, als die beiden raschen Schritts aus ihrer Sicht marschierten. Manchmal knirschte das Eis hohl unter ihren Schritten, doch

Fernds Angst war verflogen. Das Scheidegebirge verzauberte ihn mit seiner kalten Pracht.

»Wovon haben die Felajun eigentlich gelebt?«, wollte Gaetan wissen. »Hier gibt's doch nur Eis.«

»Das hab ich mich auch schon gefragt. Feinschmecker waren sie vermutlich nicht.«

»Muss ja furchtbar eintönig gewesen sein. Zum Frühstück, mittags und abends nur Eisbrocken.«

Fernd grinste. »Und als Nachtisch Geröllsplitter. Damit etwas Sättigendes in den Magen kommt.«

Am Nachmittag versperrte ihnen eine Mauer aus zerborstenen Eisblöcken den Weg. Sie waren glatt und durchsichtig wie Glas, und beim Hinaufsteigen mussten sie aufpassen, um nicht in Spalten zu treten, die der Wind mit Schnee voll geweht hatte.

»Es kann nicht mehr weit sein«, keuchte Fernd. In der dünnen Luft war er ganz außer Atem.

»Ist es auch nicht. Wir sind da.« Gaetan, der vorangegangen war, deutete voraus.

»An-Tiki«, murmelte Fernd verblüfft. »Wir haben es tatsächlich gefunden.«

Die Mauer war Teil einer ausgedehnten Wehranlage gewesen. Dahinter befanden sich die Überreste der gewaltigen Metropole der Felajun. Was für ein Volk hatte die Leistung vollbracht, tausende blaugrauer Eisquader zu dem zusammenzufügen, was außer ihnen beiden nur wenige Menschen gesehen hatten! Einst mussten die in der Sonne glitzernden Häuser und Paläste ein erhebender Anblick gewesen sein. Jetzt waren sie zu großen Haufen vom Wind zerfressener Eisblöcke zusammengesunken, die bizarr aus dem angewehten Schnee herausragten. Nur ein Gebäude außerhalb von An-Tiki war unversehrt und funkelte wie ein Diamant zu ihnen herüber.

»Das Kristallhaus«, hauchte Fernd. »Es steht wirklich noch.«

In diesem Moment erst wurde ihm bewusst, was er geleistet, welch ungeheure Entfernung er zurückgelegt hatte. Der Großvater hatte ihm einen schwierigen Auftrag gegeben – nun schien seine Erfüllung nah.

»Und was machen wir jetzt?« Gaetan war der Anblick offenbar ein wenig unheimlich.

Fernd erwachte aus seiner Betäubung. »Ist doch klar. Wir gehen hin und sehen uns die Eistafeln an.«

»Und du kannst sie tatsächlich lesen?«

»Großvater hat mir ein Buch mitgegeben, die *Rechenschaft*. Damit ist es möglich.«

»Davon hast du mir nie etwas erzählt.«

»Ich hatte es vergessen. Es war den ganzen Winter in meinem Rucksack.«

Als sie sich durch die Trümmer von An-Tiki hindurchgearbeitet hatten, begann die Sonne zu sinken, doch nach dem letzten Wehrwall rückte das Kristallhaus rasch näher.

Nie hatte Fernd etwas Vergleichbares gesehen. Der seltsame Bau war mit zahllosen Zinnen und Erkern gekrönt, und das Satteldach ragte durchbrochen in den Himmel. Auf eine Meile herangekommen, blieb Fernd überrascht stehen.

»Schau mal. Jemand war vor uns da.«

Eine dunkle Linie führte quer über das Schneefeld aufs Kristallhaus zu. Sie kam aus Richtung der Feuerzinne. Fernd hatte zuerst gehofft, es sei nur ein Riss im Eisfeld, doch beim Näherkommen erwies sie sich tatsächlich als Spur. Er kniete nieder, um sie zu betrachten. »Sieht neu aus.«

»Wer könnte das gewesen sein?«

Fernd stutzte. »Wer auch immer – die Kälte macht ihm nichts aus. Er geht barfuß.«

Gaetan schaute genauer hin. »Tatsächlich.«

Fernd ließ seinen Blick misstrauisch über den Gletscher schweifen. »Beim Verborgenen Gott! Ich frage mich, auf was wir uns eingelassen haben.«

»Wollen wir nicht umkehren? Wir könnten doch wiederkommen, wenn die Gefahr vorbei ist.«

Fernd hatte nicht übel Lust, dem Vorschlag seines Freundes zu folgen, sagte aber: »Nein. So kurz vor dem Ziel geben wir nicht auf.« Er erhob sich, zurrte den Mantel fester und stapfte weiter. Gaetan folgte ihm zögernd.

Erst als sie das Kristallhaus erreichten, war zu erkennen, wie groß das geistige Zentrum der Felajun gewesen war. Mehrere kleinere Gebäude – jetzt zerstört bis auf die Grundmauern – hatten es umgeben. Auch die gewaltige Bibliothek selbst war nicht unversehrt, denn der ewig wehende Wind hatte Löcher in die Wände genagt und die Kanten wunderlich verformt. Doch alle Wunden, die die Zeit dem Kristallhaus geschlagen hatte, verschwanden vor seiner Schönheit.

»Meinst du, er ist noch da drin?«, fragte Gaetan in einer Mischung aus Ehrfurcht und Angst.

»Hoffentlich nicht.« Fernds Blicke wanderten zögernd an dem windumtosten Gebäude empor. »Außerdem sind wir zu zweit.«

Sieben Stufen, aus einem einzigen riesenhaften Eisblock gehauen, führten zum Portal hinauf, das wie aus dunkelblauem Glas gefertigt schien und mit fremdartigen Ornamenten verziert war. Wann hatten die Türflügel sich das letzte Mal bewegt? Wahrscheinlich vor Jahrtausenden.

»Was haben die Felajun denn über diesen Schwarzen Prinzen gewusst?«, fragte Gaetan.

»Sie müssen zumindest die Sagen vom Erft gekannt haben – und die stehen mit ihm im Zusammenhang.« Fernd seufzte. »Genaueres wissen wir erst, wenn wir sie gefunden und gelesen haben.«

»Na toll.«

Fernd wusste nicht, woran es lag, doch Gaetan hatte sich verändert. Der Junge, von dem er sich drei Tage zuvor verabschiedet hatte, hatte den unverstellten Blick eines Kindes gehabt, doch nun schien Gaetan plötzlich erwachsen – als habe er auf dem Weg etwas erfahren, das einen Teil seines früheren Wesens in den Hintergrund gedrängt und etwas anderes herausgestellt hatte. Die Augen … Etwas in ihnen war Fernd neu. Und wenn er ehrlich war, stieß es ihn ab.

Im linken Türflügel gähnte ein Loch. Schon früher war mancher Abenteurer hier heraufgekommen. Was mochte er gesucht haben? Wissen? Schätze? Und was hatte er gefunden?

»Versuchen wir unser Glück«, sagte Fernd rau.

Als er ins Innere trat, verschlug es ihm den Atem. Die Halle aus blauem Licht war so hoch, dass sich ihre Decke im Dämmerlicht verlor. Getragen wurde sie von vier gewaltigen Eissäulen, die in der Mitte des Saals aus dem Boden wuchsen.

»Jetzt hab ich gar keine Angst mehr«, sagte Gaetan leise. »Ich glaube, hier kann man gar keine bösen Absichten haben.«

»Mir geht's genauso«, flüsterte Fernd zurück.

Der heulende Wind erzeugte drinnen ein Raunen, als schwebten die flüsternden Stimmen der ehemaligen Benutzer durch den Bibliothekssaal. Aus allen Ecken kam ihr Wispern, und Fernd spürte überrascht, dass dieses Geräusch in den dunkelsten Räumen seiner Seele ein Echo fand.

›Ich habe diese Halle schon einmal gesehen‹, dachte er verwundert. ›Aber nicht mit den Augen.‹ Er spürte, dass ihn etwas mit dem Volk der Felajun verband – einer Welt, die ihm fremd und zugleich auf wunderbare Weise vertraut vorkam. Gaetans Gegenwart löste sich einen Augenblick in nichts auf.

Nie hatte Fernd sich so allein gefühlt und zugleich so geborgen. Er versuchte, das Leben in diesem Palast aus Schönheit und Wissen nachzufühlen, doch die Bilder waren verschwommen. Wenn er versuchte, die Gesichter der Felajun näher zu betrachten, verschwanden sie.

»Da drüben ist vermutlich der Zugang zu den Büchern«, riss ihn Gaetans Stimme aus den Gedanken. »Im rechten Pfeiler.«

Tatsächlich: Wie ein im Eis gefangener Wurm schraubte sich dort eine Wendeltreppe hinauf. In ungefähr fünfzig Metern Höhe verband eine Schwindel erregend schmale Brücke den Pfeiler mit einem Eingang in der Wand, der wohl unters Dach führte. Sie betraten die Treppe, und bläuliches Licht ließ ihre Gesichter blass und unwirklich aussehen. Oben angekommen, überquerten sie die Brücke und betraten einen dämmrigen Gang.

»Dort hinten ist vermutlich die eigentliche Bibliothek«, sagte Fernd. »Wenn wir da …«

Er hörte ein leises Klirren und blieb stehen. »Was war das?«

»Was denn?«, fragte Gaetan ruhig. »Ich hab nichts gehört.«

Einen Moment standen sie stumm und horchten, doch im Kristallhaus herrschte Grabesstille. Schließlich fasste Fernd sich ein Herz und rief: »Ist da jemand?«

Niemand antwortete.

»Was willst du denn gehört haben?«

»Keine Ahnung. Vielleicht war es nur der Wind.«

»Sieh mal rechts«, sagte Gaetan, und Fernd folgte seinem Blick in einen Raum hinter dem Eingang. »Das ist es wohl.«

In großen, in die Wand eingelassenen Fächern standen säuberlich aufgereiht hunderte von dünnen Eisplatten mit eingekratzten Schriftzeichen: das Wissen der Felajun. Fernds Herz begann zu klopfen.

»Wir haben es gefunden«, sagte er mit leisem Triumph. »Wenn der Großvater das sehen könnte …«

»Aber es sind furchtbar viele Texte«, wandte Gaetan ein.

»Wir müssen eben die richtigen suchen.« Vorsichtig nahm Fernd eine Tafel und versuchte sie zu entziffern.

Er hätte es nicht geglaubt, denn immerhin trennten ihn über tausend Jahre von den Felajun, doch die *Rechenschaft* tat ihre Wirkung: Nach wenigen Augenblicken ergaben die anfangs unverständlichen Schriftzeichen für ihn einen Sinn.

»Die Gesetze des Reiches Nam-Padda und seiner Untertanen«, las er. »Geschrieben zur hohen Sonne neunhundertvierzehn.« Er stellte die Tafel zurück. »Die Gesetze der Felajun nützen uns nichts. Wir brauchen ihre Geschichte, ihre Sagen und Legenden. Nur so finden wir eine Verbindung zum Erft.«

Winzige Eiskristalle wirbelten wie gefrorener Staub um ihre Stiefel. Es dauerte eine Stunde, bis sie einen ersten Überblick über die Bibliothek gewonnen hatten. Die Ausmaße des Kristallhauses waren gewaltig, und es war bis unters Dach voll gestopft mit Wissen. Jeweils zwölf Gänge verliefen auf vier Stockwerken, und von jedem Gang wiederum zweigten zwölf Zimmer ab, allesamt gefüllt mit Eistafeln. Fernd wusste zunächst gar nicht, wo er mit der Suche beginnen sollte, doch dann entdeckte er etwas, das ihm entscheidend weiterhalf: Über jeder Tür war eine Inschrift angebracht, die über den Inhalt des Raums Bescheid gab, und die beiden fanden bald heraus, dass ein Großteil der Zimmer nur für Gesetzessammlungen vorgesehen war.

»Eigentlich komisch«, sagte Gaetan. »Die Felajun müssen ein recht unordentliches Volk gewesen sein, wenn sie so viele Gesetze brauchten.«

»Das hab ich mir auch gedacht.« Fernd lächelte. »So schlimm war es nicht mal in Araukaria.«

Einen Stock höher wurden die Briefwechsel und Verträge der Felajun aufbewahrt. Verträge mit wem? Mit dem alten Khor? Fernd hatte keine Zeit, sie zu lesen, denn das Sonnenlicht schwand zusehends. Doch im Kristallhaus herrschte eine Ruhe, die ihnen die Angst nahm. Die Spur über den Gletscher war vergessen, ebenso das Geräusch im Gang.

Im dritten Stock stießen sie auf das Gesuchte: »Geschichten« war in den Architrav gemeißelt.

»Wir sind dicht dran«, sagte Fernd aufgeregt.

»Aber es wird bald dunkel«, erwiderte Gaetan. »Wir sollten uns langsam einen Schlafplatz suchen.«

»Von wegen! Wir sehen die Eistafeln durch, solange es geht.« Fernd zog eine Tafel heraus: »Die Taten des Königs Nu-Kiddu von der hohen Sonne sechshundertsechs bis zur niederen Sonne sechshundertsiebzehn.«

»Was ist die hohe Sonne?«, fragte Gaetan.

»Wahrscheinlich ihre Zeitrechnung. Hier gibt es keinen Herbst und keinen Frühling, keine Pflanzen, nach denen man das Jahr einteilen kann. Also haben sie sich nach dem gerichtet, was sie in den Bergen unterscheiden konnten: eine Zeit niederer Sonne, die unserem Winter entspricht, und eine Zeit hoher Sonne.« Fernd stellte die Tafel zurück und ging zum nächsten Fach, das nur zur Hälfte mit Eistafeln bestückt war. Die Zeichen waren dünn und flüchtig eingeritzt, als habe der Verfasser keine Zeit gehabt, sie ganz auszuführen. Fernd nahm eine Tafel und begann zu lesen.

»Das ist interessant«, sagte er. »Weißt du noch, was die alte Gronia erzählt hat? Dies ist die Geschichte vom Kampf der Felajun gegen das alte Khor.« Einer plötzlichen Eingebung folgend, gab er Gaetan die Tafel. »Willst du sie lesen? Mit der *Rechenschaft* ist es ganz leicht.«

»Ich kann gar nicht lesen«, murrte Gaetan.

»Dann mach ich es«, sagte Fernd unbeirrt.

Das Lesen dauerte über eine halbe Stunde. Der letzte Chronist der Felajun berichtete vom verzweifelten Kampf gegen Ari, den König von Khor. Tausende von Soldaten waren in den letzten Tagen des Eisvolks in langer Reihe über den Gletscher gezogen und hatten An-Tiki, die Hauptstadt der Felajun, im Sturm genommen. Dann hatten das Morden und die Gefangennahme derer begonnen, die das Gemetzel überlebt hatten. Die letzten, flüchtig hingekritzelten Worte berichteten, wie die Felajun zusammengetrieben und abtransportiert wurden. Der Verfasser schien sich mit wenigen Überlebenden ins Kristallhaus geflüchtet zu haben und war dort wohl eine Weile unbemerkt geblieben.

»Sie haben uns noch nicht entdeckt«, lautete eine Eintragung. Wenig später: »Ich bin der letzte freie Felajun.« Und schließlich: »Sie kommen.« Damit endete das Dokument.

»Eine traurige Geschichte«, sagte Gaetan, als sein Freund geendet hatte, und Fernd erwachte wie aus einem Traum. »Kann man wohl sagen. Jetzt verstehe ich erst, was sich hier abgespielt hat.« Seine Finger waren so steif, dass er Mühe hatte, die letzte Aufzeichnung der Felajun wieder hinzulegen. Mit einem Mal fühlte er sich leer und mutlos. Aus dem Bericht schlug ihm die Verzweiflung der dem Untergang Geweihten wie ein Todesschrei entgegen.

»Gehen wir«, sagte er müde.

Als sie sich einen Schlafplatz suchen wollten, hielt Fernd plötzlich an. »Das ist es«, hauchte er.

Im Kristallhaus war es kalt und düster geworden, doch der in den Architrav eingeritzte Widderkopf war gut zu erkennen. Darunter stand: *»Die Erften und das Verschwinden von Siljan zur niederen Sonne einhundertzehn.«* Einen Moment war es, als glühten die verschlungenen Schriftzeichen von innen.

»Der Großvater hat also Recht gehabt.« Fernd schauderte und warf einen Blick in das unheimliche Gemach. »Und es gibt wohl nicht nur einen Erft, sondern mehrere.«

»Glaubst du wirklich, dieser Siljan ist der Schwarze Prinz?«

»Es muss zumindest eine Verbindung zwischen den beiden geben«, überlegte Fernd. »Jetzt wissen wir jedenfalls, wo wir morgen zu suchen haben.«

Sie bauten ihr Nachtlager in den Räumen der Gesetze und rollten sich unter der Decke zusammen, durchgefroren und mit knurrendem Magen. Mit ihren Vorräten mussten sie inzwischen sparsam umgehen.

☆☆☆

In der Nacht träumte Fernd vom Silbergreis.

Der rätselhafte Alte stand auf einem Bergkegel und war fast so groß wie ein Baum. Die Lande lagen tief unter ihm, Städte und Felder, eine Felsenburg in weiter Ferne. Mit einer Laterne leuchtete er in die Nacht.

Fernd stand am Fuß des Berges und versuchte verzweifelt, nach oben zu gelangen. Er krallte sich in Gesteinsspalten fest und zog sich Stück für Stück hoch. Ein Schrei seines Bruders Hatib drang aus der Ferne herüber und hallte hohl vom Fels zurück. Der Silbergreis hob die Lampe, und die Lande fielen ins Dunkel. Fernd verlor den Halt und drohte abzustürzen.

»Zurück! Zu mir, nicht zu Hatib!«, rief er verzweifelt. Und wirklich: Der Silbergreis senkte die Lampe wieder, und Fernd blickte in ruhige braune Augen, den seinen ähnlich. Schon war er so nah, dass er den Saum seines Kleides zu berühren meinte, da tauchten am Fuß des Berges dunkle Gestalten auf. Mit spitzen Fingern kletterten sie rasend schnell empor, und die Gier leuchtete aus ihren Augen. In der Ferne stand Reika und rief ihm verzweifelt eine Warnung zu. ›Ich schaff's nicht‹, dachte er. ›Es sind zu viele.‹ Dann wachte er auf.

Verwirrt sah er sich um. Draußen musste der Mond aufgegangen sein. Die Kammer war von bleichem Licht erfüllt.

»Nur ein Traum«, murmelte Fernd. »Und doch …«

Immer noch sah er den Alten deutlich und greifbar nah vor sich. Und auch die Gesandten des Schwarzen Prinzen, die Gifalken, vor denen der tote Soldat ihn gewarnt hatte.

»Nur ein Traum …«

Fernd setzte sich, berührte dabei den schlafenden Gaetan unabsichtlich und zuckte zurück.

›Er ist so kalt‹, dachte er. ›Nicht nur sein Körper.‹

Trägt man nicht von jedem Menschen, den man liebt, ein Bild in sich? Nicht als klare und deutliche Erinnerung, sondern im Herzen. Man kann es nicht sehen, nur empfinden. Fernd hatte so ein Bild von Gaetan in sich getragen – das Bild eines Freundes. Jetzt schien es zersplittert. Alle Einzelteile waren noch vorhanden, doch sie passten nicht mehr zusammen.

›Als hätte er keine Seele mehr.‹ Diese Erkenntnis traf ihn wie ein Keulenschlag. Der Zauber der Nacht war verflogen. Angst schlich in sein Herz. Was war mit Gaetan geschehen?

›Er hat gesagt, er kann nicht lesen‹, dachte Fernd und begriff. ›Er hat gelogen.‹

Das hundertfach gebrochene Mondlicht beschien Gaetans Gesicht. Der Junge wirkte entspannt, doch Fernd kannte seinen Freund gut genug, um die Veränderung zu bemerken. Im Schlaf schien die böse Kraft unvorsichtig zu werden: Unter dem feinen Gesicht seines Winterkameraden wurden die Züge dessen sichtbar, der ihn gefangen hielt – eine Maske, hart, brutal und kalt.

›Was mach ich jetzt nur?‹, dachte Fernd verzweifelt.

In diesem Moment war tief im Kristallhaus ein leises Klirren zu hören. ›Was war das?‹ Die Fußspur am Gletscher fiel ihm wieder ein, und er bekam das Gefühl, einen folgenschweren Fehler gemacht zu haben. Wieder ein Klirren, das wie das Splittern von Glas klang.

»Nein!« Alle Vorsicht vergessend, sprang Fernd auf und rannte los. Er wusste instinktiv, wohin er laufen musste: in den Raum mit dem Widderkopf, der ihm schon unheimlich aus dem Dunkel entgegenleuchtete. Kurz davor stolperte er, stürzte und schlitterte zappelnd übers Eis. Als er vor dem Raum zum Halten kam, sah er, was sich ereignet hatte: Auf dem Boden lagen die Scherben der Eistafeln – zertrümmert und zerstampft, als habe sich ein Verrückter ausgetobt.

›Ich hab es nicht lesen dürfen.‹ Tränen schossen Fernd in die Augen. ›Sie haben genau gewusst, was ich suche, und als ich zu nahe gekommen bin, haben sie es zerstört.‹ Er glaubte, in diesem verwunschenen Palast zu ersticken, stand auf, rannte den Gang zurück, schlug auf dem blanken Eis hin, rappelte sich wieder hoch und rannte zum großen Pfeiler und die Wendeltreppe hinauf, bis sie im Freien endete. Nun befand er sich auf der Westbrüstung, hoch über den mondbeschienenen Nachthängen des Scheidegebirges.

Unten am Tor stand eine schwarze Gestalt. Eben war sie im Begriff gewesen, die gläsernen Eingangsstufen zum Kristallhaus hinunterzusteigen. Jetzt wandte sie sich um und sah hinauf.

»Der Schneeherr.«

Fernd spürte Kälte in sich hochsteigen, doch seine Wut war so groß, dass er sich weit über die Brüstung beugte, die geballten Fäuste nach unten streckte und ihm gerade in die Augen sah.

»Du machst mir keine Angst mehr«, zischte er. Sein Blick

stürzte sich in die Schwärze, tauchte darin ein und durchbohrte die Seele seines Widersachers.

»Warum?« Fernd zitterte vor Zorn. »Warum sollte ich es nicht lesen? Du bist der letzte König der Felajun – und hast deine eigene Vergangenheit zerstört.«

Da senkte der Schneeherr den Kopf und eilte übers Eis auf die Feuerzinne zu. Fernd blieb zurück, ohne eine Antwort bekommen zu haben. Er sah ihm nach, erschöpft und leer. Endlich wandte er den Blick von der davonhastenden Gestalt und zog den Kragen enger. Ein eiskalter Wind fegte übers Kristallhaus.

Er ahnte die Antwort: Jemand beobachtete ihn und achtete eifersüchtig darauf, dass er nicht zu viel erfuhr. Fernd ballte die Fäuste vor Wut über seine Hilflosigkeit.

»Ich werde es dennoch herausbekommen«, murmelte er trotzig und dachte an den Traum vom Silbergreis. Vorsichtig tastete er sich an der brüchigen, glatten Brüstung entlang auf die Ostseite des Kristallhauses.

Weit zog sich der Gletscher ins Tal hinunter. Dann begann das Erzgehügel, vom Frühjahrsnebel bedeckt. Dahinter erhob sich, matt aus dem Dunst hervortretend, die Ostmauer. So fern sie war: Fernd ahnte, dass er nicht zufällig vom Silbergreis geträumt hatte, der dort wohnte. Bei ihm verbarg sich die Antwort – und konnte nicht zerstört werden wie hier.

Fernd zuckte zusammen, als ihn eine eiskalte Hand an der Schulter fasste. Gaetan stand hinter ihm.

»Was war denn?«, fragte er. »Warum bist du so plötzlich aufgesprungen? Ich hatte gerade so schön geschlafen.«

Sein Lächeln erreichte die Augen nicht mehr. Ein kalter, berechnender Blick stach Fernd entgegen – der Wandler fragte sich, ob sein Opfer die Wahrheit ahnte.

»Der Schneeherr hat die Tafeln zerbrochen«, sagte Fernd

unwillig und deutete nach Norden, wo die schwarze Gestalt eben in der Dunkelheit verschwand.

»Der?« Gaetan folgte scheinbar verwundert seinem Blick. »Warum sollte er so etwas tun?«

»Das wollte ich dich fragen«, entgegnete Fernd ruhig. Er wusste selbst nicht, was in ihm vorging. Er hatte gedacht, er würde Angst haben, wenn es so weit war, aber nun stieg kalte, tödliche Entschlossenheit in ihm auf.

»Was meinst du?«, fragte der Junge.

»Du kannst lesen, Gaetan«, antwortete Fernd. »Erinnerst du dich nicht an unsere Abendgeschichten im Winter? Gestern an der Westwarte hast du sogar gesagt, du hättest deinen Eltern einen Brief geschrieben. Aber die Eistafeln wolltest du nicht lesen. Warum nicht? Bist du ein Gifalk, Gaetan?«

Sein Gegenüber zögerte keinen Moment. »So könnte man es ausdrücken.«

Aus den Zügen seines ehemaligen Freundes war jede Kindlichkeit gewichen. Seine Hand schnappte vor und packte Fernd am Mantel. »Hast du keine Angst vor mir?«

»Nein.« Fernds Wut über den Verlust seines Freundes war einfach zu groß.

»Höchste Zeit, dass du sie bekommst.« Der Gifalk lachte leise. »Ich habe den Kleinen gut nachgemacht, nicht wahr?« Seine seelenlose Stimme wollte nicht zu Gaetans Gesicht passen.

»Was willst du von mir?«

»Ich soll erfahren, warum der Silbergreis dich ruft. Und dich töten, wenn ich es weiß.«

»Das hättest du doch längst tun können. Und darum bist du mit mir zum Kristallhaus gewandert? Du wolltest nicht, dass ich die Schriften der Felajun lese – das hab ich in deinem Blick gesehen.«

»Kluges Bürschchen«, erwiderte der Gifalk. Seine Augen funkelten. Er genoss es, Fernd Angst zu machen. »Um ein Haar hättest du eine Antwort auf deine Frage bekommen.«

»Gib du sie mir doch.«

»Weißt du, dass du wichtig bist, Fernd von Araukaria?«

»Ja. Aber ich habe keine Ahnung, warum.«

»Schade.« Der Gifalk kicherte. »Das begreift nämlich niemand, nicht mal mein Herr. Nur der Silbergreis weiß die Antwort. Und dein Buch, das ich nicht berühren darf. Mein Herr hat dir zunächst seine einfachsten Diener hinterhergeschickt – die Schattenmänner.«

»Die haben mich aber nicht gefunden.«

»Richtig. Du hast ein hübsches Gesicht und konntest die Gastfreundschaft der Holzländer ausnutzen.«

»Das stimmt nicht«, protestierte Fernd. »Ich ...«

»Tut nichts zur Sache! Nach dem Versagen der Schattenmänner hat der Schwarze Prinz uns beauftragt, dich auszuhorchen, nach Sklava Mhor zu bringen und im Ernstfall zu töten.«

»Dann nütze ich euch nichts mehr.«

»Gifalken bringen sogar Tote zum Sprechen.«

»Habt ihr Erouan umgebracht?«

»Das geht dich nichts an. Jedenfalls haben wir schnell begriffen, dass du das Buch des Silbergreises haben musst – und damit der einzige Erbe des Großvaters bist. Der alte Narr hat mit An-Tiki ausnahmsweise den richtigen Riecher gehabt: Vorhin warst du kurz vor dem Ziel.«

»Und wenn ich die Kammer vor Sonnenuntergang gefunden hätte?«

»Dazu hätte ich es nicht kommen lassen. Ich wollte dich schon an der Westwarte kaltmachen, doch mein Herr hat das verboten und dem Schneeherrn eine Weisung gegeben, was die Eistafeln anging. Der hat lange gezögert, seine Vergangenheit zu zerstören, und um ein Haar alles vermasselt.«

Fernd schauderte. »Ist denn der Schneeherr auch schon dem Schwarzen Prinzen unterworfen?«

»Sieh doch in die Scherbenkammer«, erwiderte der Gifalk kalt. »Du bist ein gescheites Kerlchen. Noch nie hat ein Mensch die Maske eines Gifalken durchschaut. Aber dies ist dein letzter Triumph. Jetzt beginnt die Reise nach Sklava Mhor.«

Seine Hand schoss vor, doch der Meuchelmörder steckte noch immer in Gaetans kleinem Körper, und darum fiel sein Angriff schwächer aus, als er selbst erwartet hatte. Fernd schlug um sich und erwischte seinen Gegner am Kinn. Der stieß ein wütendes Knurren aus, begann sich zu wandeln und wuchs. Wieder packte er Fernd, der ausrutschte und hinfiel – was ihm das Leben rettete. Denn der Gifalk stolperte gegen die Brüstung, die knirschend nachgab. Um ein Haar hätte Fernd seine Chance verpasst, als er seinen Gegner mit abscheulich verzerrtem Gesicht ums Gleichgewicht kämpfen sah. Dann aber reagierte er und gab ihm einen Stoß, dass er mit gellendem Schrei ins Leere kippte.

Im letzten Augenblick fand der Gifalk Halt an einem Vorsprung. Hektisch fuhren seine Hände umher und glitten am Eis ab. Schon drohte die unheimliche Gestalt in die Tiefe zu stürzen, als Fernd, der seinen Halt wieder gefunden hatte, ihn packte.

»Noch nicht«, sagte er. »Ich will erst noch etwas von dir wissen.«

Der Gifalk stieß einen gräulichen Fluch aus, doch Fernd behielt die Nerven. Er hatte keine Ahnung, warum er mit einem Mal so kalt und konzentriert war. Es schien, als hätte die Gefahr all seine Kräfte gebündelt.

»Töte mich doch, Junge.« Hilflos baumelte der Wandler überm Abgrund. »Du bist so weich, dass du nicht einmal das fertig bringst.«

»Was weißt du über den Silbergreis?«, erwiderte Fernd unbeirrt. »Ich kann dich nicht mehr lange halten.«

»Das brauchst du auch nicht.« Der Gifalk warf den Kopf zurück und lachte, dass es schauerlich von den Mauern widerhallte. »Für jeden, den du von uns tötest, erheben sich zwei Neue aus dem Grab.«

»Du lügst«, sagte Fernd.

»Ich lüge nicht.« Der Meuchler hatte unbemerkt mit dem Fuß Halt gefunden und stützte sich vorsichtig auf einen Mauervorsprung. »Der Silbergreis lässt dich überall suchen. Es heißt, er setzt große Hoffnungen in dich. Dass ich nicht lache!« Wieder gellte es schauerlich durch die Nacht.

»Wenn das so lustig wäre«, erwiderte Fernd, »hättest du mich nicht zu verfolgen brauchen.«

»Glaub, was du willst. Vor dem Schwarzen Prinzen bist du nur Staub. Weißt du denn nicht, woher er seine Macht bezieht?«

»Sag's mir.«

»Sie kommt von jenseits der Ostmauer und ist für dich unbezwingbar, denn du kennst das Gesetz der Lande nicht.« Aus schmalen Augenschlitzen fixierte er Fernd. »Aber du willst vermutlich noch etwas anderes wissen.«

»Richtig.« Fernd machte das Festhalten Mühe, weniger wegen des Gewichts, sondern wegen des Abscheus, den er vor diesem Wesen empfand. »Was hast du mit Gaetan gemacht?«

Der Gifalk kicherte, und Fernd schüttelte es vor Ekel und Wut. Der Mond beschien das Gesicht seines Feindes, der über den verworfenen Zügen noch immer die Totenmaske seines Winterkameraden trug.

»Er hat dir gefallen, nicht?«, keckerte er. »Natürlich, er war ja dein kleiner Freund. Die Flausen, die du ihm in den Kopf gesetzt hast, waren sein Verderben. Er wollte dir folgen oder sich ein Mädchen suchen. So genau war das am Ende nicht mehr aus ihm rauszubringen. Er musste mir alles über dich erzählen, bevor er sein kleines Leben aushauchte.«

»Du Schuft!«, schrie Fernd, doch da stieß sich der Gifalk plötzlich von der Brüstung ab. Seine Hände zielten auf den Hals. Die Maske Gaetans war verschwunden, und der Wandler zeigte sein wahres Gesicht – hässlich und brutal.

Doch damit fällte er sein Todesurteil. Fernd zuckte erschrocken zurück, und der Meuchler schnappte ins Leere. Einen Augenblick schaute er sein Opfer mit einem gelben Blick an, in dem nur Bosheit und Mordlust lagen. Dann stürzte er mit gellendem Schrei in die Tiefe.

Es dauerte lange, bis Fernd seinen Schrecken überwunden hatte. Dann schob er sich vorsichtig zum Rand vor und schaute nach unten.

Der Gifalk war tot. Wie ein Schmutzfleck lag seine schwarze Gestalt im Schnee. Fernd stand auf und begann zu laufen, übers Dach hinweg zur Wendeltreppe und durch die verlassenen Gänge in den Schlafraum, wo er sich unter Gaetans Decke vergrub. Er wollte nichts mehr sehen, sondern weinte nur die Angst heraus – und die Trauer um seinen Freund.

4

Erzmännleins Hilfe

Fernd zuckte erschrocken zusammen – aber nicht wegen der Gifalken. Einen Augenblick hatte er ein verhutzeltes altes Männlein wahrgenommen, das ihm mit verschränkten Armen gegenübersaß. Seine Kleider waren grün und schwarz – die Tracht eines Erzknappen. Es paffte genüsslich aus einer Pfeife, doch weder sah Fernd das Glimmen des Tabaks, noch roch er eine Spur von Rauch.

Im Schlaf träumt man oft von Dingen, die Wochen und Monate vorbei sind, denn die Seele arbeitet langsamer und gründlicher als der Geist. Deshalb überlebt sie unseren Verstand, der an den Körper gebunden ist und mit ihm erlischt.

So kam es, dass Fernd in dieser Nacht nicht von Albträumen über den Schneeherrn oder die Gifalken gepeinigt wurde, sondern sich an eine Zeit erinnerte, in der er glücklich gewesen war. Es war Frühling, und er trug Reika über eine Wiese und setzte sie ins weiche Gras. Eng aneinander geschmiegt betrachteten sie die Blumen im warmen Wind – eine wunderbare Fülle von Farben. Fernd fiel in einen angenehmen Halbschlaf, und alle Konturen verwandelten sich in bunte Flecken. Warmes Sonnenlicht durchflutete und umtanzte ihn und vertrieb die Kälte. Welche Kälte denn? Es war doch Frühling …

Langsam schlug er die Augen auf und fand sich im Kristallhaus wieder. Tausendfach brach sich das Morgenlicht in der Kammer, als befinde er sich im Innern eines geschliffenen Diamanten.

›Kein Wunder, dass ich so einen Traum hatte‹, dachte er und betrachtete das Farbenspiel. Dann fielen ihm die Ereignisse der Nacht wieder ein – die zerbrochenen Eistafeln, der Schneeherr und der Kampf mit dem Gifalken, der die Maske seines Winterkameraden angenommen hatte. »Gaetan«, murmelte Fernd. »Gaetan.« Es gab keinen Frühling mehr wie im Traum. Reika war fort, und Gaetan war tot.

Doch in einem Winkel seiner Seele verbarg sich noch immer ein Rest der schönen Erinnerung und gab ihm Kraft. In den nächsten Stunden durchforschte er noch einmal das Kristallhaus, um Aufschluss über den Erft oder über den Schwarzen Prinzen zu bekommen. Er versuchte sogar, die Scherben in der Kammer zusammenzusetzen, aber umsonst: Nichts passte zusammen.

Als der Hunger übermächtig wurde, schulterte er den Rucksack und stieg in die Halle aus blauem Licht hinunter. ›Bin ich wirklich erst gestern hier angekommen?‹, fragte er sich. ›Mir ist, als wäre ein Jahr vergangen.‹

Für wie lange Zeit würde in dieser Gruft aus Wissen, Eis und Licht wieder Ruhe einkehren? Wie lange würde es in den kristallenen Räumen totenstill sein?

Als er durch das zerstörte Portal kam, erschrak er: Der Gifalk war nur zwanzig Meter entfernt aufgeschlagen und lag verdreht auf dem Firn, schon halb unter einer Schneewehe.

Fernd zögerte. Dann überwand er die Angst und ging hin. Zu seiner Erleichterung hatte der Gifalk im Tode nicht mehr die Gestalt des Jungen. Blicklos starrte er auf das Kristallhaus, wo er an seiner Aufgabe gescheitert war. Trauer und Wut stiegen in Fernd auf, als er an Gaetans furchtbares Los dachte. Wenigstens die Erinnerung hatte der Gifalk nicht zerstören können. Das Bild in seinem Herzen, das gestern in Scherben gelegen hatte, war wieder ganz.

»Du bist wichtig, Fernd«, sagte er zu sich. »Der Silbergreis sucht dich überall.«

Als der Gifalk überm Abgrund hing, hatte Fernd den Eindruck gehabt, sein Feind knete die Wahrheit wie einen weichen Teig. Doch als er an den Alten dachte, spürte er Wärme in sich aufgehen und überwand seine Angst vor dem weiten Weg zur Ostmauer.

☆☆☆

So begann Fernds Wanderung ins Erzgehügel, wo ihm die Gifalken die nächste Falle stellten. Ehe die Sonne sank, war er an der schauerlichen Wand der Feuerzinne vorbei. Er fürchtete, der Schneeherr könnte seinen Felsenhorst noch einmal verlassen, um zu vollenden, was der Gifalk nicht geschafft hatte. Erst als er vor Dunkelheit nicht mehr weiterwandern konnte, suchte er sich einen Schlafplatz, verbrachte eine jämmerlich kalte Nacht unter klarem Sternenhimmel und marschierte bei Sonnenaufgang zum Rotjochpass hinunter. Je weiter er die Höhen des Scheidegebirges hinter sich ließ, desto wärmer wurde es. Am Abend erreichte er die Ostwarte, wo er etwas Feuerholz und ein angeschimmeltes Stück Hartwurst fand, das wohl ein Wanderer dort hatte liegen lassen. Fernd schnitt die verdorbenen Stellen mit dem Messer weg und ließ es sich schmecken.

Er hatte sich verändert. Die Gefahren und die harte Natur hatten seine Sinne geschärft, als sei er nach einem langen Schlaf von siebzehn Jahren plötzlich erwacht. Beim Marsch auf die Ostseite des Gebirges war ihm, als liege ein Raunen in der Luft, ein Fragen und Antworten, das ewige Lied der Lande.

Das Erzgehügel erstreckt sich zwischen dem Scheidegebirge und dem Tiefland des Rulawalds und verdankt seinen Reichtum nicht dem Ackerbau, sondern den zahlreichen Erzen, die dort lagern. Die Hügel sind von Silber- und Kupferminen durchlöchert, in denen die Menschen seit Jahrhunderten schürfen.

Frühling! Grünes Gras und zwitschernde Vögel – und doch spürte Fernd die Gifalken. Jede Nacht sah er sie im Traum näher kommen, böse und voller Rachsucht, weil einer der ihren entlarvt und getötet worden war.

Sein nächstes Nachtlager schlug er am Fluss Myrin auf, der das Erzgehügel zum Omladin entwässert. Während er seinen letzten Bissen Brot aß, betrachtete er sein Spiegelbild im Wasser.

»Ich sehe anders aus als früher«, stellte er fest. »Reika würde mich kaum erkennen.« Sein Gesicht war bleich und eingefallen, sein Körper schmal geworden. Die Haare waren verfilzt und hingen ins Wasser, die Augen dunkle Höhlungen, die auf der Oberfläche verschwammen.

Sein Ebenbild zog ihn rätselhaft an. Vorsichtig griff der Junge danach – da zerrann es in tausend Einzelteile.

›So müsste man zerfließen können‹, dachte er. ›Ein Spiegel ist etwas Seltsames. Er zeigt einem alles – und nichts.‹

Die Wellen beruhigten sich, und seine Züge fanden wieder zusammen. »Oh«, hauchte Fernd. »Was …«

Ein hartes, strenges Gesicht starrte ihm entgegen. In seinem Ebenbild lag nun etwas, das er nicht kannte.

›Das ist unmöglich‹, dachte er. Da öffnete sein Gegenüber den Mund, als wollte es etwas sagen – oder ihn verschlingen. Fernd stieß einen Schrei der Überraschung aus und fiel rückwärts ins Heidekraut.

Hätte er noch einmal über den Uferrand geschaut, hätte er sehen können, dass sein Spiegelbild noch immer auf dem Wasser schwamm und das Gesicht zu einem höhnischen Lächeln verzogen hatte. Der SOG hatte seine Spur wieder gefunden –

und erkannt, dass Eile geboten war. Die Gifalken machten sich auf zur letzten Jagd.

☆☆☆

Am nächsten Morgen kamen Spuren in Sicht, die zeigten, dass Menschen schon vor langer Zeit die Gegend um den Ostweg ausgebeutet hatten. Dunkle, verfallene Löcher gähnten in den Hügeln, und auf den Schutthalden entlang des Wegs hatte sich eine graugrüne Heidelandschaft angesiedelt. Wenn die Sonne darauf schien, duftete sie angenehm nach Kräutern.

Darunter mischte sich der Geruch von Rauch. Im Erzgehügel brannten hunderte von Kohlenmeilern, um die begehrten Metalle aus dem Erz zu schmelzen. Vor Jahrhunderten war dieser Landstrich noch ein Teil des Rulawalds gewesen, doch inzwischen gab es so gut wie keine Bäume mehr. Nur Gestrüpp und Hecken begrenzten die wenigen Felder. Die Bewohner des Erzgehügels waren gewissenhafte Leute – nur böse Zungen bezeichneten sie als geizig und hartherzig – und befanden sich in ständigem Kampf mit den Geistern im Rulawald an den Ufern des Omladin, weil sie dort das Holz für ihre Meiler holten.

›Mal sehen, wie sie mich empfangen.‹ Fernd würde bald bei ihnen um Nahrung betteln müssen. ›Bis jetzt hab ich ja immer Glück gehabt.‹

Am Nachmittag erreichte er eine Anhöhe. Das Erzgehügel fiel langsam zu den Ufern des Omladin ab, der von Südosten her aus dem Scheidegebirge kam und das Land vom Rulawald abgrenzte. Etwa vier Meilen entfernt sah er ein stattliches Dorf. Dahinter verloren sich die Konturen im Dunst.

›Menschen.‹ Fernd war froh über den Anblick, spürte dann aber einen kalten Windstoß im Rücken und wandte sich um: Reiter!

Gut zwei Meilen hinter ihm waren die beiden aufgetaucht: dunkle Kleidung, die Pferde schwarz. Einer deutete nach vorn. Der Junge war entdeckt. Zu lange hatte er auf dem offenen Weg gestanden.

Kopflos sprang Fernd zur Seite und stolperte prompt in einen Graben voller Brombeerranken, rappelte sich mit zerkratztem Gesicht auf … und sah die Gifalken in gestrecktem Galopp auf sich zukommen.

›Aus‹, dachte er. ›Die kriegen mich.‹ Doch da musste er an Gaetan denken und beschloss, es ihnen nicht so leicht zu machen. Er rannte in die Heidehügel. Außer Sicht gekommen, kämpfte er sich durch ein Flusstälchen voller Dornengestrüpp und stand plötzlich vor einem dunklen, geheimnisvollen Stolleneingang. Er musste seit Jahrzehnten verlassen sein und war mit Dornenranken verhangen. Nur der viereckige Eingang, der ihn klaffend angähnte, deutete darauf hin, dass er von Menschenhand geschaffen war.

›Vielleicht hab ich doch eine Chance‹, dachte Fernd und trat durch den Dornenvorhang ins Ungewisse. Dunkelheit umfing ihn wie ein schwarzer Schleier, und ein kühler Hauch von Gestein und Erde wehte ihm entgegen. Fernd fröstelte, spreizte die Finger und tastete sich in den Berg. »Autsch«, sagte er dann und rieb sich die Stirn, weil er gegen einen Felsvorsprung gestoßen war. Als er sich bückte, um darunter durchzukriechen, stellte er entsetzt fest, dass der Weg zu Ende war. Der Stollen endete blind – keine zwanzig Meter vom Eingang.

Fernd brach der Angstschweiß aus. Der Gedanke, dass die Gifalken ihn hier im Dunkeln finden würden, allein gegen den Felsen gepresst, jagte ihm panische Angst ein. Zitternd kauerte er sich am Boden zusammen. Es konnte sich nur noch um Augenblicke handeln, bis die Grabesstille vom Eintreten der Gifalken durchbrochen würde.

»Warum hilft mir denn keiner«, flüsterte er, halb irr vor Grauen. »Ist denn niemand da?«

Plötzlich sah er ein Licht.

Es schwebte auf ihn zu, nicht größer als ein Glühwürmchen, doch heller. Fernd erkannte den rechteckigen Umriss des Stollens sowie die im tauben Gestein glitzernden Erzadern – und dass vielleicht doch noch ein Entkommen möglich war. Keine drei Meter entfernt zweigte ein schmaler Spalt nach rechts ab. Er folgte einem früheren Erzgang und war so niedrig, dass man kriechen musste. Der geheimnisvolle Lichtpunkt bewegte sich darauf zu und verschwand. Fernd rappelte sich hastig auf und folgte ihm.

Das Leuchten hüpfte vor ihm her und führte ihn immer tiefer in den Berg. Von den Wänden flackerten Schatten. Fernd kroch auf allen vieren, die Hände und Knie mit Lehm beschmiert. Dann weitete sich der Gang, doch nach wenigen Schritten zuckte der Junge zurück: Ein Schacht gähnte vor ihm, und das Licht schwebte genau darüber. Es schien sich um einen alten Brunnen zu handeln – oder man war einfach dem Erz gefolgt, dessen Spur senkrecht in die unbekannte Tiefe führte. Eine alte Holzplanke zum Überqueren lehnte an der Wand, doch sie war verfault und in der Mitte durchgebrochen.

›Vom Regen in die Traufe‹, dachte Fernd. ›Hier komm ich auch nicht voran.‹

Doch da wanderte das Licht weiter, denn jenseits des Schachts setzte sich der Gang fort und verschwand hinter einer Biegung. Fernd erkannte seine Chance. Gelang es ihm, auf die andere Seite zu kommen, wäre er vielleicht gerettet. Die Gifalken würden annehmen, er sei in der Dunkelheit in den Schacht gefallen und tot.

›Ich versuch's‹, dachte er und nahm Anlauf.

Beim Aufkommen rutschte er aus, schlug der Länge nach

hin, glitt ein Stück nach unten und schrie auf. Dann fand er Halt und wälzte sich über den Rand. Das Lichtlein erlosch.

Fernd schnaufte vor Angst und Anstrengung. Sein Knie tat scheußlich weh. Er tastete sich um die Biegung und fand hinter einem Felsvorsprung Deckung. Dort setzte er sich hin und wartete.

Im Berg herrschte Stille, außer vereinzeltem Plätschern. Nur sein Herz hämmerte so laut, dass er fürchtete, es könne ihn verraten. Nach ein paar Minuten hörte er, wie sich jemand den Gang vorwärts tastete.

»Hier geht's nicht weiter«, ertönte eine unangenehme Stimme, und Fernd zuckte in seinem Versteck zusammen. Die Gifalken mussten Luchsaugen haben, um ihn ohne Licht zu verfolgen. Was waren das bloß für Wesen?

»Aber er war hier«, ließ sich der Zweite vernehmen. »Ich kann ihn riechen. Seinen Schweiß. Seine Angst. Und seine Jugend.«

»Er muss in den Brunnen gefallen sein. Er hatte keine Zeit, sich Licht zu machen.«

»Ich könnte auch seinen Tod riechen«, sagte die zweite Stimme, und Fernd schauderte bei ihrem Klang. »Sein Blut. Seine Seele, die ihn verlässt und um ihn weint. Aber da ist nichts. Sehen wir nach, wie tief der Schacht ist.«

Eine Zunderbüchse raschelte, dann erfüllte flackerndes Licht den Gang. Fernd wagte kein Glied zu rühren.

»Gleich wissen wir's«, schnarrte der Gifalk. Das Licht wurde schwächer – er hatte den Zunder in den Schacht geworfen.

Der Junge zuckte erschrocken zusammen – aber nicht wegen seiner Verfolger. Einen Augenblick hatte er ein verhutzeltes altes Männlein wahrgenommen, das ihm mit verschränkten Armen gegenübersaß. Seine Kleider waren grün und schwarz – die Tracht eines Erzknappen. Es paffte genüsslich aus einer Pfeife, doch weder sah Fernd das Glimmen des Tabaks, noch roch er eine Spur von Rauch. Hatte dieses Männlein ihm den Weg gewiesen?

»Da unten ist nur Wasser«, riss ihn die Stimme des Gifalken aus seinen Gedanken.

»Dann ist er ertrunken«, erwiderte der andere. »Fathàr wird böse sein.«

»Vielleicht. Vielleicht auch nicht.«

Die beiden schwiegen. Nach einer Weile, die Fernd endlos vorkam, hörte er das Knarren ihrer Stiefel und das Rascheln der Kleider an den engen Wänden. Die Gefahr war vorüber.

Aufatmend lehnte sich der Junge zurück. Die Dunkelheit bedrückte ihn ebenso wie die Enge, doch er traute sich nicht, ohne Licht über den Schacht zu klettern. Der Berggeist kam aber nicht zurück, und Totenstille herrschte – das ewige Schweigen tauben Gesteins, aus dem die Lande geboren waren. Nach etwa einer halben Stunde – Fernd wollte sich schon zum Schacht tasten, weil er es nicht mehr aushielt – zerriss eine Stimme das Dunkel: »Er scheint wirklich nicht mehr am Leben zu sein. Gehen wir.«

Fernd konnte einen entsetzten Aufschrei gerade noch unterdrücken. Die Gifalken mussten im Dunkeln lautlos zurückgekommen sein und neben dem Schacht gewartet haben, ob ihr Opfer, falls es noch lebte, einen Fehler machte.

Wieder ertönte das Rascheln der Kleider, als die beiden, diesmal endgültig, den alten Stollen verließen. Fernd hörte sie kaum. Still saß er da, in sein Versteck gepresst. Tränen der Verzweiflung rannen ihm übers Gesicht.

☆☆☆

Nachher wusste Fernd nur noch bruchstückhaft, wie er zurück an die Oberfläche gekommen war. Das Lichtlein war nicht wiedergekehrt, und nach zwei Stunden war ihm so erbärmlich kalt geworden, dass er beschlossen hatte, sein Glück zu versuchen. Tatsächlich hatte er den Schacht – unsichtbar getragen von den magischen Kräften des Erzmännleins – wohlbehalten überwunden.

Als er endlich ins Freie trat, kamen ihm die Lande unnatürlich grell vor, als hätten die Gifalken Falschheit und Verderben zurückgelassen. Aber sie waren fort. Der Junge nutzte trotzdem Büsche und Hecken als Deckung, um das Dorf zu erreichen, das er am Nachmittag von fern gesehen hatte.

Die Häuser waren groß und verrieten Reichtum. Im Osten erhoben sich Kohlenmeiler und Schmelzöfen, und die Luft war rauchgeschwängert. Fernd trat an ein Haus, das aussah wie die Dorfschenke, und klopfte an. Eine ältere Frau öffnete.

»Guten Abend. Ich bin ein armer Araukarier auf Wanderschaft zur Ostmauer. Könntet Ihr mir für heute Obdach geben?«

»Zur Ostmauer willst du?« Die Wirtin war groß und rund, vielleicht fünfzig Jahre alt. »Hast du Geld, junger Mann?«

»Nein.«

»Wie bist du dann von Araukaria hierher gekommen?« Die Frau musterte misstrauisch seine verfilzten Haare und seine verschmutzten Hände und Knie. »Im Erzgehügel muss man bezahlen, wenn man etwas haben will. Der Weg zur Ostmauer ist übrigens gefährlich. Du musst durch den Rulawald.«

»Ich weiß«, erwiderte Fernd. »Aber es – es war der letzte Wunsch meines verstorbenen Vaters, ihm für sein Grab einen Stein von der Ostmauer zu bringen.«

Die Frau sah ihn scheel an. »Du kannst nicht gut lügen, mein Junge. Eigentlich sollte ich dich rauswerfen, aber du hast so ein liebes Gesicht. In deinem Alter marschiert man nicht einfach wegen eines Steins zur Ostmauer. Du bist auf der Flucht, oder?«

Fernds Lippen wurden schmal.

»Stimmt«, sagte er trotzig. »Nehmt mich auf, oder lasst es bleiben. Geld habe ich jedenfalls keins.«

Die Wirtin musterte ihn prüfend. Schließlich sagte sie: »Im Grunde kann es mir egal sein – ich jedenfalls glaube nicht, dass du ein Verbrecher bist.«

Fernd beschloss, alles zu riskieren. »Haben heute zwei Männer nach mir gefragt? Sie tragen dunkle Kleidung und …«

»Die sind in wildem Galopp hier durchgeritten. Ihre Augen waren böse. Suchen sie dich?«

»Ja.«

»Dann brauchst du Hilfe. Willst du was essen?«

Fernds Miene, von Misstrauen und Hunger verdüstert, hellte sich auf. »Ja, gerne.«

»Komm rein. Fleisch bekommst du nicht, das ist zu teuer. Aber ein paar Bratkartoffeln sind vom Mittag noch übrig – die kannst du haben.«

Bratkartoffeln!

Als er in der leeren Wirtsstube saß und sein Abendessen verschlang, kam Fernd endlich zum Nachdenken. Hatte er sich den rettenden Berggeist im Stollen nur eingebildet? Er war ja vor Angst kaum noch bei Sinnen gewesen … Aber ohne das Licht hätte er den Gang niemals gefunden und den Brunnen nicht überqueren können. Also hatte ihn das geheimnisvolle Erzmännlein vor den Gifalken beschützt. Warum? Zwei uralte Mächte stritten sich um ihn … und er taumelte hilflos durch die Lande und wusste nicht, warum.

»Schmeckt's, junger Mann?« Die Wirtin hielt es nicht für nötig, ihn nach seinem Namen zu fragen. Nun wischte sie sich die Hände an der Schürze ab und trat zu ihm. »Du frisst ja wie ein Scheunendrescher.«

»Ich habe lange nichts so Gutes mehr gehabt«, erwiderte Fernd mit vollem Mund.

»Das will ich meinen!«, lachte die Wirtin stolz. »Ich mache die besten Bratkartoffeln im Umkreis. Iss, Junge!«

Sie hatte ein grobes Gesicht, und auf ihrer Stirn perlte der Schweiß. Draußen wurde es dunkel, und sie zündete Kerzen an. »Du kannst in der Scheune schlafen.«

»Danke«, sagte Fernd und dachte: ›So hartherzig sind die Leute hier gar nicht. Vor allem stellen sie keine Fragen.‹

Die Tür ging auf, und Fernd zuckte zusammen, weil er dachte, es könnten die Gifalken sein, doch es waren nur einige Köhler, schwarz bis unter die Fingernägel, sowie ein Bergmann. Mit befremdetem Seitenblick musterten sie Fernd und setzten sich an einen aus groben Eichenbohlen gezimmerten Tisch.

»Hallo, Skali«, sagte einer. »Einen Krug Bier und Brot für alle!«

»Und schenk nicht wieder so schlecht ein wie letztes Mal«, murrte ein anderer. Die Übrigen lachten.

»Wenn dir mein Bier nicht passt, such dir eine andere Schenke.« Skali war nicht auf den Mund gefallen. »Die nächste ist keine zwanzig Meilen von hier.«

»Schon gut«, sagte ein Dritter. »Es war eine harte Woche, da wollen wir nicht streiten.«

»Warum war es eine harte Woche?« Skali stemmte ächzend ein neues Fass auf den Schanktisch. Fernd fielen ihre Beine auf, die unter dem fleckigen alten Rock hervorschauten. Sie waren fest und hart, wie aus Holz geschnitzt. »Du hast doch nur Kohle gefackelt, oder?«

»Ich hab's versucht«, erwiderte der Köhler. »Aber das verflixte Holz aus dem Rulawald braucht Wochen, um zu trocknen, und selbst dann will es nicht brennen.«

»Das ist nichts Neues, Falgar«, erwiderte Skali. »Das Holz aus dem Rulawald brennt nicht, weil es nicht brennen will. Ganz gleich, wie lang man es lagert und wie oft man es spaltet – die Waldgeister wachen darüber.«

»Ich weiß.« Falgar schaute finster vor sich hin. »Aber es wird immer schlimmer. Das letzte Mal brauchte mein Meiler drei Wochen, bis er ausgebrannt war, und dann brachte mir Belgar die Kohlen zurück, weil sie ihm für sein Erz nicht gut genug waren.«

»Sie haben eben nicht gebrannt, deine Kohlen«, erwiderte der Bergmann. »Was nicht brennt, bezahl ich nicht.«

Die anderen lachten, und Skali zapfte das Fass an.

»Ich frag mich manchmal, ob ihr euer Holz nicht woanders holen solltet.« Belgar zog eine Pfeife aus der Tasche und begann, sie zu stopfen. »Man hört so viel Schlimmes. Die Waldgeister meinen es nicht mehr gut mit euch.«

»Das haben sie noch nie getan«, brummte einer. »Wie auch – diesseits des Omladin steht kein Baum mehr, und jenseits fehlt der Wald auch schon auf vielen Quadratmeilen.«

»Kein Wunder, dass seine Bewohner böse sind.« Skali stellte den Köhlern das Bier hin. »Vor vier Tagen habe ich gehört, ein Holzfäller sei ins Innere des Waldes gelockt und getötet worden. Ich für mein Teil bin froh, dass ich nicht dort wohne. Ich braue mein Bier, und kein Waldgeist stört mich dabei.«

»Die würden vor dir auch Reißaus nehmen«, sagte Falgar, und seine Kameraden kicherten.

»Das will ich überhört haben!«, lachte Skali.

Fernd, der den Köhlern gebannt zuhörte, dachte: ›Das kann ja heiter werden. Durch diesen Wald soll ich marschieren?‹

»Im Grunde hat sie Recht«, lenkte Falgar ein. »In unserem Dorf wenigstens gibt es keine Geister.«

»Doch.« Belgar, der Bergmann, paffte gemächlich. »Ich hab mein halbes Leben im Stollen zugebracht und weiß, dass es auch dort manchmal nicht mit rechten Dingen zugeht.«

›Er redet von Berggeistern‹, begriff Fernd. Belgar schien sein Interesse zu spüren und wandte sich unvermittelt an ihn. »Wer bist du eigentlich?«

»Ich komme aus Araukaria.«

»Also ein Fremder«, sagte einer der Köhler und lehnte sich zurück. »Die sind hier selten.«

»Und ausgerechnet ins Erzgehügel hat es dich verschlagen?«, fragte Belgar. »Es gibt interessantere Orte auf der Welt.«

»Aber nur wenige mit schöneren Geistergeschichten«, erwiderte Fernd, um von sich abzulenken und herauszubekommen, was es mit dem Berggeist auf sich hatte.

»Bist du etwa nur wegen Geschichten hier?«

»Ja«, sagte Fernd treuherzig. »Kennt Ihr welche?«

»Natürlich.« Belgar führte den Krug zum Mund und betrachtete Fernd über den Rand. »Hast du denn keine Eltern?«

»Nein.«

Noch einmal musterte ihn Belgar. Der Bergmann mochte an die fünfzig sein. Seine Augen waren die eines gescheiten Mannes.

»Wenn du Geschichten hören willst, bist du hier richtig«, sagte er. »Aber du wanderst nicht aus Lust am Reisen – du wirst getrieben, das seh ich dir an. Du bist ein hübscher Kerl. Einer wie du hat eigentlich keine einsamen Frühlingsmärsche nötig.«

Fernd senkte den Blick wie ein gescholtener Schuljunge. In der Schenke war es still geworden.

»Wie heißt du denn?«, fragte ein Köhler, der sich bisher im Hintergrund gehalten hatte. Er schien der Älteste zu sein.

»Fernd.«

Der alte Köhler lächelte und betrachtete ihn aufmerksam. »Nun, Fernd, dann sollst du heute unser Gast sein.« Er wandte sich an Skali. »Einen Krug für den jungen Mann. Der geht auf meine Rechnung.«

»Das muss er auch. Der Junge hat kein Geld.«

»Du willst also eine Geschichte hören«, nahm Belgar das Gespräch wieder auf, und die Köhler rückten zusammen. »Kennst du das Erzmännlein? Nicht weit von hier gibt es eine uralte Eisengrube – früher wurde das Erz ja noch nicht in Stollen, sondern in Gruben gefördert, weil man das für weniger gefährlich hielt. Der Sage nach haust darunter das Erzmännlein. Es wird böse, wenn man versucht, ihm seinen Besitz wegzunehmen. Dann springt es dem Bergmann mit seiner grünen Kappe, dem feuerroten Bart und der spitzen Nase so nah am Gesicht vorbei, dass er für lange Zeit nur noch rote und grüne Kringel vor den Augen sieht.«

Fernd nickte gedankenverloren. ›Er spricht tatsächlich von dem Stollengeist‹, dachte er und trank aus dem Krug, den Skali ihm hingestellt hatte.

»In jenen Tagen«, fuhr Belgar fort, »versuchten viele, in der Grube ihr Glück zu machen. Einige verschwanden spurlos, andere hatten einen merkwürdig umherirrenden Blick, redeten nicht mehr und gaben ihren Beruf auf. Die unheimlichsten Gerüchte kamen auf, und bald wagte sich niemand mehr in die Grube.«

Belgars Pfeife war ausgegangen. Er zündete sie wieder an, und Fernd nippte an seinem Krug. Das Bier war bitter und hatte gleichzeitig einen süßlichen Geschmack, der durstig machte.

»Nach einiger Zeit«, Belgar paffte dicke Rauchwolken, »kam ein Fremder mit zahlreichen Arbeitern, um die Förderung wieder aufzunehmen. Hartherzig trieb er seine Untergebenen an und schlug auf sie ein, wenn sie ihm nicht genug Gewinn brachten. Bald aber hatte das Erzmännlein die Arbeiter entdeckt und gaukelte ihnen Trugbilder vor. So getäuscht, gruben sie an der falschen Stelle, und die Ausbeute ließ stark nach. Der fremde Herr wurde deshalb bösartig und zwang seine Leute zu immer größeren Anstrengungen, sodass sie fast alle davonliefen.«

»Wie der alte Cornelmann«, warf Falgar ein. »Wisst ihr noch? Der hat seinen Männern auch immer das Fell über die Ohren gezogen, wenn sie ihm nicht genug einbrachten.«

»Er soll an seinem Geiz erstickt sein«, warf ein anderer ein.

Belgar ließ sich nicht stören. »So verteidigte das Erzmännlein seine Grube. Da kam eines Tages ein Sohn armer Köhlersleute und fragte um Arbeit. Seine Mutter war schon jahrelang bettlägerig, und der Vater verdiente zu wenig, um die Familie allein ernähren zu können. Die Notlage des Jungen ausnützend, ließ ihn der Herr der Erzgrube die schwersten Körbe schleppen und den härtesten Boden graben. Ohne Murren verrichtete er die harte Arbeit und dachte nur an seine Mutter, für die er mit dem verdienten Geld Medizin kaufen und einen Arzt bezahlen wollte. Er achtete nicht auf die Trugbilder und schuftete unermüdlich.

Bald war die Grube so tief geworden, dass das Sonnenlicht den Grund nicht mehr erreichte. Das geförderte Erz war das beste und gefragteste im ganzen Gebiet, doch unten wurde es immer unheimlicher. Dumpfes Rollen war zu hören und ein Gluckern und Rauschen, das umso deutlicher wurde, je tiefer der Junge und die wenigen Arbeiter gruben.

Eines Tages war das Rauschen so stark geworden, dass alle

Männer nach oben flohen und die Arbeit verweigerten. Nur der Junge blieb mit seinem Korb unten. Da quollen plötzlich dunkle Wassermassen in der Grube empor und verschlangen ihn. Aus Angst um sein wertvolles Erz stürzte sich der Herr in die Fluten, um den Buben in seine Gewalt zu bekommen, doch kaum war er eingetaucht, spannte sich die Oberfläche des Wassers wie ein schwarzes Tuch über die beiden, und kein Laut war mehr zu hören.

Die restlichen Arbeiter flohen voller Angst nach Hause, als sie sahen, auf welche Weise ihr Herr und der Junge zu Tode gekommen waren. Noch in derselben Nacht aber wurde die Mutter des Jungen wieder gesund.«

›Wenn das Erzmännlein so grausam ist‹, dachte Fernd, ›warum hat es mich dann gerettet?‹

Da merkte er, dass ihm das Bier nicht gut tat. Seine linke Hand schien aus zweien zu bestehen, die sich unabhängig voneinander bewegten – wie Spinnen, die sich umkrabbeln.

»Das ist die Geschichte vom Erzmännlein«, schloss Belgar. Der alte Köhler aber lachte und deutete auf den Jungen. »Er kennt das hiesige Bier nicht. Ich glaube, er hat den Schluss gar nicht mehr verstanden.«

Belgar verzog das Gesicht. »Schade, denn das ist die schönste Geschichte des Erzgehügels. Junge, hast du aufgepasst?«

»Das schon.« Fernd versuchte aufzustehen, weil ihm übel wurde, doch alles verschwamm vor seinen Augen, und er setzte sich wieder.

»Ich werde ihn zu Bett bringen«, sagte der alte Köhler.

»Nicht«, murmelte Fernd, dem Böses schwante.

»Brauchst du Hilfe?«, erkundigte sich Skali.

»Lass nur«, erwiderte der Alte. »Ich war es, der ihm den Krug gegeben hat. Da muss ich jetzt die Folgen tragen.«

Als er näher kam, erkannte Fernd durch das Nebelmeer seiner zerfließenden Gedanken die Augen des Köhlers. Sie waren nicht freundlich, sondern verschlagen und hart, und er hatte sie schon einmal gesehen. Da wusste er, dass er in eine Falle gegangen war.

»Nicht zu Bett«, murmelte er noch einmal. Dann sackte er zusammen und spürte, wie er von sehnigen Armen emporgehoben und wie ein Stück Vieh weggetragen wurde. Das rohe Gelächter der Köhler umbrandete ihn wie ein vorbeiziehendes Gewitter.

»Nicht zu Bett«, flüsterte er. »Nicht …«

5

In der Hand der Gifalken

»Er ist ein richtiger Schuft.« Aurian trat mit dem Fuß nach ihm, und Fernd krümmte sich zusammen. »Sein Fall ist so schwerwiegend, dass der Born von Araukaria persönlich den Vorsitz über das Gericht führen wird.«

Wie lange er berauscht gewesen war, wusste Fernd nicht. Als er wieder zu sich kam, konnte er zunächst keinen klaren Gedanken fassen. Was war passiert?

›Das Erzmännlein‹, dachte er. Dann verschwamm die Erinnerung. Sein Kopf dröhnte, und jeder Gedanke verlor seine Konturen und zerfiel.

Doch schließlich stand ihm der Abend wieder vor Augen: Belgar und seine Geschichte von der Eisengrube; Skali, die Wirtin, und der alte Köhler, der ihn auf einen Krug eingeladen hatte. Fernd hatte einen schalen Nachgeschmack.

»Er verträgt das hiesige Bier nicht«, hatte der Köhler gesagt, und Fernd hörte das Gelächter seiner Kameraden widerhallen. Was immer man ihm eingeflößt hatte – es musste gereicht haben, einen ausgewachsenen Ochsen zu Fall zu bringen.

Innerhalb von Sekunden grub sich die Erkenntnis in seinen noch immer umnebelten Verstand: ›Die Gifalken … Der Köhler hat mich verraten …‹

Entsetzt schlug er die Augen auf und erkannte, wie berechtigt seine Befürchtungen waren. Er lag auf einem Rasenfleck, der von blühenden Schlehenbüschen umstanden war. Zwei Pferde grasten in seiner Nähe. Das eine hob den Kopf und schielte ihn aus den Augenwinkeln an. Neben ihm saß jemand mit seltsam ebenmäßigem Gesicht und blassen Augen.

»Guten Morgen«, schnarrte der Gifalk. »Oder besser: Guten Mittag – der junge Mann hat lange geschlafen.«

Ein Lächeln, das keine Wärme kannte, erschien auf seinem Gesicht. »Du bist schlau gewesen, dann aber leichtsinnig geworden. Sich einfach ins Wirtshaus zu setzen!«

»Ihr hättet mich sowieso gefunden«, murmelte Fernd. Mit einiger Anstrengung konnte er sich aufsetzen.

»Natürlich. Unser Kamerad im Scheidegebirge hatte allerdings Pech.«

»Das war nicht meine Schuld.«

Unversehens holte der Gifalk aus und versetzte Fernd eine schallende Ohrfeige. »Riskier nicht zu viel, kleiner Mann. Du hast großes Glück, dass unser Herr dich lebend haben will – und unversehrt.«

Sein Gesicht näherte sich Fernd, der sich nicht mehr zu rühren wagte. »Sonst wärst du schon tot«, sagte er kalt. »Zumindest würdest du dir das wünschen. Du hast einen von uns umgebracht – das hat noch kein Menschenkind vermocht.«

Fernd setzte sich vorsichtig wieder auf. »Aber ich habe ihn doch nicht getötet«, flüsterte er. »Er hat mich angesprungen und nach meinem Hals gegriffen und ist dabei abgestürzt.«

»Ich habe seinen Todesschrei gehört«, bestätigte der Gifalk. »Er hat einen Fehler gemacht.«

»Hätte er nicht …«, begann Fernd, doch ein weiterer Faustschlag warf ihn zu Boden. Stöhnend blieb er liegen. Blut floss aus seinem Mund.

»Du verteidigst dich noch viel zu eifrig, Junge«, sagte der Gifalk wie beiläufig und wischte den Handrücken im Gras ab. »Wenn ich sage, du hast ihn getötet, dann ist es so. Merk dir das, wenn du mit heilen Zähnen vor meinem Herrn erscheinen willst. Die Wahrheit bestimmen wir – nicht dein fehlerhaftes Erinnerungsvermögen.«

Fassungslos schaute Fernd seinen Peiniger an. Eine solche Mischung aus Intelligenz und Brutalität war ihm neu.

»Ist unser Gast aufgewacht?« Aus dem Gebüsch trat der andere Gifalk, zwei erlegte Kaninchen in der Hand.

»Er hat sich sogar schon nach unserem Wohlbefinden erkundigt. Ein höflicher Junge mit guten Manieren – das muss man ihm lassen.«

»Wie ich sehe, hast du ihm ebenso höflich Antwort gegeben, lieber Odom.« Der zweite Gifalk betrachtete gleichgültig Fernds blutende Mundwinkel. Dann setzte er sich und entfachte ein Feuer, während Odom die Kaninchen ausweidete. »Und nun erzähl. Gestern im Stollen hättest du uns um ein Haar an der Nase herumgeführt. Wie ist dir das gelungen?«

»Das Erzmännlein hat mir geholfen«, sagte Fernd unter Schmerzen.

»Mach keine Witze. Das Erzmännlein gibt es nicht.«

»Ich hab es doch gesehen«, wandte Fernd ein, zuckte zurück und flüsterte: »Nicht.«

»Dann behaupte keinen solchen Unsinn.« Odom zog seine zum Schlag erhobene Hand zurück. »Das Erzmännlein ist eine Erfindung der Bergarbeiter und existiert nur in ihrer Einbildung. Du hattest eine Fackel und deswegen den Spalt gefunden. Die hast du dann in den Schacht geworfen, stimmt's?«

Fernd dachte nach. »Ja. Genauso war es.«

»Siehst du. Immer hübsch bei der Wahrheit bleiben. Das Erzmännlein – dass ich nicht lache!«

Fernd senkte den Kopf. ›Sie wollen die Wahrheit gar nicht wissen‹, begriff er.

Doch seltsam: Seit seiner erzwungenen Behauptung, sich das Erzmännlein nur ausgedacht zu haben, begann die Erinnerung an den Berggeist zu verschwimmen.

»Hast du mich gestern in der Schenke erkannt?«, fragte der andere Gifalk.

»Nein«, erwiderte Fernd verwirrt. »Warst du denn dort?«

»Natürlich war Aurian dort.« Odom lächelte sein freudloses Lächeln. »Und ich selbstverständlich auch.«

Fernd schnappte nach Luft.

»Rate mal«, sagte Aurian. »Wer von uns war Skali und hatte so dicke Schenkel, dass du nicht die Augen abwenden konntest? Und wer war der alte Köhler?«

Fernd blieb der Mund offen.

»Darum wissen wir, wo dein Gefasel vom Erzmännlein herkommt. Du hast gestern zum ersten Mal davon gehört. Den Alten und die Wirtin nachzumachen war nicht leicht. Wenn die Masken einfältig und dumm sind, hat man wenig Möglichkeiten ...«

Fernd senkte den Kopf. Was mochte aus Skali und dem Köhler geworden sein? Vermutlich teilten sie Gaetans Schicksal. Gaetan ...

»Ihr seid Mörder«, sagte er und bereute es sofort. Doch seltsamerweise straften die Gifalken ihn nicht.

»Stimmt«, antwortete Aurian ruhig. »Wir sind sogar die besten Mörder der Welt. Leider dürfen wir dich nicht töten – noch nicht. Aber wenn du weiter so frech bist, werden wir dich quälen. Das machen wir so gut, dass man keine Spuren sieht.«

Fernd hörte kaum zu; er dachte an Gaetan. Doch die Erinnerung an seinen jungen Freund wollte sich nicht einstellen. Sie war verschwunden wie das Bild des Erzmännleins – unter der kalten und berechnenden Logik der Gifalken zersplittert wie Glas.

›Aber es hat sie doch einmal gegeben‹, dachte Fernd unglücklich.

Nachdem seine Peiniger ihr Mahl verzehrt hatten, stand Odom auf. »Genug gefaulenzt, junger Mann.« Er schnitt ihm die Fußfesseln durch und führte ihn zu seinem Pferd, wo er Fernd am Steigbügel festband. »Das ist Karner. Stell dich gut mit ihm – er mag kleine Jungen nicht.«

Aurian lächelte. »Weißt du noch, wie er nach dem Stallburschen ausschlug, als der ihn zu sehr striegelte? Der sah danach nicht mehr gut aus.«

›Sie wollen mir Angst machen‹, dachte Fernd und blickte zu Karner auf. Das Pferd war sicher einen halben Meter größer als er und so knochig, als habe es wochenlang gehungert, doch Fernd spürte, dass es in Wirklichkeit gesund und stark war – ein bösartiger Täuscher wie sein Herr.

»Durch deine Schuld sind wir spät dran«, sagte Aurian. »Wir müssen heute noch über fünfzehn Meilen zurücklegen.«

Ein maliziöses Lächeln umspielte Odoms Züge. »Du wirst kaum glauben«, sagte er und zog den Knoten um Fernds Handgelenke mit einem Ruck fest, »wie schnell das geht.«

»Los!« Odom stieg auf, und Aurian zertrat das Feuer, um ihre Spuren zu verwischen. Dann setzten die Gifalken die Pferde in Trab. Fernd, der an Karner gebunden war, musste hinterherlaufen. ›Das halte ich nicht durch‹, dachte er.

Aurian schien seine Gedanken gelesen zu haben und wandte sich um. »Glaub ja nicht, dass wir dir zuliebe langsam reiten. Deinetwegen haben wir viel Zeit verloren, und dieses Versäumnis werden wir aufholen, ob du willst oder nicht.«

Die Gifalken hielten Wort, und nach kurzer Zeit sah Fernd Sterne. Mitleidlos ritten Odom und Aurian voran und wandten ihm den Rücken zu.

»Das geht nicht!«, brüllte Fernd, als er es nicht mehr aushielt. »Ich kriege keine Luft mehr!«

»Dann musst du schneller atmen«, spottete Odom, und Fernd biss die Zähne zusammen. Was hatte er diesen Ungeheuern getan? Ihre Grausamkeit entsetzte ihn weniger als ihre Gleichgültigkeit. Doch die Wut setzte neue Kraftreserven frei, und er bekam wieder Luft.

Die Gifalken ritten quer durch das Erzgehügel nach Süden und scheuten dabei die Öffentlichkeit nicht. In einem größeren Dorf hielten sie, um die Pferde zu tränken. Erschöpft fiel Fernd zu Boden. »Ich kann nicht mehr«, keuchte er.

»Schlaf ruhig, wenn du müde bist«, erwiderte Aurian trocken. »Karner schleift dich ohne Mühe hinterher.«

Da wurde Fernd zornig und dachte: ›So kriegen sie mich nicht klein.‹ Auf allen vieren kroch er zur Tränke, um Wasser zu schöpfen.

»Lass Karner noch was übrig«, sagte Odom. »Er beißt sonst.«

Dieser Karner! Man konnte meinen, dass er absichtlich ruckte und bockte, um ihn zum Stolpern zu bringen. Sogar beim Saufen schielte das Tier böse zu ihm herüber.

›Sie sind unvorsichtig‹, dachte Fernd. ›Irgendwann wird jemand mich sehen und sich fragen, was los ist.‹ Doch da sollte er eines Besseren belehrt werden.

Er musste einige Minuten eingeschlafen sein und wurde vom Klang einer fremden Stimme geweckt: »Er sieht gar nicht so böse aus.« Fernd schlug die Augen auf.

Die Beine von sich gestreckt, lehnte er an der Tränke. Karner soff mit einer Inbrunst, die alles in seiner Umgebung durchnässte. Ein Köhler unterhielt sich mit den Gifalken.

»Ist er aber.« Odom wandte Fernd den Rücken zu, und seine Stimme klang seltsam verändert. »Er hat Vater und Mutter ermordet und ist dann geflohen. Wir haben ihn zwei Monate gesucht.«

»So kann man sich täuschen.« Der Köhler blickte kopfschüttelnd auf ihn herunter. »Hätte er heute Abend an meine Tür geklopft und um ein Nachtlager gebeten – ich hätte es nicht verweigert. Er wirkt so harmlos.«

»Das war sein Trick«, erwiderte Odom. »Er hat sich auch abends in Häuser geschlichen, um die Bewohner zu berauben. Aber das ist vorbei. Wir bringen ihn nach Araukaria, wo er seine gerechte Strafe erleiden wird.« Fernd erschrak, als Odom sich umdrehte: Ein bärtiges Gesicht blickte auf ihn herunter, mit blitzblauen Augen, in denen kein Falsch liegen konnte. Die beiden Gifalken sahen aus wie araukarische Soldaten.

»Er ist ein richtiger Schuft.« Aurian trat mit dem Fuß nach ihm, und Fernd krümmte sich zusammen. »Sein Fall ist so schwerwiegend, dass der Born von Araukaria persönlich den Vorsitz über das Gericht führen wird.« Er grinste.

Der Born persönlich sollte den Vorsitz über das Gericht führen! Fernd wollte schreien, Aurian sei ein Lügner, Araukaria gebe es nicht mehr und der Born sei tot, doch er konnte nicht. Er wollte nur, dass der Köhler ging, nicht weiter an ihn dachte – und ihn in dem Glashaus aus Falschheit ließ, das die Gifalken um ihn errichtet hatten.

»Auf geht's, junger Mann«, sagte Odom. »Bis Araukaria ist es noch weit!«

»Gute Reise«, wünschte der Köhler ehrerbietig. »Und passt gut auf den Jungen auf!«

»Verlasst Euch da ganz auf uns.«

Hätte Fernd wütend werden sollen? Er schämte sich nur.

»Hopp, mein Alter«, sagte Odom leutselig und stieg wieder auf Karner, der wieherte, als hätte er verstanden. Das Pferd wurde Fernd immer unheimlicher.

Bald wusste er nicht mehr, wie ihm geschah. Meile um Meile hetzten ihn die Gifalken durchs Land. Kaum durchquerten sie eine Siedlung, verwandelten die beiden sich in araukarische Soldaten. Hier wusste niemand, dass die Hauptstadt nicht mehr stand. Kam jemand des Weges, schaute er Fernd nur neugierig an. Der war nach kurzer Zeit so abgestumpft, dass er nichts mehr dabei empfand.

Es kam, wie es kommen musste: Irgendwann stolperte Fernd über einen Stein, stürzte und wurde weitergeschleift. Da endlich wandte sich Odom um. »Wir haben es bald geschafft. Noch zwei Meilen.«

»Aber ich kann nicht mehr.«

»Du musst nur wollen, junger Mann. Wenn du nicht aufstehst, werden es vier Meilen sein.«

Fernd erhob sich und torkelte weiter. Die Gifalken ritten jetzt langsamer – das erste Mal, dass sie auf ihn Rücksicht nahmen. Ein Gefühl der Dankbarkeit überkam den Jungen. ›Ich müsste sie doch hassen‹, dachte er verwirrt, und die Gifalken wussten nur zu gut, dass er bald ihr willfähriges Werkzeug sein würde. Sie hielten Wort: Nach zwei Meilen fanden sie einen geschützten Platz abseits des Weges und saßen ab. Fernd, kaum noch bei Bewusstsein, fiel zu Boden. Seine Beine fühlten sich an, als habe man das Mark herausgesogen, und in seinen zerschundenen Füßen biss das Blut. Aurian trat zu ihm, ein Stück Brot in der Hand.

»Essen gibt es nur, wenn du dich wie ein Mann verhältst, nicht wie eine Memme.«

Fernd setzte sich mühsam auf, und der Gifalk legte ihm das Brot in die gebundenen Hände.

Hastig stopfte Fernd einen Bissen in den Mund. Dann nahm er seinen ganzen Mut zusammen. »Darf ich eine Frage stellen?«

»Kommt drauf an«, erwiderte der Gifalk rätselhaft und nahm ihm den Brotrest aus der Hand.

»Wohin bringt ihr mich?« Verwirrt schaute der Junge seinem Abendessen hinterher.

»Nach Sklava Mhor.«

»Ist dort der Schwarze Prinz?«

»Der auch.« Aurian überlegte und gab ihm das Brot zurück. »Und unser Herr.«

»Wer ist das?«

»Das«, erwiderte der Gifalk und nahm ihm den letzten Bissen mit einer raschen Handbewegung wieder weg, »ist eine Frage zu viel. Ich kann dir nur sagen, dass er dich vermutlich töten wird.«

Odom, der am Feuer saß, schmunzelte.

Hungrig ließ sich Fernd ins Gras zurücksinken. ›Ihr Tun hat keine Ursache und keinen Sinn‹, dachte er. ›Sie sind einfach nur böse.‹ Was erwartete ihn im Verbotenen Land? Erouans Sage fiel ihm wieder ein. Aber der alte Hirte war tot.

In diesem Moment hob Aurian den Kopf. »Da kommt jemand.«

»Wie das?«, fragte Odom überrascht.

»Er nähert sich schnell.« Innerhalb von Sekunden verwandelten sich die beiden wieder in Soldaten aus Araukaria.

›Vielleicht will mir jemand helfen‹, hoffte Fernd. Doch niemand kam. Nach einigen Minuten sagte Aurian: »Ich gehe ihn suchen.« Er verschwand in der hereinbrechenden Dunkelheit.

»Seltsam«, murmelte Odom. »Da kommt und geht einer, wie es ihm passt.«

Aurian kehrte wenige Minuten später zurück. »Niemand da.«

»Vielleicht hast du dich geirrt.«

»Nein.« Aurian setzte sich ans Lagerfeuer. »Er muss abgebogen sein, bevor er in unsere Reichweite kam.«

»Dann hat er Glück gehabt«, sagte Odom gleichgültig.

Mehr sprachen die beiden an diesem Abend nicht. Wortlos, wie zu Statuen erstarrt, saßen sie nebeneinander, in finstere Gedanken versunken. Fernd schlief bald ein, niedergestreckt von Hunger, Durst und Erschöpfung. Er träumte von kleinen flinken Händen, die an seinen Stricken zerrten – und von Stimmen, die aufgeregt auf ihn einschnatterten, weil sie ihm etwas Wichtiges sagen wollten. Doch Fernd war zu erschöpft, um auf sie zu hören.

☆☆☆

Der nächste Tag sollte nicht besser verlaufen. Fernd wurde früh geweckt und bekam einen Schluck Wasser und ein Stück Brot, an dem er kaute, bis es süßlich schmeckte. Dann wurde er wieder an Karner gebunden und legte so an die zehn Meilen zurück. Im Laufschritt.

»Nicht langsamer werden, Junge«, forderte ihn Aurian immer wieder auf. »Der Herr wird böse sein, wenn wir Sklava Mhor nicht rechtzeitig erreichen.«

»Ist doch egal – er wird mich sowieso töten«, antwortete Fernd und schrie auf: Aurian hatte seine Reitpeitsche benutzt.

»Es gibt verschiedene Todesarten. Wenn du uns ärgerst, wirst du um Erlösung betteln.«

Und Fernd rannte, bis ihm Sterne vor Augen tanzten.

Das Schlimmste war, dass die Gifalken nicht nur von seinem Körper Besitz ergriffen hatten. Vor seiner Gefangennahme war sein Geist ein Blumenfeld der Fantasie gewesen, und die Lande, die er durchwandert hatte, waren ihm bunt und vielfältig erschienen. Doch mit seiner Hoffnung schwanden auch die Farben. Das Land schien braun vom Winter, und die

Heiden des Erzgehügels mit den Grubeneingängen, die aussahen wie riesige Mauselöcher, wirkten trostlos. Dazu fiel Regen, und der Weg weichte auf. Fernds Stiefel wurden schwer vom schmatzenden Lehm.

Da kreuzte unvermutet ein Wanderer ihren Weg.

»Guten Tag«, grüßte er die Gifalken freundlich, die sich bei seinem Anblick sofort wieder in Soldaten verwandelt hatten. »Wohin so eilig?«

»Nach Araukaria«, sagte Odom sein Sprüchlein auf. »Dieser Gefangene ist ein gefährlicher Raubmörder, auch wenn man es ihm nicht ansieht.«

»Wahrlich nicht«, erwiderte der Wanderer, und Fernd hob verwundert den Kopf. Es war ein alter Händler, ein fahrender Geselle mit großen, seltsam gebogenen Schnabelschuhen. Seine dicke Felljacke war zugeknöpft, als friere er. Ein üppiger Bart wucherte in seinem Gesicht, doch die Augen waren klein und listig und kamen Fernd bekannt vor. Sein zweirädriger Karren wurde von einem Eselchen gezogen, das jetzt, als es den Jungen mitleidig ansah, einen lang gezogenen Schrei ausstieß, der wie ein verrosteter Ziehbrunnen klang.

»Ein Bandit ist er?«, fragte der Händler. »Das kann ich kaum glauben. Vielleicht irrt ihr euch?«

»Selbstverständlich nicht.« Odom wurde die Neugier des Händlers unangenehm. »Lasst Euch von seinem harmlosen Aussehen nicht täuschen. Der Born von Araukaria persönlich hat uns geschickt, und nun führen wir ihn der gerechten Strafe zu.«

»So, so«, sagte der Händler geistesabwesend, trat auf Karner zu und tätschelte ihn. Das Pferd zuckte zurück wie gestochen und stieß ein bösartiges Wiehern aus. Der Esel hingegen beschnüffelte Fernd liebevoll – er hatte spontan Freundschaft mit ihm geschlossen.

»Euer Tier ist ein wenig zu zutraulich«, knurrte Aurian. »Und Ihr seid es, mit Verlaub, auch. Auf Wiedersehen.«

»Schade, dass ihr schon gehen wollt«, sagte der Händler. »Ich hätte eine wichtige Neuigkeit für euch.«

»Nämlich?«, fragte Odom misstrauisch.

»Araukaria ist abgebrannt.« Der alte Mann schien das nicht sonderlich zu bedauern. »Niemand mehr da, niemand. Nicht mal der Born.«

Er kratzte verlegen mit einem Stiefel am anderen. Die Gifalken schienen unsicher, ob sie ihre Täuschung aufrechterhalten sollten.

»Das ist ja furchtbar«, sagte Odom schließlich lahm.

»Wisst ihr was?« Der Händler deutete auf Fernd. »Überlasst ihn mir. Er ist euch ja zu nichts mehr nütze. Vergesst ihn einfach. Ich bezahle euch.«

Die Gifalken zögerten; ihre Täuschung richtete sich nun gegen sie selbst.

»Ich glaube nicht, dass Araukaria verbrannt ist«, knurrte Aurian schließlich. »Du willst den Jungen nur haben, um billig zu einem Diener zu kommen. Lass uns in Ruhe und verschwinde.«

»Schade.« Der Händler nahm die Zügel seines Esels, dem es sichtlich schwer fiel, seinen neu gewonnenen Spielkameraden aufgeben zu müssen. »Ihr werdet schon sehen, was euch in Araukaria erwartet – wenn ihr dort jemals ankommt. Denn dieser Weg führt gar nicht dorthin, sondern ins Verbotene Land. Und das wisst ihr auch. Guten Tag.«

Sprach's und gab dem Esel einen Klaps. Im Vorbeifahren streifte er Fernd mit einem merkwürdigen Blick.

›Erouan‹, dachte der. ›Er hat Augen wie Erouan.‹ Aber da war der Alte schon vorbei, indes die Gifalken ihm entgeistert nachstarrten.

»Das ist nicht möglich«, murmelte Odom schließlich.

›Sie sind nicht allmächtig‹, begriff Fernd. Zum ersten Mal waren die Gifalken sprachlos.

Doch schnell erholten sie sich von ihrem Schreck. »Das war kein Zufall«, schnarrte Aurian. »Er darf niemandem erzählen, dass er uns gesehen hat.« Ehe Fernd die Bedeutung dieses Satzes begriffen hatte, hatte der Gifalk seinen Bogen gezogen und auf den gemächlich davonziehenden Alten angelegt.

»Achtung!«, hörte er sich rufen. »Pass auf, Erouan!« Doch zu spät: Der Pfeil surrte von der Sehne, und der Händler brach lautlos zusammen.

»Nein!«, schrie Fernd. Karner wieherte und galoppierte los. Fernd stürzte, sah aber im Fallen, dass der Alte samt Esel und Karren verschwunden war. Der Junge wurde hinter dem Pferd hergeschleift. Brombeerranken zerkratzten sein Gesicht, und er spie Blut von den aufgeplatzten Lippen. Ein gutes Stück preschten die Gifalken wie wild dahin, ehe sie die Pferde zügelten.

»Das soll dir eine Lehre sein, Junge«, sagte Aurian. »Man lässt sich nicht von fremden Leuten ansprechen.«

Fassungslos starrte Fernd ihn an. Für die Gifalken schienen Schuldzuweisungen ein Spiel zu sein, dessen Regeln nur ihnen bekannt waren.

»Der Händler ist tot«, sagte Aurian. »Vergiss, was er gesagt hat.«

›Das werde ich nicht‹, dachte Fernd trotzig – und spürte doch, wie sich die Erinnerung verschleierte. ›Sie sind nicht allmächtig.‹ Verzweifelt krallte er sich an diesem Gedanken fest. Noch verstand er das Geheimnis nicht, das ihm Erouan hatte mitteilen wollen: dass die Gesetze der Lande durchbrochen worden waren, um ihm zu helfen. Die Gifalken aber ahnten es.

Drei Tage vergingen, in denen Fernd teils laufend, teils auf allen vieren den nimmermüden Pferden der Gifalken nachhetzte – Tage, die sein Ich in drei Teile zerbrechen ließen: in Angst, Hilflosigkeit und Gleichgültigkeit. Geboren waren sie aus Schlafmangel, Hunger und Erschöpfung. Und aus dem Gefühl, versagt zu haben. Die Aufgabe des Großvaters hatte sich als unlösbar erwiesen. Überall war er zu spät gekommen und hatte Unheil über seine Mitmenschen gebracht. Immer mehr machte er sich das ewige »Du bist schuld« der Gifalken zu Eigen.

Anfangs hatte er gedacht, seine Peiniger seien sich völlig gleich, doch mit der Zeit bemerkte er Unterschiede: Aurian war der Anführer, und Odom musste auf alle seine Entscheidungen Rücksicht nehmen. Das schien er zu akzeptieren. Aurian schlug ihn auch seltener. Für die Gewalt war vor allem Odom zuständig, der dafür manchmal aber auch freundlich war. Allerdings gab es keine Möglichkeit, Freundlichkeit oder Gewalt zu steuern.

Sie prügelten ihn morgens und abends. Dafür, dass er ihnen eine Frage stellte, und dafür, dass er es nicht tat. Dafür, dass er auf eine Frage antwortete, und dafür, dass er keine Antwort wusste. Dafür, dass er schnell oder langsam ging, Hunger hatte oder satt war. Es gab nur eine Regel: Sie prügelten ihn.

Hätte Fernd die Augen offen gehalten, so wäre ihm bewusst geworden, dass er dennoch nicht allein war. Im Schlaf schob sich eine helfende Hand unter seinen Kopf, richtete ihn auf und flößte ihm neue Kraft ein, die seine erschöpften Glieder durchfloss und die Welt im Traum licht und hell werden ließ. Dann gab es keine Gifalken mehr, die ihm Angst machten. Nach dem Aufwachen allerdings fehlte ihm jede Erinnerung.

Odom und Aurian ahnten, dass sich in den Landen etwas

vorbereitete, und trieben Karner und Gemerre – so hieß Aurians Pferd – zu noch größerer Schnelligkeit an. Schon am fünften Tag ihrer Reise, nach hundertvierzig Meilen, erreichten sie den Omladin, der ungefähr fünfzig Meilen südlich von Hellinge, wo Fernd den Winter in der Obhut der alten Gronia verbracht hatte, in einer schmalen Schlucht durchs Gebirge bricht und den südlichen Abschluss des Erzgehügels bildet.

»Für heute ist es zu spät, den Fluss zu überqueren, denn die nächste Furt liegt noch über zehn Meilen entfernt«, sagte Aurian. »Aber morgen haben wir das Erzgehügel hinter uns.« Unter seinem maskenhaften Gesicht schimmerte Erleichterung.

»Da drüben ist ein guter Schlafplatz.« Odom wies auf eine Klippe, die in den schäumenden Fluss ragte. »Dort kann er uns nicht wegrennen.« Der Gifalk stieg ab und verlängerte die Leine, damit Karner grasen konnte, ohne sich mit Fernd zu verheddern. »Du wirst uns doch nicht weglaufen?«

»Das kann ich gar nicht«, murmelte Fernd, halb tot vor Erschöpfung.

»Ich weiß schon.« Plötzlich war Odoms Stimme sanft. »Fernd, wovon hast du gestern geträumt?«

»Lass ihn«, sagte Aurian, der Feuerholz zu einem kleinen Haufen schichtete. »Denk dran, was der Herr gesagt hat. Dieser nicht.«

»Ich weiß. Aber es gefällt mir nicht.«

Fernd horchte auf. Zum ersten Mal schienen die Gifalken nicht einer Meinung zu sein. Oder war das nur ein neues Spiel?

»Er wird es merken«, warnte Aurian. »Ich schließe meine Augen, wenn du willst, aber ich rate dir davon ab.«

Odom reagierte nicht. Mit dem Finger fuhr er dem Jungen

über die aufgesprungenen Lippen und die verschorfte Nase. An der Stirn verharrte er.

»Ich hab dich gefragt, wovon du träumst. Schöne Träume?«

Fernd antwortete nicht, und Odoms Finger setzte seine Wanderung fort. »Du könntest es besser haben – nicht mehr rennen, sondern reiten. Aber du dürftest nichts sagen.«

Er führte ihn zum Rand der Klippe, und Karner begann zu grasen. Fernd hasste das Pferd mittlerweile von ganzem Herzen. Zu oft war er von ihm getreten worden.

»Ich bringe dir zu essen«, sagte Odom. »Und dann …«

Fernd nickte nur, ohne den Wunsch zu begreifen. In seinem Innern war alles leer. Gleichgültig saß er am Rand der Klippe und blickte über den Omladin, der vom Schmelzwasser des Scheidegebirges angeschwollen und reißend war. Die Entfernung zum anderen Ufer musste gut hundert Meter betragen, und der Junge erkannte eine Auenlandschaft aus Trauerweiden und Schotterhügeln. Dahinter begann der Rulawald, eine Masse aus noch unbelaubten Bäumen. Wo war der Frühling geblieben? Fernd kannte ihn nicht mehr. Wo war die Ostmauer, sein letztes Ziel? Der Horizont war dunstig und grau.

Da sah er das Erzmännlein.

Zum Greifen nah saß es neben ihm auf der Klippe und ließ die kurzen Beine im grünen Rock über den Rand baumeln. Dabei sog es an seiner Pfeife und musterte Fernd aus winzigen Äuglein. Dann hob es die Hand und deutete in die Tiefe.

›Es ist mir gefolgt.‹ Diese Erkenntnis traf ihn wie ein Keulenschlag. ›Fünf Tage lang ist es mir gefolgt, und ich habe es nicht bemerkt. Ich habe nicht einmal mehr an seine Existenz geglaubt.‹ Oder war es eine Täuschung der Gifalken, um ihn zu ärgern? »Warum bist du hier?«, flüsterte er, doch das Erzmännlein schüttelte den Kopf und legte warnend den Zeigefinger an den Mund.

Aurian wandte sich um. »Was ist, Fernd? Mit wem sprichst du?«

›Sie können es nicht sehen‹, begriff er. ›Das Erzmännlein sitzt leibhaftig vor mir – aber nicht für sie.‹

Es war, als erwachte er aus einem bösen Traum. Wie mit einem Blitz zerriss der Vorhang aus Gleichgültigkeit, der sich wie dunkler Samt auf seine Seele gelegt hatte, und er war wieder frei.

»Was ist?« Auch Odom wurde unruhig. »Sag mir, was du siehst.«

›Sie werden mich wieder prügeln.‹ Fernd stand auf und wich an den Klippenrand zurück, wo Karner weidete. War es das Tosen des Omladin oder nur sein eigener Pulsschlag, was da in seinen Ohren rauschte? ›Oder sie töten mich sogar. Weil ich jetzt weiß, dass sie keine Macht haben.‹

»Befreien musst du dich selbst«, sagte eine Stimme neben ihm. »Aber wenn du den Landen vertraust …«

Fernd fuhr herum. »Erouan«, hauchte er. Aber da war niemand.

»Junge.« Odom tauschte einen Blick mit Aurian. Die Gifalken erhoben sich und gingen auf ihn zu. »Komm her – du hast Fieber und fantasierst.«

»Nein.« Fernd warf noch einmal einen Blick zum Erzmännlein. Es war verschwunden, doch jetzt wusste er, was er zu tun hatte.

Dann ging alles sehr schnell. Fernd sah seine Peiniger wütend auf sich zurennen, war aber schon zwei Schritt zurückgegangen und ins Leere getreten. Graues Gestein sauste vorüber und grüner Farn, der sich in der Wand festkrallte. Schon spürte er die kalte Gischt des Omladin.

Fernd schrie auf, als seine Hände mit einem Ruck nach oben gerissen wurden. Das Lederseil, mit dem er an Karner gebunden war, spannte sich. Tief schnitten ihm die Fesseln ins Fleisch, und von oben ertönte das entsetzte Wiehern des Pferdes, das zum Rand der Klippe gerissen wurde. Der Kopf des Tiers erschien über ihm. Dann glitt es ab und rutschte über den Rand. Er sah noch die Gesichter der Gifalken, grau vor Hass. Odom legte seinen Bogen auf ihn an, doch dann schlug der eiskalte Omladin über ihm zusammen. ›Aus!‹, dachte Fernd, als er von den schäumenden Wirbeln unter Wasser gezogen wurde. Dann schwanden ihm die Sinne.

6

Der sprechende Schatten

»Warum sollte ich nicht sprechen können?« Der Schatten klang wie von unsichtbarem Lachen geschüttelt. »Mein Herr kann es ja auch.«
»Aber du bist ein Schatten«, erwiderte Fernd. »Meiner zum Beispiel spricht nicht.«

Ein stechender Schmerz ließ Fernd die Augen öffnen. Der Fluss hatte ihn gnädig auf eine Sandbank geschwemmt, doch seine Füße fühlten sich taub an, und die noch immer gefesselten Handgelenke bluteten.

Wieder ein Stechen. Fernd tastete mit der Rechten nach hinten und stieß auf ein Stück Holz. In seiner Schulter steckte ein Pfeil – ein letzter Gruß seiner Peiniger. Sein Wams war blutrot. Übelkeit stieg in ihm auf, und er erbrach eine Unmenge Flusswasser. Dann erhob er sich stöhnend und blickte zurück.

Das Lederband lief von seinen Händen ins tosende Wasser des Omladin. Dort lag Karner, der in den Fluten ertrunken war. Nur der Hals des knochigen Tiers ragte eigentümlich verdreht aus dem Wasser und schaukelte in den Wellen.

Machtlos standen die Gifalken am anderen Ufer. Nur jemand, dem die Lande gnädig gesinnt waren, konnte den Omladin überqueren. Vermutlich spien sie vor Wut Gift und Galle. Dieser Gedanke tat ihm gut.

Als Fernd sich endlich von seinen Fesseln befreit hatte, massierte er die aufgedunsenen Handgelenke. Sie taten scheußlich weh. Dennoch überwand er sich und zog den Pfeil aus der Schulter. Die Wunde blutete stark. Dann stand er auf und wankte über die Sandbank ans Ostufer, das von Sträuchern und Buschwerk bestanden war. Als er zurückblickte, waren die Gifalken verschwunden.

›So schnell geben die nicht auf‹, dachte er. ›Sie werden eine Furt suchen, und dann beginnt die Jagd von neuem.‹

Dieser Gedanke nahm ihm alle Hoffnung. Mühselig stolperte er durch die noch winterkahlen Auen, bis er, es mochte etwa eine Stunde vergangen sein, nicht mehr weiterkonnte. Zu groß waren die Anstrengungen der letzten Tage gewesen. Er sammelte etwas Holz, und es gelang ihm sogar, mit seinem kaum feucht gewordenen Zunder ein kleines Feuer zu entfachen.

›Zum Glück habe ich meinen Rucksack noch‹, dachte er, während seine Kleider trockneten. Er hatte im Wasser gelitten, war aber unversehrt. Als Fernd die *Rechenschaft* untersuchte, stellte er fest, dass das Buch nicht im Mindesten Schaden genommen hatte. Nicht einmal die Schrift war verblasst.

›Seltsam‹, dachte er und sah sich um. Trauerweiden mit krumm gewachsenen Stämmen und weit ausladenden Ästen versperrten ihm die Sicht. Fernd hatte das Gefühl, sie musterten ihn misstrauisch. Dazwischen war nur graue, trostlose Heide, durchsetzt von zahllosen Baumstümpfen, die verwittert in die Luft ragten. Wahrscheinlich waren die Köhler vor Jahrzehnten hierher gekommen, um Holz zu schlagen, und hatten sich nach getaner Arbeit wieder aufs sichere Westufer zurückgezogen. Die düstere Landschaft stimmte ihn noch pessimistischer.

Ein wenig abseits sah er einen leuchtend blauen Fleck im Gras: Eine Küchenschelle hatte sich aus dem Boden gewagt und blühte unverzagt in den grauen Tag hinein. Für einen Moment vergaß er alles Leid und genoss ihren süßen Duft.

Da fiel ein Schatten auf ihn. Er machte einen erschrockenen Satz zur Seite, doch ringsum war niemand zu sehen! Verdattert schaute Fernd den Schatten an, dem der Besitzer fehlte.

»Hast du etwa Angst?«, fragte jemand, und Fernd war so verwirrt, dass er sich zu fürchten vergaß.

»Wer bist du?«, fragte er erstaunt.

»Sieht man das nicht? Ein Schatten.«

»Wieso – wieso kannst du dann sprechen?«

»Warum denn nicht?« Die Stimme klang wie von unsichtbarem Lachen geschüttelt. »Mein Herr kann es ja auch.«

»Aber du bist ein Schatten«, erwiderte Fernd. »Meiner zum Beispiel spricht nicht.«

»Du bist ja auch ein Menschenkind. Hab keine Angst – ich will dir nichts Böses.«

»Keine Sorge. Ich hab mittlerweile so viel erlebt – da beeindruckt mich ein sprechender Schatten kaum noch.«

»Ich weiß, du hast viel mitgemacht. Die Gifalken haben dir eine heimtückische Falle gestellt.«

»Ich lasse mich nie wieder von Fremden auf einen Krug Bier einladen, wenn du das meinst.«

»Das wäre schade – schließlich laufen nicht nur Gifalken durch die Welt. Du warst sehr tapfer. Sie haben alles versucht, um dich gefügig zu machen, und sind trotzdem gescheitert.«

»Abwarten. Die geben so schnell nicht auf.«

»Es liegt an dir, ob du ihnen entkommst.«

»Wer bist du überhaupt?«

»Ein Schatten.«

»Ich meine, wer ist dein Herr?«

»Das weißt du nicht?« Die Stimme klang verwundert.

»Sollte ich?«

Noch einmal lachte der Schatten lautlos. »Schau mich mal genau an. Zu wem könnte ich gehören?«

Fernd überlegte. Der Schatten war größer als er, aber etwas gekrümmt. Ein Bart war da, und langes Haar fiel auf die Schultern herab. Instinktiv vermutete Fernd, das Haar müsse grau sein – silbergrau.

»Dein Herr ist ein alter Mann, nicht wahr?«

»Er ist sogar fast so alt wie die Lande selbst.«

Fernd begriff: »Der Silbergreis.«

»Richtig.«

»Also sucht er mich. Hat er mich damals im Kristallhaus tatsächlich im Traum gerufen?«

»Vermutlich. Mein Herr träumt nur nachts, und da habe ich es als Schatten nicht leicht, in der Nähe zu bleiben.«

»Warum kommt er nicht selbst? Den Großvater hat er doch auch einmal besucht.«

»Er darf seinen Platz auf der Ostmauer nicht aufgeben, weil sonst das Chaos über die Lande hereinbricht. Glaub mir, er tut schon genug für dich. Er erwartet dich ungeduldig, denn die Zeit drängt.«

Fernd zögerte. Dann setzte er sich neben den Schatten. »Hat er dich nur deswegen geschickt? Um mir zu sagen, ich soll mich beeilen?«

Der Schatten nickte.

Da wurde Fernd ärgerlich. Müdigkeit und Hoffnungslosigkeit brachen aus ihm hervor. »Ist dir klar, wie lange ich schon unterwegs bin?« Er war den Tränen nahe, sprach aber trotzdem weiter. »Soll ich dir was sagen, Schatten? Ich glaube, ich bin in den letzten Monaten älter geworden als mein Großvater. Weil es nie Hoffnung gab. Weil alles sinnlos war. Kann nicht jemand anders den Silbergreis suchen? Ich bin kein Held und wollte nie einer sein.«

Er vergrub den Kopf in den Händen und weinte wie ein Kind. Es war die schwerste Stunde seiner Reise, auf dieser einsamen Heide, wo die Trostlosigkeit ihn ergriff und schüttelte wie der Wind einen kleinen Baum.

Beim Anblick einer Küchenschelle, die gegen den Frost kämpfte, fasste er sich und flüsterte: »Ist es noch weit?«

»Du kannst es schaffen. Der Silbergreis wird dir helfen, so gut er kann, doch er ist selbst in großer Not. Du musst dich beeilen, sonst ist alles zu spät. Willst du das versuchen?«

Fernd sah den Schatten an. »Was bleibt mir anderes übrig!«

»Die Gifalken werden dir bald wieder auf den Fersen sein, und ich weiß nicht, ob der Rulawald sie aufhalten kann. Ruh dich aus, und sammle etwas Nahrung. Morgen aber wandere so schnell wie möglich weiter! Im Rulawald bist du sicherer.«

»Wie weit ist es dann noch zur Ostmauer?«, fragte Fernd, aber der Schatten war schon verschwunden.

☆☆☆

Fernd fing tatsächlich ein Kaninchen, briet und aß es. Er hätte fünf davon verschlingen können, so ausgehungert war er. Und nach einem langen, erholsamen Schlaf ließ er die trostlose Heide hinter sich und verschwand im Schutz der Bäume.

Der Rulawald gleicht in nichts den strengen harzigen Fichtenstämmen im Hochhügelland, die an einen dunklen Säulensaal erinnern. Im Gegenteil, er ist ein Auenwald, wie er nur in Flussniederungen gedeiht. Knorrige Eichen mit eigentümlich verwundenen Ästen stehen dicht beisammen wie alte Männer, die mit gichtigen Fingern drohen. Meist sind sie von Moos und Efeu überwuchert, und Dornen ranken sich darum, sodass es schwer ist, sich einen Weg zu bahnen. Früher war der Rulawald mit all seinen seltsamen Bewohnern gefahrlos zu begehen, doch seit die Köhler so viel Holz für ihre Meiler schlugen, war er grantig und feindselig, und die Wege von einst hatten sich auf wundersame Weise geschlossen.

Doch die Waldgeister schienen zumindest für Fernd eine Ausnahme zu machen: Kaum hatte er die ersten Dornenranken beiseite geschoben, öffnete sich ein schmaler Pfad, der zwischen dicken Baumstämmen geradewegs nach Osten führte.

›Wie für mich gemacht‹, dachte Fernd verblüfft.

Der Boden wurde sumpfig, und der Weg wand sich schlangengleich um Bäume und Wurzeln und wich mit schwarzem Wasser gefüllten Tümpeln aus, in denen Luftblasen nach oben perlten. Fernd fühlte sich immer beklommener, je weiter er kam. Lugte dort etwa eine gehörnte Gestalt unter einem halb umgestürzten Baum hervor? Fernd hatte keine Ahnung, wie Waldgeister aussahen – und auch keine Lust, ihnen zu begegnen.

☆☆☆

Die Gifalken erreichten den Rulawald keine zwei Stunden nach ihrem ehemaligen Gefangenen, und ihre Gesichter verrieten, wie angespannt sie waren. Längst hätten sie den Entflohenen einholen müssen, doch immer wieder hatte der Zufall ihren Vormarsch verzögert. In der Nacht erst hatten sie die Furt über den Omladin gefunden und am Vormittag Fernds längst erkaltete Feuerstelle erreicht. Dann hatte der Junge eine falsche Fährte gelegt, die sie meilenweit in die Irre führte, um blind zu enden. Ein andermal hatte seine Spur einfach aufgehört, und es hatte Aurians ganzer Meisterschaft als Fährtenleser bedurft, um nicht vom richtigen Weg abzuweichen. Die Gifalken wussten, woran das lag.

»Wenn es so weit ist, werden wir das Gelände abbrennen«, sagte Aurian. »Kein Grashalm darf hier mehr wachsen.« Seine Stimme klang ruhig wie immer, doch sein Blick strafte diese Ausgeglichenheit Lügen.

»Der Silbergreis ist zu weit gegangen«, erwiderte Odom düster. »Er lehnt sich gegen seine eigenen Gesetze auf. Dafür wird man ihn zur Rechenschaft ziehen.«

»Fernd gehört uns«, stimmte sein Gefährte zu. »Wir haben ein Recht auf ihn.« Ein Vorhang von Brombeerranken versperrte den Weg, und er kniete nieder, um einen Fußabdruck zu untersuchen, den der Junge im verrottenden Laub hinterlassen hatte.

»Die Spur ist keine Stunde alt. Er geht langsam und ist geschwächt und müde. Wahrscheinlich hast du ihn doch mit dem Pfeil erwischt.«

»Er müsste längst tot sein«, murrte Odom. »Aber er wird beschützt. Meinst du, er hat wieder eine falsche Fährte gelegt?«

Aurian betrachtete die Spur nachdenklich. »Ich glaube, dazu hatte er keine Zeit.« Sein Blick wanderte über die Dornenwand, die von den Bäumen herunterhing und ein scheinbar unüberwindliches Dickicht bildete. Dann zog er sein Schwert und hieb auf die Ranken ein. Es prasselte, als sie zu Boden fielen. Zunächst schien es, als werde das Geflecht nur dichter. Immer wütender hackte der Gifalk sich durchs Unterholz. Dann fielen die Überreste des Vorhangs und gaben den Blick auf einen verschlungenen Pfad frei.

»Waldgeister.« Aurian spie das Wort förmlich aus. »Aber das nützt ihm nichts. Wir werden ihn hetzen, bis er zusammenbricht – und wenn wir den ganzen Rulawald klein hauen müssen.«

☆☆☆

Fernd wusste nicht, wie nah die Gifalken waren, doch er marschierte, so schnell es ging – und merkte, wie seine Kräfte nachließen. Führte dieser Pfad tatsächlich zur Ostmauer? Es war totenstill, und doch fühlte er sich beobachtet. Manchmal starrten ihn Augen aus dem Dunkel des Waldes an, doch sobald er den Kopf wandte, verschwanden sie.

›Waldgeister‹, dachte er.

Zwei Tage vergingen. Obwohl Fernd immer häufiger Pause machen musste, weil ihm die Beine versagten, gelang es den Gifalken nie, ihn ganz einzuholen. Der Weg hielt für sie schier unüberwindliche Schwierigkeiten bereit. So geschah es, dass die Verfolger in die falsche Richtung gingen oder sich plötzlich wieder einer Wand von Dornenranken gegenüberfanden, die sie mühsam zusammenhauen mussten. Doch ihr untrügliches Orientierungsvermögen ließ sie immer wieder auf die Fährte stoßen. Rasch und unaufhaltsam schritten sie voran. Ihre Gesichter waren blutig und zerkratzt, aber das mehrte nur ihren kalten Zorn.

☆☆☆

Der Rulawald ist nur ungefähr siebzig Meilen breit, aber Fernd brauchte zur Durchquerung fünf Tage. Am dritten Abend nach der Flucht hatte er den Ohub erreicht, das breite Gewässer, das die Fluten des Omladin aufnimmt, beruhigt und zum Meer führt. Der Pfad endete im Sumpf, doch der Junge fand sofort eine Furt – keine halbe Stunde, bevor die Gifalken den Ohub erreichten! Sie jedoch mussten über einen halben Tag nach einem geeigneten Übergang suchen.

Dann blieb der Sumpf zurück, und es ging leicht bergan. Der Boden wurde trocken und federte unter Fernds Schritten, der sich mittlerweile im Wald fast heimisch fühlte. Ein Hauch von zartem Grün mischte sich unter das Grau: Die Knospen an den Bäumen brachen endlich auf. Immer mehr Blumen wagten sich aus der Erde, und Morcheln standen am Weg – Fernds einzige Nahrung außer halb verfaulten Eicheln, von denen er nicht wusste, ob sie satt oder krank machten. Am Abend des fünften Tages endlich weiteten sich die Baumkronen, und der Untergrund wurde steinig. Hausgroße Felsbrocken türmten sich vor ihm auf, die der Pfad in immer verschlungeneren Windungen umging.

›Die sind von der Ostmauer gefallen‹, kombinierte er richtig. Schließlich hörten die Bäume ganz auf. Fernd hatte den Rulawald durchquert und stand vor der Mauer, die die Lande in zwei Hälften teilt.

☆☆☆

»Wir sind falsch«, brummte Odom. »Du hättest die andere Fährte nehmen sollen.«

»Wie konnte ich das wissen?«, gab Aurian gereizt zurück. »Sie sahen beide gleich aus.«

Er suchte mit den Augen das Dickicht ab, und die Wut stand ihm ins Gesicht geschrieben. Vorhin waren sie Fernd ganz nah gewesen, aber dann hatte sich seine Spur geteilt, und sie hatten sich für die Richtung entschieden, aus der sie ein leises Stapfen gehört hatten. Als sie dem Jungen nach einer Stunde immer noch nicht näher gekommen waren, hatten sie zu zweifeln begonnen. Jetzt standen sie wieder mal vor einer Wand aus Dornenranken und wussten, dass die Waldgeister sich eine letzte List hatten einfallen lassen.

»Diese dämlichen Viecher«, zischte Aurian. »Komm, wir gehen zur Abzweigung zurück.«

»Wetten, dass die nicht mehr da ist?«, brummte Odom.

»Dann schlagen wir uns quer durch den Wald zur Ostmauer durch. Früher oder später muss der Junge sie ja erreichen.«

»Das wird nicht einfach. Was ist, wenn der Silbergreis uns zuvorkommt?«

»Der wagt es nicht, die Mauer zu verlassen – das wäre sein

Untergang …« Aurian brach ab, und sein Blick kehrte sich nach innen. Stocksteif stand er da und starrte ins Nichts.

»Was hast du?«

»Ich spüre … IHN.« Ein bösartiges Grinsen erschien auf Aurians Gesicht. »Der Herr ist es«, sagte er triumphierend. »Er hat dem Silbergreis den Krieg erklärt.«

Misstrauisch sah Odom sich um. Etwas hatte sich verändert. Dann erhellte sich auch seine Miene. »Ich weiß, was du meinst. Der Herr hat seinen Blick auf den Rulawald gerichtet. Er ist wütend und fordert Rechenschaft.«

Die Gifalken standen ganz still da. Wind erhob sich, Blätter raschelten, und Zweige fielen zu Boden.

»Das war nur ein Vorgeschmack«, murmelte Aurian.

Dann geschah es: Innerhalb von Sekunden wuchs der Wind zu einem Orkan, der brüllend über den Rulawald fegte. Schwankend duckten sich die Bäume unter seinem Zorn, und Blitze zuckten vom schwarzen Himmel.

Die Erde bebte, und der Dornenvorhang vor ihnen riss entzwei. Dahinter wurde sichtbar, wer sie in die Irre gelockt hatte: ein kleiner Kobold, der jetzt lichterloh brannte. Schreiend jagte er über den Waldboden, der unter seinen Schritten Feuer fing. Plötzlich überkugelte er sich und blieb reglos liegen.

Odom hatte sein Schwert gezogen und hielt es ins blitzende Wolkengetöse. »Die Rache ist unser!«

☆☆☆

Nie hätte Fernd sich die Ostmauer so abweisend vorgestellt. Lotrecht ragte sie fünfhundert Meter in den blauen Abendhimmel hinauf, zerklüftet und von Spalten durchzogen, aus denen mächtige Wasserfälle rauschend in die Tiefe stürzten.

›Ein heiliger Ort.‹ Der Junge saß auf einem Stein und sog das Bild fassungslos in sich ein. Er hatte es geschafft. Die

Abendsonne kam heraus, und der graue Stein erglühte. Gaetans Sage von den Seelen, die nach dem Tod über die Mauer schweben, fiel ihm wieder ein, und gern wäre er eine solche Seele gewesen, die im warmen Frühjahrslicht emporsteigt. Vielleicht war die Welt auf der anderen Seite ja besser als diese.

Schließlich stand Fernd auf und berührte mit gespreizten Händen den Fels. Die Mauer sprach zu ihm in einer vergessenen, uralten Sprache, und wenn er auch nichts verstand, spürte er doch die Macht, die von ihr ausging.

»Ich bin gekommen, wie Ihr es verlangt habt«, flüsterte Fernd. »Nun seid Ihr an der Reihe.«

Doch der Silbergreis war nirgends zu sehen. In der Ferne grollte ein Gewitter, und es roch nach Rauch. Zogen die Schwaden der Kohlenmeiler vom Erzgehügel bis hierher? Kein Wunder, dass die Waldgeister dann böse waren. Wo blieb der rätselhafte Alte? Im Traum war er zu ihm hinaufgeklettert, während er ihm mit der Lampe leuchtete.

»Das ist zu viel verlangt«, murmelte der Junge und schaute empor. Plötzlich kam ihm die Ostmauer bedrohlich vor. »Das kann ich nicht.«

Oder doch?

»Das wäre mein sicherer Tod.«

›Du hast es ja noch gar nicht versucht.‹

»Das werde ich auch nicht.« Unruhig schaute Fernd über den Wald. Jemand suchte ihn und würde ihn bald finden.

›Da ist ja nur noch Gestrüpp.‹ Die Bäume hinter ihm waren plötzlich von Dornenkraut überwuchert, die prächtigen Eichenkronen bemoost und von Schlingpflanzen durchzogen. ›Als wollten sie jemanden festhalten.‹

Das Geräusch zerreißender Ranken bestätigte seine Befürchtung: Die Gifalken waren da. Und der Silbergreis würde nicht kommen, um ihn abzuholen, sondern wartete oben auf ihn. Sein Weg war nicht zu Ende, mochte das Ziel auch der Tod sein.

›Vielleicht ist der Silbergreis ja der Tod.‹

Wieder das Geräusch zerfetzender Ranken, näher als vorhin. Die Lande unterlagen der zerstörenden Kraft der Gifalken. Es konnte sich nur noch um Minuten handeln, bis sie das Dornengeflecht vollends zusammengehauen hatten.

Er langte mit der Linken in einen Spalt und zog sich hoch. ›Sie werden mich abschießen‹, dachte er dabei. ›Aber immer noch besser, als ihnen lebendig in die Hände zu fallen.‹

Es knackte ganz in seiner Nähe. Fernd wandte sich um, verlor das Gleichgewicht und stürzte. Einige Sekunden blieb er benommen liegen. Dann sprang er panisch auf: Keine dreißig Meter entfernt raschelte es bedrohlich, und der schützende Pflanzenwall bebte unter den Schwerthieben der Gifalken. Schon wollte der Junge blindlings fliehen, bezwang dann aber seine Panik. Erneut zog er sich hoch und krallte sich wie eine Katze an jeden Vorsprung. Kurz darauf wälzte er sich zitternd vor Anstrengung über eine Felskante.

»Fernd«, rief eine Stimme zu ihm hoch. »Komm runter. Es hat keinen Sinn.«

Vorsichtig, um von keinem Pfeil getroffen zu werden, spähte der Junge über den Rand. Zwanzig Meter unter ihm standen Odom und Aurian, ruhig und mit unbewegten Mienen. Doch ihre Gesichter waren zerkratzt, und ihre Hände bluteten. Fernd spürte Hass, Mordlust – und ihre Angst, er würde entkommen.

»Du kannst nicht ewig da oben bleiben«, sagte Aurian wieder.

»Besser hier oben als in eurer Gesellschaft.«

»Dir bleibt keine andere Wahl«, erwiderte Aurian unbeirrt. »Sieh dich um: Der Rulawald brennt.«

Irritiert schaute der Junge über die Baumkronen. Der Gifalk hatte Recht: Rauchschwaden stiegen zum Himmel.

»Der Rulawald brennt«, wiederholte Aurian. »Die Waldgeister bezahlen den Preis für den Eigensinn des Silbergreises. Aber im Grunde ist alles deine Schuld. Du hast uns gegen die Regeln verlassen. Wenn die Waldgeister nicht untergehen sollen, musst du runterkommen.«

Da packte Fernd die Wut. »Lass mich in Ruhe mit dem Gerede von Schuld! Seit ich euch kenne, sprecht ihr nur von Schuld.«

Er schleuderte einen Stein, doch Aurian zuckte mit keiner Wimper. »Deine Wut beweist nur, dass du verstanden hast.«

»Ihr Lügner! Ihr knetet die Wahrheit wie Wachs und macht daraus, was euch gefällt. Aber mich werdet ihr nicht mehr anschwindeln. Ich habe einen Auftrag, und den führe ich aus!«

»Der Silbergreis hat dich verraten«, erwiderte Aurian. »Er kommt nicht, um dich abzuholen. Hinter der Mauer wartet das Nichts.«

»Immer noch besser, als in euren Händen zu krepieren!«, schrie Fernd. Im letzten Moment sah er Odoms angelegten Bogen. Aurian hatte ihn nur in ein Gespräch verwickeln wollen, um ihn abzulenken. Er zuckte zurück, und der Pfeil prallte gegen die Mauer.

›Mistkerle.‹

Es war sinnlos, mit den Gifalken zu reden. Am Ende der schmalen Steinterrasse stieg eine Kluft auf. Dort war er vor Pfeilen einigermaßen sicher. Fernd zwängte sich hinein und schob sich keuchend hoch, bis er aus ihrer Reichweite war. Dann setzte er sich wieder auf einen Felsvorsprung, um auszuruhen, und schaute traurig über die Lande. In der Ferne zuckten Blitze. Nach und nach setzten sie den Rulawald in

Brand. Rauch stieg auf und bewegte sich in trägen Schwaden auf die Ostmauer zu.

»Ihr Verbrecher!«, schrie Fernd nach unten und hörte Gelächter als Antwort. Erschöpft lehnte er sich zurück und schloss die Augen.

›Der Silbergreis hat dich verraten. Hinter der Mauer wartet das Nichts‹ – Fernd schob den Gedanken beiseite und machte sich wieder auf. Doch seine Kräfte würden nicht mehr weit reichen, und seine Schulter schmerzte immer mehr. Eine innere Stimme flüsterte, es sei unmöglich, die Ostmauer zu ersteigen. Er wusste, dass sie Recht hatte.

Die ersten Rauchschwaden erreichten die Wand. Wie schmutzige Wattebäusche stiegen sie empor und hüllten Fernd in graues, diffuses Licht.

»Ihr kriegt mich trotzdem nicht.« Mit aufgeschürften Händen kämpfte er sich weiter hinauf. Es wurde dunkel, und die Rauchwolken ließen ihn husten. Doch dann sah er etwa zehn Meter über sich einen rötlichen Schein. Eine letzte Täuschung der Gifalken?

Fernd kletterte mit letzter Kraft auf das Licht zu, kroch über eine Kante und fand sich auf einem Basaltblock wieder, der von Riesenhänden in die Mauer gefügt schien. »Da steckt ja ein Edelstein drin«, murmelte er verwirrt. Zuerst dachte er an einen Rubin, doch der strahlt nur, wenn Licht ihn trifft. Dieses Juwel jedoch leuchtete, als habe es eine Sonne in sich, die nicht durch Rauchwolken verfinstert werden konnte.

Wer hatte diesen Stein hierher gebracht? Der Rulawald war bald hundert Meter unter ihm. Vorsichtig berührte Fernd das Juwel und spürte Wärme in seinem Herzen aufgehen.

Ein fernes Dröhnen ließ ihn aufhorchen. Die Schwaden waren in Bewegung geraten und wallten hin und her. ›Sie verschwinden gleich‹, begriff er.

Mit einem Geräusch, als würde Stoff entzweigerissen, zogen die Rauchwolken sich zusammen, ballten sich zu einer schwarzen Kugel und verschwanden. Strahlend blauer Abendhimmel umgab Fernd, als hätte es im Rulawald nie Feuer gegeben. Doch er kam nicht dazu, sich zu freuen, denn durchs Gestein ging ein Ruck. Erschrocken sprang er auf. Ein gewaltiger Erdstoß ließ die Ostmauer auf ganzer Länge erbeben. Steine lösten sich aus der Wand und stürzten polternd in die Tiefe. Von unten drang das Schreien der Gifalken herauf. Fernd taumelte am Rand des Abgrunds und kämpfte ums Gleichgewicht. Da packte ihn eine Hand am Genick und riss ihn nach oben wie ein Katzenjunges.

»Willkommen auf der Ostmauer«, ertönte eine Stimme aus dem Nichts, und Fernd verlor das Bewusstsein.

7

Die Erzählungen des Silbergreises

»Seid Ihr … der Tod?«, fragte Fernd.
Der Silbergreis schwieg. Erst nach einer
endlos langen Pause erwiderte er:
»Ich glaube, wenn die Menschen wüssten, was der
Tod ist, hätten sie keine Angst mehr vor ihm.«

Fernd glaubte tot zu sein. Seine Empfindungen tosten wild umher wie das Wasser, das einst die Erde bedeckt hatte. Auf dieser ungeordneten Flut schwamm sein Ich in Ruhe und Reinheit. Schließlich glätteten sich die Wogen, und er trieb auf ein Licht zu, das immer heller wurde, bis er blinzeln musste.

›Ich bin nicht tot‹, war sein erster Gedanke. ›Dafür liege ich zu bequem.‹

Sein Bett stand in einem lichtdurchfluteten Raum, und er lag in warme Decken gehüllt. Die Sonne schien durch ein großes Fenster, und die Dielen knackten unter ihrer Wärme.

Er war nicht allein. Eine Gestalt saß an der Bettkante und blickte auf ihn herab, doch ihre Züge lagen im Schatten. ›Er sieht aus wie der Tod‹, dachte Fernd. ›Vielleicht bin ich doch gestorben.‹

Da sagte die Gestalt: »Nicht wieder einschlafen, Junge.«

Es war ein alter Mann mit silberweißem Haar und einem langen Bart, sodass von seinem Gesicht nur die Augen, von hundert Fältchen gerahmt, zu sehen waren.

›Er sieht aus wie der Großvater.‹ Die Augen faszinierten ihn. Graugrün, ruhig und uralt, als blicke man in einen Teich, der ein stilles, unergründliches Geheimnis barg.

»Wer seid Ihr?«, fragte Fernd. Seine Stimme war noch wacklig, genau wie seine Erinnerungen. Doch er ahnte, dass dieser Mann wichtig war. Hatte er nicht einen Auftrag gehabt?

»Das fällt dir früh genug wieder ein«, erwiderte der Greis. »Kannst du Suppe essen?« Fernd nickte und versuchte sich aufzusetzen, war aber zu schwach. »Warte«, sagte der Alte, »ich helf dir.«

»Danke«, murmelte Fernd und sah sich um.

Der Raum schien zugleich als Schlafplatz und Küche zu dienen. Ein Holztisch stand in der Mitte, darauf eine Tonschale mit runzligen Äpfeln vom letzten Jahr. Über der Feuerstelle hing ein Topf dampfender Suppe, aus dem sein Gastgeber jetzt schöpfte. Fernd schnupperte. ›Riecht gut‹, dachte er, und sein Magen begann zu knurren wie ein Raubtier.

»Probier mal. Das wird dir gut tun.«

Fernd nahm einen Löffel – und verzog das Gesicht. »Heiß.« Er pustete vorsichtig und betrachtete dabei seinen Gastgeber. »Ich bin aufgebrochen, um Euch zu suchen«, sagte er dann zögernd. »So viel weiß ich noch. Aber wer seid Ihr?«

»Du kennst mich nicht?« Ein Lächeln überzog das gütige Gesicht. »Sieh mich mal genau an.«

Fernd überlegte. Der lange weiße Bart, die Augen mit den vielen Falten … Gesehen hatte er ihn noch nie, und doch hatte er das Bild im Herzen getragen.

Plötzlich fiel es Fernd wieder ein. »Ihr werft keinen Schatten«, sagte er rau. »Ihr seid der Silbergreis.«

Der alte Mann lächelte. »Ich bin froh, dass du es nicht vergessen hast.«

Der Junge musterte ihn scheu. »Ich hab es schon vorher gewusst«, murmelte er. »Tief drin. Aber alles war weit weg.«

»Ich versteh schon. Du hast dunkle Tage hinter dir – mehr, als für einen Siebzehnjährigen gut ist.«

»Ich habe immer wieder von Euch geträumt.«

»Ich weiß.«

Fernd ließ sich zurücksinken und schloss die Augen. Die Stationen seiner abenteuerlichen Reise zogen noch einmal an ihm vorbei: Ono und Asis, die freundlichen Holzländer; Gaetan, mit dem er den Winter am Omladin verbracht und den er an die Gifalken verloren hatte; die Gifalken ... Er war vor ihnen geflohen und dann von der Ostmauer gefallen.

»Habt Ihr mich aufgefangen?«

»Mehr oder weniger.« Der Silbergreis zögerte. »Als du den Roten Erft in die Hand genommen hast, war deine Aufgabe erfüllt.« Er wies auf den Teller, und Fernd löffelte weiter. »Und ich wusste, auf die Mauer schaffst du es nicht mehr.«

Die Augen. Fernd konnte sich nicht von ihnen losreißen. Sie waren anders als die eines Menschen. Wo hatte er solche Augen schon gesehen? Ihr Ausdruck kam ihm bekannt vor.

Ein lang vergessenes Bild stieg in ihm auf, aus der Zeit, als er ein Kind war und Hatib kennen gelernt hatte. Sie hatten ein Floß gebaut und waren den Falun heruntergetrieben. Irgendwo im Schilf ging Hatib vor Anker, und Fernd sah in den dunkelgrünen Fluss, auf die abgestorbenen Wasserlinsen. Die Tiefe hatte ihn angezogen, immer mehr, bis er glaubte, den Halt zu verlieren und hineinzustürzen.

Der Silbergreis legte ihm die Hand auf die Augen. »Nicht! Es ist tödlich, das Bodenlose zu ergründen.«

»Ich hab's gemerkt.« Fernd rieb sich mit den Fäusten über die Augen. »Man meint, in einen tiefen Brunnen zu fallen, wenn man Euch anschaut.«

»Deswegen solltest du das lassen«, erwiderte der Silbergreis streng. »Iss jetzt.«

Fernd gehorchte und aß seine Suppe auf. Dann überfiel ihn die Müdigkeit wieder. Er lehnte sich zurück und zog die Decke bis unter die Nasenspitze. »Schlaf nur«, hörte er den Alten sagen. »Ich weck dich, wenn es an der Zeit ist.«

Seine Stimme klang schon weit entfernt.

Als Fernd wieder erwachte, war es Mittag und sein Gastgeber fort. Behutsam setzte er sich auf und betastete die Schulter. Über der Wunde saß ein eng anliegender Leinenverband. Der Silbergreis musste ihn im Schlaf behandelt haben. Sogar die aufgeschürften Handgelenke waren verbunden.

›Er meint es gut mit mir‹, dachte Fernd. ›Ich frage mich, was er von mir erwartet.‹

Die Haustür war nur angelehnt. Der Alte schien draußen zu werkeln. Vogelgezwitscher war zu hören, und helles Sonnenlicht fiel in die Stube. Doch etwas war eigenartig. Erst bei genauem Hinsehen merkte Fernd, dass die Wohnung des Silbergreises spiegelbildlich angelegt war. Zog man im Geist eine Achse durch die Mitte, befanden sich hüben wie drüben die gleichen Gegenstände. Auf dieser Seite sein Bett, auf der anderen das des Alten. Die Fenster standen sich genau gegenüber und waren gleich groß. Zwei identische Türen führten aus dem Haus, die nach Westen angelehnt, die nach Osten fest verschlossen. Selbst der Tisch befand sich genau in der Achse.

»Ob das ein Zufall ist?«, fragte sich Fernd. »Jedenfalls lebt er recht einfach.«

»Für mich reicht's.« Der Silbergreis trat eben durch die Tür und schien Fernds Gemurmel gehört zu haben.

»Wohnt Ihr ganz allein hier?«

»Selbstverständlich. Nur einer kann über die Gesetze der Lande wachen.«

Fernd begriff nicht.

»Das ist eine lange Geschichte«, sagte der Silbergreis. »Du wirst sie heute noch erfahren, denn die Zeit drängt. In den letzten vier Tagen hat sich viel Böses ereignet.«

»Bin ich schon so lange hier?«, fragte Fernd verblüfft.

»Du hattest das Bewusstsein verloren.« Der Greis zwinkerte freundlich. »Kannst du aufstehen?«

»Ich glaube schon. Aber ich werde nicht weit kommen.«

»Nur vor die Tür. Da ist eine Bank – ein guter Platz, um sich zu unterhalten.«

»Ein bisschen Sonnenschein wäre schön.« Fernd hob die verschorften Füße aus dem Bett und schlüpfte in die Schuhe. Sogar die hatte der Silbergreis geflickt.

Vor dem Haus wucherte ein wunderliches Blumenmeer, das an einem Holzzaun unvermittelt endete. Dahinter begann eine karge Heide, von Fichten und Wacholderbüschen durchzogen. In der Nachmittagssonne grasten Schafe. Wärme durchflutete Fernd.

»Schön hier«, sagte er. »Gehören die Schafe Euch?«

»Vor allem gehören sie sich selbst.«

Sie setzten sich auf die Holzbank, und der Silbergreis sagte: »Die Ostmauer ist genau eine Meile breit. Von der Kuppe dort vorn hast du einen wunderschönen Blick nach Westen – über den Rulawald und das Erzgehügel, bei gutem Wetter sogar bis zum Scheidegebirge. Aber hinter der Kuppe – also auf der Ostseite der Mauer – befindet sich ein Zaun, den du niemals überqueren darfst. Ganz gleich, was geschieht: Auf keinen Fall gehst du auf die Ostseite der Mauer, verstanden?«

»Ja«, erwiderte Fernd verwundert. »Aber warum?«

»So bestimmt es das Gesetz der Lande.«

»Um was handelt es sich dabei? Die Gifalken haben dauernd davon gesprochen, aber verstanden habe ich es nie.«

»Weil du glaubst, Verstehen habe etwas mit Verstand zu tun. Das ist falsch.«

Der Silbergreis ließ seinen Blick über die Heide schweifen. »Weißt du, vieles versteht man nur intuitiv oder durch Geschichten aus der Vergangenheit. Heute muss ich mit dir tief in die Legenden eintauchen.«

»Sprecht Ihr von den Sagen über die ersten Menschen? Sie haben, soweit ich weiß, einmal im Verbotenen Land gelebt und sind von dort vertrieben worden.«

Der Silbergreis war überrascht. »Wer hat dir das gesagt?«

»Erouan, ein alter Hirte im Holzland, den die Schattenmänner umgebracht haben.«

»Interessant. Ihr Menschenkinder könnt euch nur selten weit zurückerinnern. Die Legenden tun das für euch. Erzähl mir, was du weißt!«

Fernd berichtete, was er noch in Erinnerung hatte – von den Menschen, die im Verbotenen Land nach Wasser gegraben, und von dem Stein, den sie gefunden hatten.

»Da habe ich die Holzländer unterschätzt«, murmelte der Alte schließlich. »Ich hätte sie nicht für fähig gehalten, über den Rand ihres kleinen Landes hinauszudenken; doch das ist die erste Legende aus dem Zeitalter der Menschen, deren Ära begann, als die Riesen nach Norden gegangen und verschwunden waren. Nur ist sie ein wenig verdreht.«

»Also hatte Erouan Unrecht?«

»Im Gegenteil! Seine Erzählung enthält viel Wahres – nur wusste er nicht immer Wichtiges von Unwichtigem zu trennen. Beginnen wir also ganz von vorn. Ein Volk von Riesen beherrschte die Lande, zog nach Norden und verschwand. Da fasste der Verborgene Gott den Entschluss, die Menschen zu erschaffen. Sie sollten die Krone der Lande sein, ihr edelstes Geschöpf – und darum unsterblich.

Doch die Lande schreiben vor, dass es kein Leben ohne Tod gibt, und diesem Gesetz ist sogar der Verborgene Gott unterworfen. Allerdings ist es möglich, den Tod von den Lebenden zu trennen. Das hat er getan, indem er die Lande in zwei Hälften geteilt und dazwischen eine gewaltige Mauer gebaut hat. In den östlichen Landen wohnten die Unsterblichen, die Fathàri. In euren Landen wohnte – ihr Tod.«

Fernd machte große Augen.

»So war die Welt lange Zeit im Gleichgewicht, doch dann wandte sich der Tod, weil er einsam war, an den Verborgenen Gott mit der Bitte, er möge ihm sterbliche Menschenkinder erschaffen, damit er eine Aufgabe habe. So geschah es. Diese Sterblichen sind eure Vorfahren.

Doch nichts hassen die Fathàri so sehr wie das, was ihnen gleicht. Sie forderten von ihrem Schöpfer, das Werk wieder rückgängig zu machen und euch zu vernichten. Das wollte er nicht tun, doch um seine Erstgeborenen zu besänftigen, ließ er sich von ihnen eine Regel abringen: Im Land der Sterblichen darf kein Kind geboren werden, das einem Fathàr aufs Haar gleicht. Sollte dies aber doch geschehen, darf das Ebenbild unter der Mauer hindurchgehen und es töten.«

Fernd hielt den Atem an.

»Wieder«, fuhr der Silbergreis fort, »war das Gleichgewicht eine Zeit lang gewahrt, und Frieden herrschte diesseits und jenseits der Mauer. Der geheime Gang zwischen den beiden Welten war durch einen Edelstein versperrt, den man ...«

»... den Erft nennt.« Fernd begann zu begreifen.

»Richtig. Er diente als Garant, dass das Gesetz befolgt wird, und dazu, die Fathàri von den Landen fern zu halten. Doch es kam, wie es kommen musste: Eines Tages wurde euch Menschen ein Kind geboren, das einem Unsterblichen aufs Haar glich. Das war der Zeitpunkt, wo alles aus den Fugen geriet. Das Ebenbild suchte Zugang in eure Welt, fand ihn und nahm den Erft mit.«

Der Silbergreis schaute Fernd an. »Weißt du, um welches Menschenkind es sich da gehandelt hat? Du hast von ihm schon in der *Rechenschaft* gelesen.«

Fernd überlegte. »Silju«, sagte er dann. »Es muss Silju gewesen sein. Dann war Siljan, der seinen Bruder erschlagen hat, der Fathàr – das unsterbliche Ebenbild.«

»Du bist wirklich gescheit. Das ist der Kern von Erouans Sage, und der Alte Niemand kannte die Fortsetzung: Siljan kehrte nach seiner Bluttat nicht in seine Welt zurück, sondern unterjochte die Sterblichen und beherrschte sie vom Roten Turm aus.

Der Plan des Verborgenen Gottes war damit fehlgeschlagen. Er hatte sich die Menschen als Krone seiner Schöpfung gedacht, doch nun waren sie ihr Fluch geworden. Da beschlossen die Lande selbst, für Ordnung zu sorgen, und erschufen als Ersatz für den Erft mich, den Silbergreis, um diese Ordnung zu garantieren. Ich nahm Siljan den Erft, zerteilte ihn und verwahrte die Stücke an Orten, die ich für sicher vor seinem Zugriff hielt.

Doch auch die Lande selbst konnten das Gesetz des Verborgenen Gottes nicht rückgängig machen. Es war nur eine Frage der Zeit, bis wieder ein Ebenbild auf die Welt kommen würde. Der Erft war zerschlagen, der Zugang für die Fathàri also frei. Siljans Macht war gebrochen, aber er war nicht vernichtet. Als körperloser Schatten irrte er durch die Lande, und es gelang ihm sogar, mithilfe der Gifalken, seiner furchtbarsten Diener, den dritten Teil des Erfts – Stein der Träume genannt – an sich zu bringen. Aus Siljan, dem Unsterblichen, war der Schwarze Prinz geworden.«

Fernd nickte fasziniert. Wie von Zauberhand fügten sich

die Bruchstücke seines Wissens zum Mosaik der Lande zusammen.

»Um euch Menschenkinder auf Dauer vor den Fathàri zu schützen«, erzählte der Silbergreis weiter, »stellten die Lande das zweite Gesetz auf, das heute noch Gültigkeit hat: Wird den Sterblichen ein Ebenbild geboren, soll dieses die Möglichkeit haben, sich der Rache von jenseits der Mauer zu entziehen. Dazu muss es mit den drei Teilen des Erfts den Brunnen im Verbotenen Land verschließen.«

Der Silbergreis beugte sich vor. »Das sind die Gesetze der Lande! Und die Antwort auf die Frage nach dem Warum.«

Fernd war verwirrt. »Das heißt, Ihr selbst könnt uns gar nicht vor den Fathàri schützen?«

»Im Gegenteil: Eigentlich habe ich dafür zu sorgen, dass dieses Gesetz eingehalten wird. Ich darf euren Kampf gegen die Fathàri beobachten, aber nicht eingreifen.«

›Genau das hat er aber getan.‹ Fernd dachte an die Waldgeister und ans Erzmännlein, doch er sagte nichts.

»Jahrhunderte vergingen«, fuhr der Silbergreis fort. »Immer wieder versuchte der Schwarze Prinz, seine Macht zurückzugewinnen – denk an den Untergang des alten Khor oder an den Kampf deines Großvaters –, doch er konnte stets geschlagen werden. Dann aber wurde in euren Landen wieder ein Ebenbild geboren. Das ist jetzt bald achtzehn Jahre her.«

Fernd erbleichte. »Ihr meint – mich?«

Der Bericht des Silbergreises stürmte nun mit solcher Macht auf ihn ein, dass ihm schwindlig wurde. Dann musste er daran denken, was er auf dem Myrin hatte schwimmen sehen: sein Ebenbild …

»Du weißt also, wovon ich rede«, sagte der Silbergreis.

Fernd senkte den Kopf und nickte. »Ja.«

»Der SOG, wie du ihn nennst, hat dich schon lange beobachtet und zu verhindern versucht, dass du zu mir gelangst und die Wahrheit erfährst. Denn noch etwas kommt hinzu: Der Schwarze Prinz, sein Verbündeter, errichtet in seinem Auftrag Sklava Mhor – die Pforte zwischen den Welten. Es wird das größte Bauwerk auf Erden sein, und wenn die drei Erften an seiner Krone angebracht sind, verwandeln sie es in ein Tor, das die Gesetze durchbrechen kann; in ein Tor, durch das sämtliche Fathàri in eure Welt gelangen können, um sie zu vernichten.«

Fernd wagte kaum zu atmen.

»Nur du«, fuhr der Silbergreis fort, »kannst verhindern, dass die Pforte sich öffnet. Denn gelangen die drei Erften in deine Hand, entfalten sie die umgekehrte Wirkung und werden zu dem Riegel, der eure Welt auf immer von der jenseitigen Welt trennt. Dann ist das Gesetz erfüllt und wird verschwinden, weil es sinnlos geworden ist.«

Der Alte fasste Fernd an der Schulter und schaute ihm tief in die Augen. »Deswegen«, sagte er leise, »habe ich so viel getan, um dich hierher zu bringen. Ich habe die Lande beauftragt, dich vor den Gifalken zu schützen, und als du von der Ostmauer gefallen bist, habe ich dich aufgefangen. Das war mehr, als ich tun durfte. Aber die Vollendung von Sklava Mhor muss verhindert werden – um jeden Preis.«

Der Junge schwieg.

»Hast du verstanden?«

Fernd erhob sich. Er musste erst mal verarbeiten, was er erfahren hatte. Er humpelte zu dem Heidehügel, indes der Alte auf der Bank sitzen blieb.

Weit entfernt lag das Scheidegebirge im Abendschein, und weiß leuchtete der Firn. Hatte er wirklich die ganze Strecke bis hierher zu Fuß zurückgelegt? Klar und deutlich waren das Rotjochhorn zu erkennen und die dunkle Masse der Feuerzinne, zwischen denen die Passstraße liegen musste. Daneben funkelte etwas. Das Kristallhaus? Vor über zwei Wochen hatte er von dort auf die Ostmauer geschaut – jetzt stand er hier und blickte zurück.

Hinter dem Gebirge war die Luft staubig und grau. Wie weit war der SOG schon vorgedrungen? Und Reika steckte mittendrin …

Aus der Entfernung sah alles so friedlich aus, doch der Schein trog: Vom Rulawald, der sich im Namen des Silbergreises dem SOG widersetzt hatte, stieg Rauch auf, und der Schwarze Prinz, der Diener des SOGS, wütete gegen die Menschen.

›Dazu hat er kein Recht‹, dachte Fernd. ›So grausam können die Gesetze nicht sein.‹

»Was hast du gesehen?«, fragte der Silbergreis, als der Junge auf die Veranda zurückkehrte.

»Das Unheil, das der Schwarze Prinz in den Landen anrichtet.«

»Dann siehst du also ein, dass etwas getan werden muss.«

»Was erwartet Ihr denn von mir?«

»Du musst verhindern, dass Sklava Mhor vollendet wird. Mehr noch: Der Zugang zwischen den Welten muss geschlossen werden – für immer. Denn selbst wenn du den SOG besiegst, kann in einem oder in hundert Jahren ein neues Ebenbild geboren werden, und alles wäre umsonst gewesen.«

Er zog den Roten Erft aus der Tasche und legte ihn vorsichtig in Fernds Hand. »Jahrtausende hat er in der Mauer gesteckt, unter meiner Obhut. Nun hast du ihn herausgebrochen und recht daran getan. Denn auch die beiden anderen Erften haben zu wandern begonnen. Bald werden sie vereinigt sein – in deiner Hand oder in der deines Gegners.«

»Aber wie soll ich an die anderen Erften kommen?«,

seufzte Fernd. »Ich frage mich wirklich, ob Ihr mit mir den Richtigen ausgewählt habt.«

»Nur du hast die Macht, den SOG zu besiegen«, beharrte der Silbergreis. »Ich weiß, ich sollte dich noch schonen, aber die Zeit drängt, denn er wird mit jedem Tag stärker. Von dem Moment an, als ich dich im Traum rief, wusste er, wer und wo du bist. Nun, da du entkommen bist, tobt er seinen Hass an den Landen aus. Du weißt ja, wozu er fähig ist.«

»Aber Ihr verlangt zu viel von mir«, wehrte sich Fernd.

»Das wäre schade«, sagte der Silbergreis traurig. »Erinnerst du dich an deinen letzten Abend in Araukaria? Du wolltest zu den Menschen sprechen können – in einer Sprache, die sie verstehen lässt. Nun könntest du das.«

»Ich will es nicht mehr«, murmelte Fernd.

»Du musst diese Aufgabe aber übernehmen. Sonst werfe ich dich persönlich von der Ostmauer.«

Fernd schaute nachdenklich über die Heide, die nach wenigen hundert Metern abfiel und im Nichts verschwand. War Reika noch am Leben? Sie würde von ihm erwarten, dass er alles täte, um ihr zu helfen. Da schwand sein Trotz, der sich während der Erzählung des Silbergreises gebildet hatte.

›Wir Menschenkinder sind tatsächlich immer zwei‹, dachte er.

»Ich glaube, Ihr braucht mich nicht von der Mauer zu werfen«, sagte er schließlich. »Ich werde tun, was ich kann.«

Der Silbergreis stand auf und trat ans Geländer der Veranda. Ein leichter Wind hatte sich erhoben, und im Westen zogen Wolken auf. Während ihres Gesprächs war es Abend geworden. Die Sonne sank und ließ den Tag ersterben. Es wurde kühl.

»Du kannst«, sagte er leise, »den SOG nur aus deiner Welt verbannen, wenn dein Wille stärker ist als der seinige. In den nächsten Tagen werde ich dich lehren, deinen Willen zu gebrauchen und ihm eine Sprache zu geben.«

Nachdenklich blickte er nach Südwesten, als könnte er sehen, welches Unheil sich dort zusammenbraute. Er wirkte viel älter als vorher. Mit der Sonne war auch der verschmitzte Glanz seiner Augen erloschen, und Fernd hatte Mühe, sein Gesicht zu erkennen.

»Lass uns reingehen. Ich glaube, er beobachtet uns.«

»Kann der SOG uns hier hören?«, fragte Fernd erschrocken.

»Er selbst nicht, aber seine Späher sind schon überall. Ich muss vorsichtig sein. Zu oft habe ich ihn unterschätzt.«

Fernd fröstelte, und der Silbergreis lächelte. »Verzeih mir meine dunklen Ahnungen. Auf der Ostmauer bist du sicher.«

»Hoffentlich.«

»Ganz sicher«, wiederholte der Alte und warf noch einen prüfenden Blick über die Heide.

Als er am Tisch in der kleinen Stube saß, fühlte Fernd sich wesentlich wohler. Die sich verdunkelnde Heide hatte ihn immer mehr bedrückt und daran erinnert, wie groß die Lande waren – und wie schwer seine Aufgabe. Der Silbergreis hatte ihm etwas Feines zubereitet: Zwiebeln, Speck, Fleisch und Pilze, in der Pfanne gebraten. Fernd, der noch immer ausgehungert war, ließ es sich schmecken. Dazu zündete sein Gastgeber eine Kerze an, die den Raum mit ihrem warmen, flackernden Licht erhellte.

»Woran denkst du?«, fragte er lächelnd, als er den abwesenden Gesichtsausdruck seines Gastes bemerkte.

»An den Großvater«, sagte Fernd mit vollem Mund. »Er hat uns über den Schwarzen Prinzen und den SOG erzählt, was er wusste. Aber es hat nie zusammengepasst. Jetzt ist das anders.«

»Dein Großvater war ein weiser Mann. Er muss gespürt haben, dass allein du das Geheimnis lösen kannst. Aber er war nicht dazu bestimmt, die ganze Wahrheit zu erkennen, denn dazu war es noch zu früh. Ich glaube, das hat er geahnt und sich darum so sehr ins Studium der alten Schriften vergraben.«

Fernd dachte nach. Innerhalb eines Tages hatte er mehr über die Lande erfahren als jeder andere – und trotzdem hatte er den Eindruck, der Silbergreis verschweige ihm etwas.

»Ich hätte da eine Frage«, sagte er leise. »Seid Ihr ... der Tod?«

Der Silbergreis schwieg. Erst nach einer endlos langen Pause erwiderte er: »Ich glaube, wenn die Menschen wüssten, was der Tod ist, hätten sie keine Angst mehr vor ihm.«

»Ihr seid der Tod und das Gesetz der Lande in einer Person?«

»Nicht ganz. Ich war der Tod und wurde zum Silbergreis. Seitdem trägt jedes Menschenkind seinen eigenen Tod wie ein Samenkorn in sich.«

Er gab sich einen Ruck und setzte hinzu: »Ich habe euch aus Mitleid von Siljans Herrschaft befreit. Ihr hattet nichts verbrochen – ihr hattet nur dem Ebenbild eines Unsterblichen das Leben geschenkt.«

Fernd senkte den Kopf. »Dann stimmt es also, was die Gifalken sagten. Ihr habt Eure eigenen Gesetze gebrochen, um mich hierher zu bringen.«

»So legen sie es zumindest aus.« Ein Schatten glitt über das Gesicht des Alten. »Ganz Unrecht haben sie nicht. Ich bin sehr weit gegangen, um dich vor ihnen zu bewahren.«

»Wird man Euch dafür bestrafen? Können die Lande das tun?«

»Möglich«, antwortete der Silbergreis gedankenverloren.

»Doch ohne meine Eigenmächtigkeit wäre Sklava Mhor längst vollendet, und die Fathàri wären die Herren der Welt. Eines Tages werde ich vermutlich vor den Landen Rechenschaft ablegen müssen.«

Jetzt lächelte er. »Aber das lass meine Sorge sein. Dabei fällt mir ein – hast du das Buch deines Großvaters noch?«

»Es ist im Rucksack.«

»Gib es mir.«

Fernd nahm die *Rechenschaft* heraus und gab sie dem Silbergreis. Immer noch sah das Buch aus wie neu.

»Es gehört Euch, nicht wahr?«

»Nein, dir.« Der Silbergreis blätterte die Seiten durch. »Du hast getreulich alles aufgeschrieben, wie ich sehe.«

»Ich weiß nicht, ob alles wichtig ist«, wandte Fernd ein. »Ich war mir nicht immer sicher.«

»Das macht nichts. Du trägst die Verantwortung für das, was ins Buch kommt und was nicht. Mach weiter damit! Schreib auf, was dir wichtig ist!«

Fernd machte große Augen. »Auch das, was Ihr mir heute erzählt habt?«

»Selbstverständlich.«

»Aber das wisst Ihr doch schon.«

»Aber die Lande wissen es noch nicht«, versetzte der Silbergreis und schmunzelte. »Sie erfahren nämlich nur, was im Buch steht.«

8

Der SOG

»Der Silbergreis wird dir Macht geben«, sagte der Junge. »Und er wird dir deine Seele nehmen.«

In der Nacht träumte Fernd, ein Licht glühe wie ein Raubtierauge im Raum und tauche ihn in wunderliche Farben. Als es erlosch, saß er aufrecht im Bett und fühlte sich seltsam schwerelos, als habe er seinen Körper hinter sich gelassen. In der Hütte war es dunkel, nur im Kamin war noch etwas Glut.

Der Silbergreis war fort. Seine Bettdecke war sorgfältig zusammengelegt, als hätte er sich auf eine lange Reise begeben und vorher noch mal gründlich aufgeräumt. Fernd wusste, dass er in dieser Nacht nicht heimkehren würde.

Doch jemand anders war da: In der offenen Tür nach Osten stand ein Junge. Fernd erhob sich.

»Guten Abend, Bruder.« Die Stimme klang, als fahre ein kalter Windstoß in die Stube. Zwei Kohlen im Ofen glühten rötlich auf und zerfielen dann zu Asche.

»Guten Abend«, erwiderte Fernd. »Wieso Bruder?«

»Schau mich doch an.«

Die Gestalt trat in den Feuerschein, und Fernd sah seine eigenen Gesichtszüge, vielleicht etwas strenger, doch mit denselben braunen Augen, die tief in den dunklen Höhlen lagen. Die Haare waren lang und braun. Selbst ihre Kleidung war gleich.

»Jetzt verstehe ich«, sagte Fernd. »Bis jetzt dachte ich immer, Hatib wäre mein einziger Bruder.«

»Komm mit. Ich will dir etwas zeigen.«

»Ich darf nicht. Der Silbergreis hat es mir verboten.«

»Schade«, erwiderte der Junge. »Dann werden wir uns nie kennen lernen.«

»Komm doch rein«, meinte Fernd, doch sein Gegenüber wehrte ab. »Das geht nicht. Ich bin ja nur im Traum bei dir ...«

»Wenn das nur ein Traum ist«, überlegte Fernd, »dann kann ich dich ja begleiten.« Und er überschritt die Schwelle.

Draußen zirpten einige verspätete Grillen. Die Gestalt stieg über den Zaun, und Fernd folgte ihr, ohne nachzudenken. Die Heide lag in grauem Schatten, und gemeinsam schritten sie durchs taunasse Gras, bis sie auf die gewaltigen schwarzen Ebenen hinter der Ostmauer hinuntersahen. Am Steilabfall setzten sie sich und sprachen lange kein Wort. »Schau«, sagte der Junge endlich und deutete nach unten. »Da wohne ich.« Ein paar Lichter, vielleicht von erleuchteten Häusern, blinzelten wie Katzenaugen aus der Tiefe empor.

»Das weiß ich schon«, sagte Fernd. »Du bist wie ich – nur lebst du auf der anderen Seite.«

»Stimmt«, erwiderte der Junge. »Und die Ostmauer ist der einzige Ort, an dem wir zusammen sein können.«

»Das wusste ich nicht. Ich wusste ja nicht einmal von dir.«

»Wer hat dir von mir erzählt?«

»Der Silbergreis.« Fernd berichtete, was er vom Verbotenen Land, von den Erften und von den Gesetzen der Lande erfahren hatte, und der Junge wurde zornig. »Der Alte ist ein Lügner oder ein Dummkopf, wahrscheinlich beides. Und er hat dir nicht die ganze Wahrheit gesagt. Es gibt nicht zwei Gesetze der Lande, sondern drei.«

»Tatsächlich? Er war sehr gut zu mir ...«

»Warum hat er dann gesagt, wir Fathàri wollten unseren Ebenbildern Böses?«

»Keine Ahnung«, murmelte Fernd kleinlaut.

»Und dass wir durch die Pforte von Sklava Mhor marschieren wollen, wenn bei euch ein Ebenbild geboren wird?« Der Junge verzog verächtlich das Gesicht. »Das Gegenteil ist wahr. Brüder tun einander nichts Böses. Und doch sind wir unvollkommen, solange wir nicht zusammenfinden.«

»Was meinst du damit?«

»Wir sind etwas Besonderes, Fernd: das Abbild des Verborgenen Gottes. Wir hätten sein können wie er, aber lange bevor wir geboren wurden, teilte sich unsere Seele – in dich und mich. Erst nach dem Tod finden wir wieder zusammen und haben darum unser Leben lang Sehnsucht nach dem Gegenbild.«

Fernd glaubte zu begreifen. »Wenn wir uns berühren, sterben wir, und es entsteht etwas Neues …«

»Das ist das dritte Gesetz der Lande«, sagte der Junge. »Hat dir der Silbergreis davon nichts erzählt? Jung und Alt leben zusammen. Liebe und Hass wohnen gemeinsam in unseren Herzen und verbinden sich oft auf merkwürdige Weise. Mann und Frau leben zusammen. Aber wir nicht, denn der Silbergreis versucht uns zu trennen.«

»Bei ihm klang alles anders«, murmelte Fernd, doch eigentlich wusste er gar nicht mehr genau, was der Greis ihm gesagt hatte. »Was sollen wir tun?«

»Es ist ganz leicht … Du musst mir nur die Hand reichen, Fernd. Dann finden unsere Seelen zueinander, und wir sind vollkommen. Der Silbergreis wird zornig sein, doch er hat dich belogen. Ich will dir nichts Böses tun.«

Worte haben mancherlei Klang, und Fernd spürte in dieser verheißungsvollen Vorstellung plötzlich einen Unterton, der ihn frösteln ließ.

»Reich mir die Hand, mein Bruder.« Der Junge hielt Fernd die Rechte hin.

Der zögerte und wollte entgegnen: »Das kann nicht sein – was wir tun, ist falsch«, doch die Worte erloschen, ehe er sie formulieren konnte.

»Reich mir die Hand, mein Bruder.«

Fernd begriff endlich: In der Welt seines Ebenbildes gab es keine Wahrheit – oder sie hatte eine andere Bedeutung. Er schob die Hand hinter den Rücken, damit sein Gegenüber sie nicht greifen konnte, und sagte: »Du lügst.«

»Mach jetzt keine Dummheiten.« Die Augen des Jungen blitzten ungeduldig. »Reich mir die Hand.«

»Nein. Du hast keine Macht über mich.«

Der Junge schien zu wachsen. »Der Silbergreis wird dir nichts nützen – ich habe genug Diener, die ihm überlegen sind.«

»Meinst du vielleicht den Schwarzen Prinzen und die Gifalken? Dann weiß ich, dass ich dir nie die Hand reichen werde. Denn deine Diener sind voller Grausamkeit ...«

»... die du selbst hervorgerufen hast.«

»Warum soll immer ich an allem schuld sein?« Wütend sprang Fernd auf.

»Weil du dich gegen die Gesetze der Lande versündigst, genau wie der Silbergreis. Er wird dir Macht geben – und dir deine Seele nehmen.«

Die Lande waren verschwunden. Wolken stiegen an der Mauer empor. Beim Näherkommen nahmen sie Gestalt an, und Fernd erkannte die Gesichter der Fathàri – voller Bosheit wie sein Gegenüber.

»Zu spät«, sagte die dunkle Gestalt. Im Osten wurde es hell. »Du hättest mit mir sterben können. Nun aber wird dir der Schwarze Prinz das Leben nehmen. Du wirst die Erften an ihn verlieren.«

»Niemals!«

Sie maßen sich mit den Augen, und Fernd spürte, wie sich seine Seele unter dem hasserfüllten Blick seines Gegenübers wand, wie sie sich verkrampfte, wie sie brannte, bis …

»Fernd! Beruhige dich. Es ist vorbei.«

Tränenblind sah er den Silbergreis, der ihn sanft an den Schultern gepackt hatte.

»Komm zu dir, Junge«, wiederholte der Alte leise. »Es ist vorbei, glaub mir.«

»Aber er war doch da.« Fernd setzte sich auf. »Ganz nah …« Draußen dämmerte der Morgen. »Er hat ausgesehen wie ich.«

»Versuch dich zu erinnern, bevor die Spur kalt ist. Was hast du gesehen?«

»Jetzt ist alles schon weit weg.« Fernd sammelte sich und begann zu berichten. Manchmal hatte er Mühe, seine Gedanken zu ordnen, aber der Silbergreis schien die Zusammenhänge zu ahnen und gab ihm meist das richtige Stichwort.

»Und du bist ihm tatsächlich auf die Ostseite gefolgt?«, fragte er schließlich.

»Keine Ahnung. Hättet Ihr mich nicht so fest gerüttelt, wäre ich wohl immer noch im Traum gefangen.«

»Ich frage mich, ob das wirklich nur ein Traum war.« Der Alte deutete auf die Tür. »Ich bin mir sicher, dass ich sie gestern Abend abgeschlossen habe, und vorhin war sie angelehnt.«

Fernd schauderte. »War er vielleicht tatsächlich …«

»Junge«, sagte der Silbergreis, »zeig mir deine Füße.«

Fernd gehorchte und erschrak. Sie waren braun von Erde und grün von frischem Gras, das ihm noch taufeucht zwischen den Zehen hing – als wäre er über eine nasse Wiese gelaufen.

»Das hatte ich befürchtet«, murmelte der Silbergreis. »Er war hier.«

»Aber das wollte ich nicht.«

»Du kannst nichts dafür. Im Grunde ist es meine Schuld.«

Nachdenklich starrte der Alte in die Morgenröte. »Ich hätte nicht gedacht, dass er schon so stark wäre, von dir Besitz zu ergreifen«, murmelte er.

Fernd hatte Mühe, die aufsteigenden Tränen zurückzukämpfen.

»Ich hätte es wissen müssen«, sagte der Silbergreis. »Wir müssen handeln. Die Entscheidung steht unmittelbar bevor.«

»Glaubt Ihr, er wird wiederkommen?«

»Ich bezweifle, dass er körperlich anwesend war. Doch er scheint in der Lage, im Traum von dir Besitz zu ergreifen.«

Darauf herrschte langes Schweigen. Dann hielt Fernd es nicht mehr aus und fragte leise: »Er hat mir gesagt, wenn wir uns berühren, würden wir wie der Verborgene Gott – das sei das dritte Gesetz der Lande. Ist das wahr?«

»Wenn du dein Ebenbild berührst, stirbt es und reißt deine Seele mit ins Grab. Dann wirst du zu einer Hülle ohne Geist und ohne Empfindungen – wie der Schwarze Prinz. Wenn du einst im Verbotenen Land deinem Ebenbild gegenübertrittst, musst du es bekämpfen, ohne es zu berühren.«

Der Silbergreis brach ab, und Fernd fragte: »Aber wo bin ich denn dann noch sicher?«

»Nirgends mehr«, erwiderte der Alte traurig. »Auf der Ostmauer wird dich der SOG bedrängen, ansonsten der Schwarze Prinz. Doch ich werde dich ab sofort ausbilden.«

»Ihr habt mir ja noch nicht mal gesagt, wie ich gegen ihn kämpfen soll.«

»Mit der Macht deines Willens.« Ein Lächeln huschte über das Gesicht des Silbergreises. »Ich werde ihn formen, bis du deinem Gegner gewachsen bist. Steh mal auf.«

Das ging nicht. Fernd war wie gelähmt. Ein anderer hatte die Kontrolle über seine Glieder übernommen und verhinderte jede Bewegung.

»Versuch dich zu erheben«, sagte der Silbergreis. »Warum kannst du das nicht?«

»Ich weiß nicht.« Fernd begann zu schwitzen, doch sosehr er sich mühte, es klappte nicht. Schließlich gab er auf und schaute den Silbergreis entgeistert an. Er hätte weinen können, so sehr schämte er sich seiner Hilflosigkeit.

»Verzeih mir«, sagte der Alte endlich. »Aber diese Lektion war nötig.«

Von seiner Fessel befreit, sprang Fernd auf. »Wie in aller Welt habt Ihr das gemacht?«, fragte er verblüfft.

»Es ist nicht schwer. Ich *wollte*, dass du sitzen bleibst, und ich *wusste*, dass mein Wille stärker als deiner ist. Und du hast es geglaubt. Wollen, Glauben und Wissen – das sind die drei Grundprinzipien der Macht.«

Fernd wandte sich ab, sah aus dem Fenster und dachte an die Warnung seines Ebenbildes: ›Der Silbergreis wird dir Macht geben – und er wird dir deine Seele nehmen.‹

»Angenommen«, sagte er vorsichtig, »mein Wille ist stärker als der SOG, und ich besiege ihn. Was dann? Stirbt er?«

»Nein, aber seine Macht ist gebrochen. Wenn der Erft wieder an Ort und Stelle und der Zugang verschlossen ist, wird er deine Welt vergessen. Für immer.«

»Und wenn mein Wille zu schwach ist?«

»Dann wirst du sein Geschöpf – wie der Schwarze Prinz.«

Fernd schluckte.

»Wenn Sklava Mhor erst vollendet ist und der Großerft die Pforte krönt«, fuhr der Silbergreis fort, »wird die Macht dieses Baus so stark sein, dass er die Gesetze der Lande bricht. Dann werden die Unsterblichen bei euch Einzug halten. Ihr Hass ist groß, und ihr langes Leben hat sie grausam gemacht.«

Fernd schwieg.

»Du wirst es nicht leicht haben«, sprach der Alte weiter.

»Mein Wille, gegen den du eben gekämpft hast, kennt Mitleid – der Wille des SOGS nicht.«

Fernd schwieg noch immer.

»Wirst du es versuchen, Junge?«, fragte der Silbergreis. »Ich kann dich nicht zwingen.«

Da bejahte Fernd mit belegter Stimme.

»Beginnen wir also«, meinte der Alte munter.

Damit Fernd es nicht gar so schwer hatte, ging der Silbergreis vor die Tür, sah in eine andere Richtung und setzte nur einen kleinen Teil seines Willens ein, um dem Jungen eine Chance zu lassen. Der saß am Tisch, und wenn der Alte »Jetzt!« rief, versuchte er aufzustehen. Am Anfang konnte er kein Glied rühren und verlor bald den Mut.

»Nicht so schnell aufgeben, Fernd«, sagte sein Lehrmeister. »Es ist ein langer Weg. Du musst dich konzentrieren.«

Und Fernd konzentrierte sich. Unermüdlich. Er versuchte zu glauben, aufstehen zu können, zu wissen, aufstehen zu können. Dann spürte er, wie in seinem Bewusstsein eine Veränderung vorging. Manchmal schaffte er es für einige Sekunden, alles zu vergessen und den Willen nur auf ein Ziel zu richten: auf das Aufstehen. Dann spürte er, wie er Macht gewann.

Man durfte nichts erzwingen. Wurde man ungeduldig, ließ die Willenskraft nach, und man hatte schon verloren.

Von Natur aus gewohnt, seinen Gedanken freien Lauf zu lassen, fiel es dem Jungen schwer, sie einzufangen und in eine Bahn zu bringen. Wieder und wieder konzentrierte er sich auf die Vorstellung, einfach aufzustehen, und irgendwann funktionierte es plötzlich: Fernd fegte sämtliche Zweifel beiseite, zwängte seine Gedanken durchs Ziel und erhob sich. Er war frei.

»Puuh«, seufzte er dann und ließ sich wieder auf seinen Stuhl fallen. »Das war ganz schön hart.«

Der Silbergreis kam herein und sagte: »Es geht schneller, als ich dachte. Lassen wir's gut sein für heute.«

Noch vor Sonnenuntergang lag Fernd erschöpft im Bett. Trotzdem schlief er unruhig, denn er hatte Angst, die Begegnung der letzten Nacht könnte sich wiederholen. Aber nichts dergleichen geschah. Nur seine zusammengepressten Gedanken tobten sich in wirren Träumen aus.

☆☆☆

In den nächsten Tagen verbesserte er sich schnell. Sie hatten die Übungen ausgedehnt: Fernd machte alle möglichen Dinge in der Stube, und der Silbergreis stand daneben und versuchte, das zu verhindern. Natürlich wäre ihm das nicht schwer gefallen, aber meist ließ er Fernd gewinnen. Der musste immer wieder raus auf die Heide – um seine Gedanken buchstäblich auf die Spielwiese zu lassen.

Der Junge spürte, wie die Ausbildung ihn zu verändern begann. Seine Ideen, die früher oft wilde und weite Kreise geflogen waren, ordneten sich, und seine Kraft richtete sich zunehmend auf ein einziges Ziel: den SOG aus der Welt zu schaffen. Manchmal erschreckte ihn die Macht, die ihm der Silbergreis verlieh, und er hatte den Eindruck, er verrate sich dabei.

Am fünften Tag bemerkte er zum ersten Mal, dass sein Lehrmeister Schweißtröpfchen auf der Stirn hatte.

»Dein Wille ist stark geworden, Fernd.«

»Ich weiß. Und das macht mir Angst.«

Da lächelte der Silbergreis. »Gut so.«

☆☆☆

Am Abend des achten Tages sollte sich alles ändern. Fernd saß wie üblich draußen auf der Bank und genoss die letzten Sonnenstrahlen. Sonst plauderte der Silbergreis um diese Zeit immer mit ihm, diesmal aber stand er gedankenverloren auf dem Hügel und bildete einen schwarzen Strich in der sonnigen Landschaft. Unentwegt blickte er nach Westen, bis die Sonne hinter den Kämmen des Scheidegebirges verschwand. Als er endlich zurückkehrte, war sein Gesicht faltig und grau. Fernd saß mittlerweile schon vor dem Ofen und schürte das Feuer.

»Was ist?«, fragte er, als er den Kummer in den Augen des Alten sah.

»Ich habe in die Ferne gesehen ... Es ist viel passiert. Der Blaue Erft ist in der Hand deines Freundes Hatib und wandert mit ihm nach Süden. Ich frage mich, ob der Schwarze Prinz das weiß – und ob eine Absicht dahinter steckt. Denn Sklava Mhor ist fast fertig, und er rüstet zum Krieg. Hinter den Pforten des Verbotenen Landes dampfen die Schmieden.«

Eine dunkle Ahnung überkam Fernd. »Wisst Ihr etwas Neues von Reika?«

Der Silbergreis schwieg. Stumm stand er am Fenster und schaute ins Dunkel, als wollte er mit seinen Blicken die Nacht durchbohren. Dann nickte er fast unmerklich. »Leider nichts Gutes. Der Schwarze Prinz hat sie gefangen nehmen lassen.«

Fernd sprang auf. »Warum? Sie hat ihm doch nichts getan.«

»Aber sie ist dein Mädchen – das ist Grund genug. Er hält sie in den Verliesen von Sklava Màrtolon gefangen. Sie ist gesund, hat die Sonne aber lange nicht mehr gesehen.«

»Das darf er doch nicht!«, rief Fernd verzweifelt.

»Es hat den Schwarzen Prinzen noch nie interessiert, ob er etwas darf oder nicht. Wahrscheinlich wird er Reika auf den Feldzug gegen Hatib mitnehmen – als Faustpfand.«

Fernd ließ sich schockiert auf seinen Stuhl fallen.

»Wer weiß, vielleicht gelingt ihr ja die Flucht«, versuchte ihn der Silbergreis zu trösten.

»Das ist mehr als unwahrscheinlich.«

»Es war auch unwahrscheinlich, dass ein Siebzehnjähriger den Gifalken entkommt und auf die Ostmauer gelangt. Vertrau der Macht der Lande, Junge! Und denk daran, dass auch dein Freund Bolgan in Reikas Nähe ist. Vielleicht kann er ihr helfen.«

Das beruhigte Fernd kaum. »Ich muss Euch vermutlich bald verlassen. Sollen wir nicht noch üben?«

»Es ist spät. Ich glaube …«

Doch die Sorge um Reika gab dem Jungen die Kraft der Verzweiflung.

»Setzt Euch hin, Silbergreis.«

Der Alte verstand. »Nein. Ich werde …«

»Setzt Euch hin.« Fernds Gesicht wirkte vor Anspannung maskenhaft.

Minutenlang rangen sie still miteinander. Auf der Stirn des Alten bildeten sich Schweißtropfen, und er atmete schwer. Fernd ging es nicht besser. Zum ersten Mal kämpfte sein Lehrmeister mit ganzem Willen. Doch die Angst um Reika setzte in Fernd ungeahnte Kräfte frei. Er zwang den Silbergreis in den Stuhl und hielt ihn lange darin fest, ehe es dem Alten gelang, sich zu befreien.

»Du hast es geschafft.« Der Silbergreis brachte sein gesträubtes Haar in Ordnung. »Noch nie hat jemand meinen Willen bezwungen.«

»Ich weiß nicht, warum – aber plötzlich war es ganz leicht.«

Jetzt lächelte der Alte. »Die größte Kraft der Menschenkinder ist die Liebe. Ich glaube, diesen Punkt habe ich nicht genug in Betracht gezogen.« Er reichte Fernd die Hand. »Deine Lehrzeit ist vorbei – so schnell, wie sie begonnen hat.«

Fernd machte große Augen. »Das heißt, ich soll gehen?«

»Ich kann dir nichts mehr beibringen. Aber hüte dich!

Dein Ebenbild ist mindestens so stark wie ich und wird anders kämpfen. Das zwischen uns war ein freundliches Kräftemessen. Dein neuer Gegner aber wird an deinem Willen saugen, und nur äußerste Konzentration und Selbstbeherrschung können verhindern, dass du dich ihm unterwirfst.«

☆☆☆

Am Abend feierten sie Abschied. Schon am Vortag hatte der alte Mann ein Schaf geschlachtet. Jetzt brutzelte ein Braten im Feuer, und ein herrlicher Duft erfüllte die Stube. Sie aßen fast andächtig. Dann öffnete der Silbergreis eine Truhe.

»Das ist ja mein Rucksack«, sagte Fernd verwundert. »Er ist wie neu ...« Nachdenklich nahm er ihn in die Hand. Er war abgetragen gewesen und an manchen Stellen sogar eingerissen. Eine geschickte Hand hatte ihn mit feinen Stichen zusammengenäht. Fernd packte seine Habseligkeiten, doch dann hielt er inne.

»Werden wir uns wieder sehen?«

»Hoffentlich.«

Fernd leerte seinen Becher. »Dann will ich jetzt schlafen gehen«, sagte er und bemerkte nicht, wie der Silbergreis ein Zeichen machte und einige seltsame Worte murmelte. »Morgen wirst du wieder im Rulawald sein«, sagte der Alte. »Marschier so schnell wie möglich zum Waldbühl und warte dort auf Hatib! Alles andere wird sich dann entscheiden.«

»Morgen schon im Rulawald?«, murmelte Fernd, der plötzlich ganz schläfrig wurde. »Wie komme ich denn von der Mauer?«

»Das siehst du dann schon.« Väterlich strich der Silbergreis seinem Schützling über den Kopf. »Gute Nacht, mein Junge. Und leb wohl.«

Aber die letzten Worte hörte Fernd nicht mehr. Der Zauber hatte seine Wirkung getan. Sein Kopf fiel vornüber, und er sank in tiefen Schlaf.

☆☆☆

Als er erwachte, war es heller Morgen, und die Vögel zwitscherten. Verwundert erhob er sich und sah sich um.

»Er ist fort«, murmelte er. »Nein – ich bin fort.«

Er befand sich am Fuß der Ostmauer – genau dort, wo ihn die Gifalken hinaufgejagt hatten. Neben ihm lagen sein Rucksack und seine Schuhe – frisch geputzt und eingefettet. Fernd verstand den Wink. »Ich soll mich schleunigst auf den Weg machen«, murmelte er. »Keine Sorge.«

So begann der Heimweg. Fernd kam gut voran und überschritt schon tags darauf den Ohub. Es zog ihn heimwärts, zu Reika. Eine innere Stimme sagte ihm, dass er sie bald wieder sehen würde.

Trotz aller neu erwachten Lebensfreude lag Gefahr in der Luft. Fernd wusste, dass die Gedanken des SOGS ihn unablässig umkreisten. Beim Silbergreis hatte er genug Zeit zum Nachdenken gehabt und sich immer wieder die Frage gestellt, was geschehen würde, wenn die drei Erften erst in seiner Hand waren. Insgeheim zweifelte der Junge daran, dass alles so glatt liefe, wie der Alte sich das vorstellte. Was, wenn Hatib das Heer des Schwarzen Prinzen nicht besiegen konnte? Und gab es das rätselhafte dritte Gesetz der Lande tatsächlich nicht? Jedes Mal, wenn Fernd den Silbergreis darauf angesprochen hatte, war der ihm ausgewichen. In einer stillen Stunde hatte er sich für den Fall der Fälle etwas ausgedacht – einen Plan, mit dem niemand rechnete. Nicht einmal dem Silbergreis hatte er ihn verraten.

Je weiter Fernd sich von der Ostmauer entfernte, desto stärker wurden die Zerstörungen. Rauchsäule neben Rauchsäule stieg in den Himmel. Fast jedes zweite Dorf im Erzgehügel war gebrandschatzt, als wollte der SOG vor der Entscheidung alle Schönheit ausrotten, die den Landen noch innewohnte. Fernd marschierte nun noch schneller.

Nach zehn Tagen überschritt er den Rotjochpass und übernachtete an der Westwarte, wo er dem Gifalken in Gaetans Gestalt begegnet war. Aber es fiel ihm schwer, sich daran zu erinnern. Manchmal schien es ihm, als raube ihm die Macht, die er vom Silbergreis erhalten hatte, einen Teil seiner Erinnerungen – und seiner Gefühle.

Das Dorf Hellinge, wo er überwintert hatte, durchschritt er bei Nacht. Am Fenster von Gaetans Zimmer brannte eine Kerze. Hoffte das Glasbläserpaar immer noch, der einzige Sohn werde eines Tages nach Hause finden? Fernd lief rasch weiter.

Im Holzland hatte der Schwarze Prinz am stärksten gewütet. Fernd durchquerte es zügig und kam am zweiundzwanzigsten Tag seiner Wanderung um Mitternacht im Waldbühl an. Ein halbes Jahr war vergangen, seit er mit seinen Gefährten von dort ausgezogen war, um dem Schwarzen Prinzen Einhalt zu gebieten. Nun stand sein Gegner mit den Wölfen am Hexentanzplatz, um den Vormarsch der von Hatib und König Gebork geführten Nordländer zu stoppen. Und genau in dem Moment, da Fernd die Tore durchschritt, schlich sich Bolgan mit Reika aus dem Lager, um ebenfalls Schutz im Roten Turm zu suchen. Den Großerft, den er dem Schwarzen Prinzen gestohlen hatte, trug er bei sich – und ahnte nicht, welch furchtbare Strafe er für seinen Mut erleiden sollte.

Vor dem Turm war schemenhaft das Grab des Alten Niemand zu erkennen – so, wie sie es über fünf Monate zuvor verlassen hatten. Fernd saß eine Weile am Grab. Dann stieg er die Treppe hinauf in die Kammer und fiel ins Bett, ohne sich auszuziehen.

9

Zusammenkunft und Wiedersehen

Fernd wusste, dass der Gifalk nur wegen eines kleinen Gedankens gekommen war – wegen einer Idee, die Fernd auf seiner langen Wanderung gehabt hatte und deren Existenz der Schwarze Prinz ahnte.

Erschöpft von seiner langen Wanderung, hatte Fernd tief geschlafen. Als sich im Morgengrauen jemand an ihn schmiegte, war er nicht aufgewacht – als wäre es gleich, ob er Reika, der im Gegensatz zu Bolgan die Flucht in den Waldbühl geglückt war, wirklich oder nur im Traum begegnete. Erst als die Sonne aufging, fand er aus dem Schlaf und öffnete langsam die Augen. Sein Mädchen saß neben ihm.

»Guten Morgen«, sagte sie leise. »Schön, dass du wieder da bist.«

»Ich hab dich im Traum gesehen«, murmelte Fernd und streichelte ihre Wange, »da wollte ich nicht aufwachen. Ich hatte Angst, es sei nicht wahr.«

»Wo kommst du her?« Reika drückte seine Hand. »Manchmal hatte ich Alpträume, du wärst tot.«

»Es ist auch ein Wunder, dass ich noch lebe«, seufzte Fernd und berichtete von seiner Reise zum Silbergreis. Dann erzählte Reika von ihrer Gefangenschaft in Sklava Mhor, von Bolgans tollkühner Flucht und von seinem Scheitern vor dem Waldbühl. Und dass er ihr den Großerft gegeben hatte.

»Und doch hab ich immer gewusst, dass wir uns wieder sehen.« Das Mädchen schluckte die aufsteigenden Tränen entschlossen herunter. »Irgendwie. Hast du oft an mich gedacht?«

»Mhmm«, machte Fernd und zog sie fest an sich. »Jeden Tag und jede Stunde.«

Reika rümpfte die Nase. »Du müffelst.«

»Kann schon sein.«

Sie biss ihn sanft in die Wange, und Fernd sah ihr in die grünen Augen. Dann küsste sie ihn auf die Nase, und ehe er sich darüber klar wurde, in welch süßer Gefahr er schwebte, war es bereits zu spät.

☆☆☆

Vor Siljans Turm war die Sonne aufgegangen, und die Vögel waren längst bei ihrem Morgenkonzert. Der Vormittag war schon fast vorbei, als die beiden auf die Turmspitze stiegen, um Ausschau zu halten.

»Seltsam«, murmelte Fernd.

Überall spross frisches Gras, und Blumen blühten und dufteten, und doch schien ein Staubschleier auf allem zu liegen. Die Bosheit des Schwarzen Prinzen hatte sich schon vor den Roten Turm geschlichen, und die Angst mit ihr.

»War es im Verbotenen Land auch so?«, fragte Fernd. »Dass einen nichts mehr freut?«

»Ja«, erwiderte Reika traurig. »Manchmal frage ich mich, ob das je anders wird.«

»Ganz sicher. Hatib schlägt den Schwarzen Prinzen in die Flucht, und ich werde meine Aufgabe erfüllen.«

»Warum hat der Silbergreis sie gerade dir gestellt?«

»Weil ich das Ebenbild bin.« Fernd schaute nachdenklich über die Bäume. »Meinst du, es gibt eine Möglichkeit, am

Schwarzen Prinzen vorbeizukommen und die Erften kampflos ins Verbotene Land zu bringen?«

»Wie denn? Ich hab sein Heer gesehen. Er wird dich fangen lassen und dir die Erften abnehmen.«

»Vielleicht. Außerdem weiß ich, was Hatib denkt. Er wird mit dem Schwarzen Prinzen kämpfen wollen, um sich zu rächen.«

Reika nahm seine Hand. »Das ist mir auch lieber. Wenn Hatib siegt, bist du vielleicht nicht mehr in Gefahr.«

Sie umarmten sich, und einen Moment schien es, als sei das Grün der Bäume kräftiger und der Himmel blauer geworden.

Ein Ruf erscholl im Wald, und die beiden zuckten zusammen. »Was war das?«, fragte Reika beunruhigt.

»Bolgan vielleicht. Er könnte es doch noch geschafft haben.«

Das Mädchen schüttelte den Kopf. »Unmöglich. Er war am Ende seiner Kräfte, und die Tore des Waldbühls haben ihm den Rest gegeben.«

Still standen sie beisammen und lauschten. Ein erneuter Ruf hallte durch den Wald und fand Antwort in der Ferne. Dann Pferdegetrappel. Reiter kamen auf die Lichtung.

»Hatib!«, rief Fernd strahlend. »Hatib! Hier sind wir!«

Sein älterer Bruder war magerer geworden, und sein Gesicht war von Wind und Wetter gegerbt. Als er seinen Namen rufen hörte, schaute er nach oben und erkannte das Paar auf der Zinne. Fernd eilte die Stufen hinunter, und kurz darauf lagen sich die ungleichen Brüder in den Armen.

»Jetzt wird alles gut«, rief Hatib ein übers andere Mal. »Und da ist ja auch Reika!«

»Nun ist es aber genug«, sagte das Mädchen lachend. »Willst du uns nicht deine Begleiter vorstellen?«

Hunderte von Nordländern bevölkerten mittlerweile die

Lichtung. Hatib verzog das Gesicht zu seinem vertrauten Grinsen. »Leider kann ich euch die beinahe zwanzigtausend Nordländer und Waldläufer hinter uns nicht alle persönlich vorstellen, sondern nur die wichtigsten. Das hier ist Gebork, der König von Barku; hinter ihm stehen Olin und Rafai, seine beiden Heerführer, sowie Gorgor, der Waldläufer; und dort sind Kait vom Ysen und Gerrit von Algabal, die mit uns Barku verteidigt haben. Nun wollen sie den Schwarzen Prinzen lehren, sich nicht mit Nordländern anzulegen. Habe ich Recht?«

Kait und Gerrit lächelten säuerlich. Sie hatten Hatibs leisen Spott verstanden, sich aber mittlerweile mit ihm und dem Truchtin versöhnt und das Kommando über ihre Truppen zurückbekommen. Denn eine Schlacht kann nur gewonnen werden, wenn man einig ist.

»Das ist mein Bruder Fernd«, wandte Hatib sich an seine Begleiter. »Auch er hat einen Weg gesucht, den Schwarzen Prinzen zu besiegen.«

»Dann hat er wahrscheinlich eine gefahrvolle Reise hinter sich.« Gebork trat vor und reichte ihm die Hand. »Ich bin der König von Barku und befehlige das Nordheer.« Er zwinkerte seinen beiden Offizieren zu. »Zumindest offiziell.«

»Es ist egal, ob Ihr den Schwarzen Prinzen offiziell oder inoffiziell besiegt, Truchtin«, sagte Hauptmann Olin lachend.

»Ich hab dich mit dem Ring der Wahrheit gesucht«, sagte Hatib besorgt zu Fernd. Der raue Wind des Fernfelds hatte seine Züge hart gemacht. »Manchmal hab ich befürchtet, du wärst tot. Wo bist du gewesen? Etwa im Verbotenen Land?«

»Nein. Aber Reika. Wir beide sind erst vor wenigen Stunden angekommen.«

»Seltsamer Zufall.«

»Der Kreis schließt sich, Hatib.«

Der Truchtin wandte sich an Olin und Rafai. »Die Männer sollen unter den Bäumen ihr Lager aufschlagen – der Marsch ist beendet. Und Orch, der Targi, soll zur Beratung kommen.«

Anfangs herrschte geschäftiges Treiben bei den Nordländern, doch nachdem die Zelte aufgestellt waren, wurde es ruhig. Müde vom langen Marsch, streckten sich die Männer ins Moos.

In Siljans Turm saßen die Anführer beisammen, und Hatib erzählte Fernd und Reika, was im Norden geschehen war – von der Schlacht um Barku und der Suche nach dem Blauen Erft. Ausführlich schilderte er seine Begegnung mit Gerk, dem Priester der Wahrheit, und legte zum Beweis seiner Abenteuer dessen grün schimmernden Ring auf den Tisch. Schließlich fragte Fernd: »Und wie geht es jetzt weiter?«

»Wir werden den Schwarzen Prinzen angreifen – und hoffentlich vernichten.«

»Er erwartet euch am alten Hexentanzplatz«, warf Reika ein.

»Dann wird er sich nicht mehr lange gedulden müssen.«

»Im Gegenteil. Wir werden pünktlich sein wie ein Uhrwerk.« Olin rieb sich zufrieden die Hände.

»Aber du weißt vermutlich nicht, wie man den Blauen Erft gebraucht?«, meinte Fernd.

Hatibs Züge verdüsterten sich. »Ehrlich gesagt, nein«, gestand er. »Ohne die beiden anderen scheint er nutzlos.«

»Hast du ihn dabei?«

»Natürlich.« Hatib zog einen Beutel aus steif gewordenem Leder hervor, und blaues Licht erfüllte den Raum. Die Anwesenden schauderte es.

»Also hat der Silbergreis Recht gehabt«, sagte Fernd leise. »Du hast es wirklich geschafft.«

»Hast du ihn etwa getroffen?«, fragte Hatib überrascht.

»Ich hab zwei Wochen in seinem Haus verbracht«, erwiderte Fernd mit leisem Stolz. »Und er hat mir etwas mitgegeben.«

Er nestelte an seinem Beutel, und dann lag der Rote Erft neben dem Blauen. Da legte Reika auch den Ring mit dem Großerft dazu. Hatib und die Nordländer waren sprachlos.

»Viele tausend Jahre waren sie getrennt«, sagte Fernd. »Aber das ist bald vorbei.« Bei diesen Worten begannen die drei Edelsteine von innen heraus zu glühen.

»Und du hast tatsächlich die Macht, sie zusammenzufügen?«, fragte Hatib zweifelnd.

»Kraft meines Willens. Aber ich darf es erst im Verbotenen Land tun.«

»Das übertrifft alles, kleiner Bruder.« Hatib schüttelte fassungslos den Kopf. »Ich hab gedacht, nur ich hätte was erlebt.«

Im Turmzimmer war es still geworden, und Fernd berichtete, was ihm in den letzten fünf Monaten widerfahren war: von Erouans Sage, von den Gifalken, die ihm seinen Freund Gaetan genommen hatten, von der alten Gronia, dem Schneeherrn und der Ostmauer, vom Silbergreis und dem SOG.

»Und das ist das Gesetz der Lande?«, fragte Hatib schließlich. »Nicht auszudenken.«

»Nur durch sie bekommen unsere Erlebnisse einen Sinn«, sagte Fernd und blickte dabei auf die Erften. »Wenn der Schwarze Prinz sie in die Hand bekommt und in die Pforte von Sklava Mhor einsetzt, ist der Zugang für die Fathàri frei.«

»Und die Rache beginnt.« Den Truchtin schauderte. »Gütiger Himmel – was für eine düstere Geschichte.«

»Und der SOG ist ausgerechnet dein Ebenbild«, murmelte Hatib. »Darum hat der Alte Niemand dich zu seinem Erben gemacht.«

»Und darum kann nur ich allein gegen den SOG kämpfen.« Fernd gab sich einen Ruck. »Man kann den Schwarzen Prinzen nicht mit Waffen besiegen, Hatib. Deswegen sollten wir versuchen, die Schlacht zu vermeiden. Vielleicht könnten wir das Wolfsheer umgehen, und ich marschiere ins Verbotene Land.«

Hatib schwieg, und Fernd hatte das Gefühl, seine Worte würden wirkungslos verklingen.

»Wir sollten eine solche Möglichkeit zumindest erwägen«, ergriff der Truchtin das Wort. »Gelingt es Fernd, die Erften ins Verbotene Land zu bringen und den SOG zu besiegen, so wäre die Macht des Schwarzen Prinzen gebrochen, und wir könnten unnötiges Blutvergießen vermeiden.«

»Wie soll das gehen?«, fragte Hatib ärgerlich. »Sollen wir ihn bitten, uns ins Verbotene Land zu lassen? Das wird er auch gerade tun!«

»Selbst das würde ich versuchen«, erwiderte der Truchtin fest. »Ich habe keine Angst davor, von ihm ausgelacht zu werden. Vielleicht fällt uns eine List ein …«

Hatib wandte sich leise an Fernd: »Ich weiß, was du denkst, kleiner Bruder. Du hast eine zarte Seele, und dir tut das Herz schon weh, wenn du aus Versehen einen Käfer zertrittst. Doch unser Leben ist anders geworden. Ich bin kein Bluthund wie Morgreal und verzichte gerne auf die Schlacht – aber nur, wenn es einen anderen Weg gibt. Weißt du einen?«

Diese Frage war zu erwarten gewesen, und vor ihr gab es kein Entkommen. Fernd gab zu: »Nein, aber trotzdem …«

»Auf jeden Fall dürfen wir unsere Gegner nicht unterschätzen«, schaltete sich Reika ins Gespräch ein. Die Sorge um Fernd stand ihr ins Gesicht geschrieben. »Bolgan hat auf dem Ritt hierher seltsame Andeutungen gemacht. Der Schwarze Prinz weiß wahrscheinlich genau, was wir vorhaben, und wird alles tun, damit Fernd das Verbotene Land nicht erreicht.« Einen Moment versank sie in Erinnerungen an die letzte Nacht. »Bolgan war halb wahnsinnig vor Angst. Als hätte er dem Tod persönlich ins Gesicht geschaut.«

Die Tür ging auf, und Tikail, Kundschafter der Waldläufer, kam herein. »Vor dem Waldbühl steht ein Abgesandter des Schwarzen Prinzen und bittet um eine Unterredung.«

»Interessant«, sagte Hatib. »Hat er gesagt, was er will?«

»Er besteht darauf, nur mit dem Erben des Alten Niemand zu sprechen.«

Alle Blicke richteten sich auf Fernd. Hatib saß da wie eine Statue. Damit hatte er nicht gerechnet.

»Er will uns entzweien«, sagte er schließlich. »Aber das wird ihm nicht gelingen. Richte ihm aus«, wandte er sich wieder an Tikail, »dass er mit Fernd sprechen kann – aber ich werde dabei sein. Es gibt nichts, was ich dem Schwarzen Prinzen nicht zutraue.«

Keine Viertelstunde später war der Waldläufer zurück: »Er ist einverstanden.«

»Vielleicht gibt es ja einen Weg, die Schlacht zu vermeiden.« Fernd sah, dass sein älterer Bruder unwillig das Gesicht verzog, ließ aber nicht nach: »Wir müssen es versuchen.«

»Diese Bluthunde haben so viele Menschen auf dem Gewissen!«

»Trotzdem. Der Großvater würde dir das Gleiche raten, und das weißt du.«

Hatib nickte zögernd. »Aber ich tu das vor allem dir zuliebe.«

☆☆☆

»Guten Abend«, grüßte Hatib, als sie aus dem Wald traten. »Schade, dass du uns nicht im Roten Turm besuchen kommst, aber der Waldbühl scheint deinesgleichen nicht zu mögen.«

»Leider«, höhnte der Unterhändler. »Sonst hättet ihr keine Chance, euch dort feige zu verkriechen.«

War er ein Gifalk? Der schwarze Mantel, das knochige Pferd – er sah Aurian und Odom ähnlich, und seine Augen waren schlau und verschlagen.

Fernd erwartete, Hatib werde zu einer geharnischten Antwort ansetzen, doch sein Bruder schluckte die Beleidigung und fragte: »Warum bist du gekommen? Will sich der Schwarze Prinz etwa kampflos ergeben? Manchmal sollen ja Wunder geschehen.«

»Ihr besitzt etwas, das meinem Herrn gehört«, erwiderte der Unterhändler. »Dafür haben wir etwas, das euch vielleicht am Herzen liegt.«

Er wandte sich an Fernd. »Du bist der Träger der Erften. Gib sie mir – im Tausch für Bolgan.«

»Und wenn nicht?«

»Dann werdet ihr untergehen, und das weißt du. Ihr habt keine zwanzigtausend Mann – das Fünffache würde nicht ausreichen, den Schwarzen Prinzen zu besiegen.«

»Das kommt auf einen Versuch an«, schaltete sich Hatib ein. »Aber vielleicht können wir ein Blutvergießen vermeiden.«

›Das hätte ich nicht gedacht.‹ Fernd begriff, dass sein Bruder tatsächlich zu verhandeln versuchte.

»Ihr habt nur eine Möglichkeit«, erwiderte der Unterhändler kalt. »Gebt uns die Erften. Dann bleibt ihr unbehelligt.«

»Und werden später niedergemacht! Nein, ich habe an etwas anderes gedacht.«

»Nämlich?«

»Ihr gestattet uns freien Durchzug nach Süden. Danach sollt ihr die Edelsteine haben. Außerdem versprechen wir euch, dass wir nicht angreifen.«

»Dass ich nicht lache!«, meinte der Unterhändler.

»Schon mit einem Erft hat dein Herr viel Unheil angerichtet.«

»Warum hast du es nicht verhindert?«

›Er ist ein Gifalk‹, begriff Fernd. ›Nur ein Gifalk kann so reden.‹

»Der Schwarze Prinz«, sagte der Gesandte zu Fernd, »lässt dir ausrichten, dass du diese Welt besser machen könntest, denn du hast seine Achtung errungen. Sieh mich an!«

Der Junge zuckte zusammen. Das Gesicht des Gifalken hatte die grausam entstellten Züge Bolgans angenommen. »Du vermagst so viel, Fernd«, sagte er mit dessen Stimme, doch sie war leise und gepresst. »Du hast ein fühlendes Herz – ganz anders als Hatib, der nur an seinen Ehrgeiz denkt. Gib mir die Erften und lass deinen armen Freund nicht länger schmachten.«

Hatib war blass geworden. »Brüderchen, du kannst unmöglich …«

»Keine Sorge.« Fernd hatte verstanden, dass man mit dem Schwarzen Prinzen nicht verhandeln konnte. Er verließ den schützenden Kreis des Waldes, bis er dicht vor dem Gifalken stand: »Richte deinem Herrn aus, dass ich ihm die Erften nicht geben werde. Er wird sie niemals bekommen, denn er trägt den Tod in sich. Ich weiß jetzt, dass ich Bolgan nie wieder sehen werde, ganz gleich, was du behauptest. Denn die Gesichter eines Gifalken sind Totenmasken.«

»Tot oder nicht, das bleibt sich gleich«, zischte Ormon und trat einen Schritt zurück. »Du hast Recht, kleiner Mann – Bolgans Seele weilt nicht mehr auf dieser Welt. Doch du hattest die Chance, viel Leid zu verhindern, und hast sie mit Füßen getreten. Noch immer weigerst du dich, die Wahrheit zu erkennen: dass der Silbergreis die Gesetze gebrochen hat, um deretwillen er erschaffen wurde. Er wird Rechenschaft ablegen müssen – und du auch.«

Es hatte keinen Sinn, sich gegen die Anschuldigungen des Gifalken zu verteidigen. Fernd wandte sich angeekelt ab, stieg aufs Pferd und ritt mit seinem Bruder davon.

»Noch nie habe ich jemanden getroffen, der so voller Gift war«, meinte Hatib finster.

»Jetzt weißt du, was ich bei Odom und Aurian erlebt habe.«

»Ich frage mich, was er überhaupt wollte. Er wusste doch, dass wir auf sein Angebot nie eingehen würden.«

»Er wollte etwas herausfinden.«

»Aber was? Er dürfte kaum erwartet haben, dass wir ihm unsere Schlachtpläne verraten.«

»In jedem Fall hat er nichts erfahren. Sonst wäre er nicht böse geworden.«

Fernd ahnte, weshalb der Gifalk unbedingt ihn hatte sprechen wollen. Er war nur wegen eines kleinen Gedankens gekommen – wegen einer Idee, die Fernd auf seiner langen Wanderung gehabt hatte und deren Existenz der Schwarze Prinz ahnte. Einer Idee, die ihm gefährlich werden konnte. Doch das würde er nicht einmal seinem Bruder sagen.

Sie erstatteten den anderen Bericht.

»Diese Mistkerle«, schimpfte Olin schließlich. »Seid ihr sicher, dass euer Freund Bolgan tot ist?«

»Wir können es ihm nur wünschen«, sagte Hatib bitter. »Ich habe nie zuvor Gifalken gesehen – aber besser tot als in ihrer Gewalt.«

»Sie müssen sich sehr sicher sein, wenn sie so mit uns reden«, knurrte Kait. »Auf was haben wir uns da nur eingelassen!«

»Nur nicht den Mut verlieren«, meinte Rafai, der Kaits düstere Prophezeiungen nicht leiden konnte.

»Aber die führen doch etwas im Schilde!« Der König vom Ysen konnte es nicht lassen.

»Das wissen wir übermorgen«, sagte der Truchtin, und Kait fuhr herum. »Wieso?«

»Es hat keinen Sinn, lange zu zögern«, erwiderte König Gebork finster. »Morgen Abend marschieren wir zum Hexentanzplatz und greifen an.«

»Geht das nicht zu schnell?«, fragte Fernd bestürzt. »Vielleicht finden wir noch eine Möglichkeit ...«

»Zu spät«, sagte Hatib leise. »Die Schlacht ist unvermeidbar.«

☆☆☆

»Was denkst du?«, fragte Reika. »Seit einer Stunde hast du kein Wort mehr gesprochen.«

Der Abend war über dem Waldbühl hereingebrochen, und die beiden hatten sich ins Turmzimmer zurückgezogen. Von draußen drangen Feuerschein und leises Stimmengewirr herein. Fernd lag auf dem Bett, in dem der Alte Niemand gestorben war, und sah blicklos an die Decke.

»Antworte doch.« Reika zupfte am Saum seines Hemdes.

»Ich glaube, wir haben etwas übersehen«, sagte Fernd düster. »Der Gifalk war so selbstsicher ... Da draußen ist etwas im Gange, von dem wir nichts ahnen.«

»Das ist nicht zu ändern. Wir müssen den Schwarzen Prinzen eben besiegen – sonst kommst du nie ins Verbotene Land.«

»Es muss einen anderen Weg geben.«

Reika sah ihn nachdenklich an. »Du hast was vor, nicht?«

Sie nahm sein Schweigen als Bestätigung. »Und was?«

»Das darf ich niemandem sagen, auch dir nicht. Es wäre – zu gefährlich.«

Kaum hatte er diesen Satz gesprochen, spürte er unsichtbare Augen auf sich gerichtet. Jemand wurde aufmerksam.

›Nein‹, dachte Fernd. ›*Du* erfährst das nicht.‹

»Was ist los?«, fragte Reika. »Du zitterst ja.«

»Na und?«

»Hast du so wenig Vertrauen zu mir?«

Fernd zog sie bedrückt an sich. »Der Schwarze Prinz hat seine Ohren überall, auch in diesem Turm, und der SOG ahnt schon etwas. Ich spüre seine Unruhe. Er versucht mich auszuhorchen. Er fordert, bittet, heult und schreit, um zu erfahren, was ich denke.«

Reika schwieg, und seine Blicke wanderten zum Lederbeutel mit den drei Erften, der noch immer auf dem Tisch lag. Den Ring der Wahrheit hatten sie wegen des grünen Lichts in die Schublade getan. Einen Augenblick kam Fernd der Gedanke, man solle sie nicht einfach beisammen liegen lassen: Wenn es einen Verräter gab, wäre es ihm ein Leichtes, sie wegzunehmen.

»Ich komme bald wieder«, sagte er, nahm die *Rechenschaft*, ging ohne weitere Erklärung aus der Kammer und ließ Reika ratlos zurück.

☆☆☆

Draußen im Wald wurde er ruhiger. Er setzte sich abseits des Heerlagers auf eine Mondlichtung, schlug das Buch des Silbergreises auf und begann darin zu schreiben. Die *Rechenschaft* schien ihm der letzte treue Freund, dem er seine Gedanken anvertrauen konnte. Er schrieb fast eine halbe Stunde.

Dann waren seine Überlegungen geordnet, und er ging zum Roten Turm zurück, um Hatib zu suchen.

Er fand seinen Bruder unten am Turm, wo er sich mit seinen Waffengefährten über die bevorstehende Schlacht unterhielt.

»... und in diesem Fall müssen wir eben versuchen, das Lager im Sturm zu erobern und den Schwarzen Prinzen in die Hand zu bekommen«, sagte er eben. »Das wäre überhaupt am besten. Solange er die Wölfe befehligt, werden sie kämpfen.«

»Wir könnten auch versuchen, ihn im Kessel einzuschließen und zu belagern«, warf Rafai ein. »Er hat sich einen gefährlichen Lagerplatz ausgesucht.«

»Das weiß er vermutlich und wird ihn beim ersten Anzeichen von Gefahr verlassen.« Hatib schaute auf und erkannte Fernd.

»Kannst du nicht schlafen, kleiner Bruder?«, fragte er. »Was treibt dich noch zu uns?«

»Ich muss mit dir reden.«

Das Leuchten in Hatibs Augen erlosch. »Was ist denn?«

»Es klingt vielleicht seltsam, aber ich habe eine Bitte. Angenommen, die Schlacht würde verloren scheinen: Würdest du dann meinen Rat annehmen, ohne zu fragen? Würdest du mir folgen, wenn du keinen Ausweg mehr weißt? Blind?«

Hatibs Augen verengten sich. »Warum das denn?«, fragte er endlich.

»Das darf ich nicht sagen.« Fernd sah seinen Bruder ungeduldig werden, ließ sich aber nicht aus dem Konzept bringen. »Ich glaube, wir haben etwas übersehen. Wir unterschätzen den Schwarzen Prinzen und rennen ins Verderben.«

»Und für diesen Fall hast du einen Plan, was?«

»Ja.«

»Dann sag ihn mir.«

»Das kann ich nicht.«

Hatib wurde ärgerlich. »Ich soll dir also bedingungslos vertrauen, obwohl du niemandem vertraust?«

»Ja.«

Hatib wurde unsicher. Er hatte Fernd noch nie so entschlossen und ruhig erlebt.

»Du verlangst sehr viel«, sagte er leise.

»Ich weiß.«

Die Nordländer waren still geworden. Sie hatten gemerkt, dass sich zwischen den ungleichen Brüdern etwas Besonderes abspielte. Schließlich fasste sich Hatib und nahm Fernds Hand.

»Es ist so viel geschehen, kleiner Bruder«, flüsterte er. »Nun trägt jeder seine eigene Geschichte in sich, die niemand außer ihm selbst verstehen kann. Vielleicht sind unsere Erlebnisse zu groß, um erzählt zu werden. Ist es nicht so?«

»Du hast Recht.« Fernd erwiderte Hatibs Händedruck, und die unsichtbare Wand, die sie seit ihrem Zusammentreffen getrennt hatte, war verschwunden.

»Wenn es aussieht, als ob unser Schlachtplan nicht aufgehen sollte«, versprach Hatib feierlich, »werde ich deinen Rat befolgen.«

»Und ich ebenfalls«, sagte König Gebork ernst. »Im Namen aller Nordländer. Auch wenn ich es nicht verstehe.«

10

Die Schlacht am Hexentanzplatz

Der Vormittag war angebrochen, die Nebel hatten sich gelichtet – jetzt erst war zu sehen, welche Macht der Schwarze Prinz gegen die Nordländer aufgeboten hatte.

Der neue Tag begann. Die Nordländer schärften ihre Schwerter, schnitzten Pfeile oder lagen verstreut unter den Bäumen und versuchten zu schlafen. Die Targi waren nirgends zu sehen und hielten sich anscheinend im undurchdringlichsten Winkel des Waldes auf. Die Waldläufer hingegen schienen die Sache gelassen zu nehmen: In großen Gruppen saßen sie beisammen und schwiegen; dann und wann stopfte einer seine Pfeife, und Rauchkringel stiegen zwischen den Bäumen empor.

Fernd durchstreifte ziellos das Lager, da er nicht recht wusste, was er tun sollte. Am Morgen hatte er sich aus dem Tross des Heeres ein altes Schwert geliehen, doch Hatib hatte es ihm bald aus der Hand genommen, weil er seinen linkischen Übungen nicht zusehen konnte.

»Lass das, kleiner Bruder. Der Sieg nützt uns nichts, wenn du dich aus Versehen mit dem eigenen Schwert umbringst. Wir brauchen dich noch.«

Fernd gab ihm innerlich Recht. »Sollte ich mich nicht wenigstens verteidigen können?«, wandte er halbherzig ein.

»Überlass das den anderen. Ich habe vorgesorgt.«

Ruhiger wurde Fernd dadurch nicht.

Als die Sonne sank und ihre Strahlen schräg und goldgelb durch die Bäume fielen, gab der Truchtin den Truppen den Befehl, sich zu sammeln. Er sah Fernd unter den Männern und winkte ihn zu sich.

»Sieh mal!« Er deutete auf Gorgor, den Waldläufer. »Der wird dich bewachen – das ist der beste Schutz, den man sich vorstellen kann.«

Fernd schaute zu dem Hünen hoch, der ihn um fast zwei Köpfe überragte. Der Wolf, der sich mit ihm anlegen würde, müsste viel Mut haben – oder wahnsinnig sein.

»Bei mir ist er gut aufgehoben.« Gorgor grinste. Er schien Fernd zu mögen. »Ich habe sechzig Waldläufer für ihn ausgesucht, die besten und tapfersten. Ihm wird sicher nichts geschehen.«

Er führte ein braunes Pferd am Zügel. »Das ist für dich und heißt Graufell.«

»Komischer Name für einen Braunen. Außerdem kann ich nicht reiten.«

»Dann lernst du es eben. Graufell ist geduldig und wird dich willig tragen. Versuch's mal.« Gorgor half ihm in den Sattel, und als Fernd Halt gefunden hatte, reichte er ihm die Zügel.

Das Pferd schnaubte, als es seinen neuen Herrn spürte. Fernd klopfte ihm etwas hilflos den Hals, und es beruhigte sich. Ein vorsichtiger Flankendruck, und Graufell ging gehorsam ein paar Schritte.

»Du kannst ja doch reiten«, lachte Hatib, der amüsiert zugeschaut hatte. »Eines Tages wird noch ein richtiger Krieger aus dir.«

»Eher nicht«, meinte Fernd. »Besser, es ist schnell vorbei.«

Jemand zupfte ihn an der Wade: Reika war gekommen.

»Willst du dich nicht verabschieden? Du kannst dich doch nicht einfach so davonstehlen.«

»Ich hatte Angst, Auf Wiedersehen zu sagen«, antwortete er leise, stieg unbeholfen ab und wollte das Mädchen umarmen.

Doch Reika hatte sich schon abgewandt und war zum Roten Turm zurückgelaufen, damit niemand ihre Tränen sah.

»Ich hab ihr die Erften gegeben.« Fernd schaute ihr nachdenklich hinterher. »Hier sind sie sicher.«

»Sie wird trotzdem Angst haben.«

»Es sei denn, ich würde bei ihr bleiben«, sprach Fernd Hatibs Gedanken aus. »Aber ich werde mit dir gehen.«

»Du könntest hier abwarten, was geschieht, und dann ...«

»Nein.«

König Gebork setzte sich mit Hatib an die Spitze des Zugs, und so marschierten fast zwanzigtausend Nordländer, Waldläufer und Targi aus dem Wald.

☆☆☆

Die mondlose Nacht war sommerlich, fast schon schwül. Je weiter sie nach Süden kamen, desto dichter und schwerer schien sie zu werden. Immerhin gaben die Sterne ein wenig Licht.

›Was wohl dort oben ist?‹, dachte Fernd. Still funkelten die Gestirne herunter, und er beruhigte sich ein wenig bei dem Gedanken, dass wenigstens sie am Treiben der Menschen keinen Anteil nahmen. Egal, wer aus dieser Schlacht als Sieger hervorging – die Sterne würden immer leuchten.

›Es gibt Dinge, die der SOG nie erreicht‹, dachte er, doch im nächsten Moment vernahm er schon wieder die Stimme. »Was denkst du? Was hast du vor?«, fragte sie. Im Waldbühl hatte er sich in Sicherheit geglaubt. Jetzt merkte er, wie gut er daran getan hatte, sein Geheimnis niemandem anzuvertrauen. Seit ihrem Aufbruch quälte ihn der SOG mit der immer gleichen Frage. Er war überall, saß im nachtschwarzen Gebüsch, schwebte in der Luft, strich übers Gras und horchte. Daran konnten auch Hatibs Kundschafter nichts ändern.

›Wahrscheinlich kennt er jeden unserer Schritte im Voraus‹, dachte Fernd und musterte seine Eskorte. Vor dieser Bedrohung konnte sie ihn nicht schützen. In der Nacht jenseits der Heide wartete jemand auf ihn, dem Hatib und die Nordländer gleichgültig waren. Aber noch schwiegen die Lande.

Im Osten wurde der Himmel schon grau, als Hatib das Zeichen zum Halten gab. »Wir sind kurz vor dem alten Hexentanzplatz, Truchtin«, sagte er. »Noch eine halbe Meile nach Süden.«

Fernd musste den Orientierungssinn seines Bruders bewundern. Es gehörte schon etwas dazu, bei Dunkelheit so genau den Weg zu finden. Aber Hatib kannte die Gegend um Araukaria aus Kindertagen wie seine Westentasche.

»Glaubst du, die Wölfe sind noch im Kessel?«, fragte Gebork.

»So dumm sind sie bestimmt nicht. Außerdem hätten wir dann längst auf Posten treffen müssen. Sie versuchen vermutlich, uns ins Leere laufen zu lassen.«

»Dann machen sie es uns nicht leicht«, murmelte Rafai.

»Trotzdem«, sagte Hatib finster. »Heute wird abgerechnet.«

Nachdenklich schaute er über die Heide. Selbst Olins rote Wangen wirkten im fahlen Morgenlicht blasser als sonst.

›Der Schwarze Prinz stellt uns eine Falle‹, befürchtete Fernd. ›Und im geeigneten Zeitpunkt lässt er sie zuschnappen.‹ Aber er sagte nichts, denn die anderen wussten das auch ohne ihn.

Der Truchtin traf eine Entscheidung. »Gehen wir zum Hexentanzplatz. Ich möchte ihn mir ansehen.«

Fernd wunderte sich, wie leise zwanzigtausend Menschen sein konnten, wenn es darauf ankam. Wenige Minuten später brach die Heide ab, und sie standen am Rand des Talkessels.

»Das darf nicht wahr sein«, flüsterte Hatib verblüfft. »Als wüssten sie von nichts.«

Der Nebel hatte sich einen Moment verzogen, und unten war das Heerlager des Schwarzen Prinzen zu erkennen. Es war kleiner als erwartet und konnte nicht mehr als zwanzigtausend Mann Platz bieten – und die schienen zu schlafen. Reihe an Reihe lagen die Wölfe vor ihren Zelten und rührten sich nicht.

»Sie haben nicht mal Wachen aufgestellt«, flüsterte König Gebork. »Kann das sein?«

Fernd sah, wie es hinter der Stirn seines Bruders arbeitete, doch Olin kam ihm zuvor: »Das kann nicht sein, Truchtin. Unmöglich.«

»Versteht ihr das? Wir könnten in den Kessel steigen und die Wölfe innerhalb von Minuten auslöschen. Der Schwarze Prinz opfert doch keine zwanzigtausend Mann, bloß um uns eine Falle zu stellen!«

»Finden wir's raus«, sagte Hatib. »Fallen wir über sie her!«

Die Anführer des Nordheeres schwiegen. Kein Mensch wusste, was sie im Kessel wirklich erwartete.

»Ich hab's durchschaut, Truchtin«, sagte Rafai plötzlich. »Seht Ihr das graue Zelt in der Mitte, das ein wenig schief steht? An der einen Stelle ist es etwas aufgerissen, und man kann einen Holzpfosten sehen.«

»Ja«, erwiderte der Angeredete. »Was ist daran besonders?«

»Zählt von dort aus sieben Zelte nach rechts ...«

Gebork folgte seinem Blick und zuckte zusammen. »Wieder ein schiefes Zelt«, flüsterte er. »An der einen Stelle ist es ein wenig aufgerissen und …«

»Es ist dasselbe.«

Die anderen hielten den Atem an. Olin fasste sich als Erster. »Ein Trugbild. Jetzt versteh ich. Zählen wir weiter … tatsächlich – jedes siebte Zelt ist identisch.«

»Da unten stehen nur sieben Zelte. Mit den Soldaten verhält es sich ähnlich. Seht genau hin – sie gleichen sich.«

Der Nebel stieg wieder auf und nahm ihnen kurz die Sicht.

»Du hast Augen wie ein Adler, Rafai«, murrte Olin.

»Reiner Zufall. Irgendwie ist mir der Riss aufgefallen …«

»Das ist das Werk der Hexen«, sagte Hatib. »Sie stehen mit dem Schwarzen Prinzen im Bunde.«

Olin runzelte die Stirn. »Du meinst …«

»Denk daran, was Reika über den Platz erzählt hat! Um ein Haar wären wir ins Verderben gerannt.«

»Was machen wir jetzt?«, fragte Gebork.

»Wir müssen rausfinden, wo sich die Wölfe in Wirklichkeit aufhalten.«

»Dieser ekelhafte Nebel …«

»Ich ahne es schon: Sie sind auf der Südseite. Der Schwarze Prinz hat geglaubt, wir lassen uns von dem Trugbild ködern. Dann umstellt er den Kessel und hat leichtes Spiel mit uns.«

Der Truchtin blickte finster den Abgrund hinunter. Seit sie die Täuschung durchschaut hatten, passten immer mehr Details nicht zum Gesamtbild. Die Gesichter der in Decken gewickelten Wölfe waren nicht zu erkennen: Die Macht der Hexen reichte nicht, ihnen Konturen zu geben. Und wenn man genau hinschaute, sah man durch die Zeltwände den Grasboden scheinen.

Hatib hatte einen Entschluss gefasst. »Es hat keinen Sinn,

mit dem ganzen Heer blindlings im Nebel zu stochern, um die Wölfe zu finden. Der Großteil von uns sollte abwehrbereit hier bleiben. Eine Abordnung von tausend Mann geht auf die Suche – und schlägt dann Alarm.«

»Das ist ein Himmelfahrtskommando.« Rafai war alles andere als begeistert.

»Ich weiß. Aber besser, als mit dem ganzen Heer im Nebel herumzustreifen. Wenn der Schwarze Prinz mit den Hexen im Bunde ist, kann er sich im Dunst orientieren und uns aus dem Hinterhalt angreifen.«

»Schon«, sagte der Truchtin ernst. »Aber für die tausend, die auf die Suche gehen, wird das kein Spaziergang.«

»Es ist die einzige Möglichkeit, die Wölfe zum offenen Kampf zu zwingen.«

Der Truchtin seufzte. »Wer soll dazugehören?«

»Die Waldläufer«, sagte Hatib. »Sie haben die größten Überlebenschancen.«

»Das dachte ich mir«, erwiderte Gorgor bitter. »Und wer soll sie anführen?«

»Ich.«

»Du? Warum gerade du?«

»Weil es gefährlich ist. Ich habe kein Recht, tausend Mann in so ein Unternehmen zu schicken, wenn ich nicht bereit bin, Gefahr auf mich zu nehmen.«

»Das ist unklug!«, fuhr Rafai auf. »Du hast uns den Erft gebracht und den Tanzenden Tod besiegt – wenn du fällst, verlieren die Nordländer den Mut.«

»Dann gehe ich zu seinem Schutz mit«, sagte Olin mit seinem tiefen Bass. »Ich hatte Sorgen, dass wir ins Verderben rennen, aber das ist nun ein Streich, der mir gefällt.«

Rafai öffnete den Mund, um seinem Hauptmann zu widersprechen, doch der hieß ihn mit einem Blick schweigen.

Wenig später war der Trupp zusammengestellt. Ruhig und mit unbewegten Gesichtern standen die Waldläufer zusammen. Sollten sie Angst haben, ließen sie es sich nicht anmerken.

Hatib wandte sich an Gorgor, bevor er sich an die Spitze des Zugs setzte. »Denk dran: Fernd darf nichts passieren.« Er tauschte noch einen Blick mit seinem Bruder, der zusammengekauert auf Graufell saß und kein Wort zu sagen wagte. Dann wendete Hatib sein Pferd und ritt davon. Kurz darauf waren die Waldläufer im Nebel verschwunden.

»Das ist ihr Untergang«, murmelte Rafai. »Einfach so ins Ungewisse zu ziehen!«

»Abwarten«, erwiderte der Truchtin. »Wir haben über Hatib schon oft den Kopf geschüttelt, aber bis jetzt hat er immer Recht behalten.«

Eine Stunde verstrich mit quälendem Warten. Die Nordländer waren mucksmäuschenstill und spähten angestrengt in den Nebel. Immer stärker hatten sie das Gefühl, sie würden beobachtet – von jemandem, für den Nebel kein Hindernis darstellte.

»Da ist was faul.« Gorgor tastete nach dem Schwert. »Ich glaube, gleich geht's los.«

»Schaut!«, zischte Rafai und deutete in den Kessel. Der Nebel war gestiegen, das Trugbild verschwunden: Der Hexentanzplatz war leer.

»Sie wissen also, dass wir sie durchschaut haben«, murmelte der Truchtin.

»Das heißt, sie beobachten uns«, meinte Rafai.

»Es dauert nicht mehr lang.« Je näher die Entscheidung rückte, desto ruhiger wurde Gorgor. »Der Nebel löst sich auf.«

Ein Pochen ließ sie aufhorchen. Jemand hatte eine Trommel

geschlagen. Dumpf wurde das Geräusch von den Felswänden zurückgeworfen. Aus einer anderen Richtung erklang wieder ein Pochen, diesmal weiter entfernt – eine Antwort, deren Sinn die Nordländer nicht verstehen konnten.

»Sie kommen«, flüsterte Rafai.

Fernd biss die Zähne zusammen. Abermals ein Trommeln, näher als vorhin. Da sagte König Gebork: »Marschieren wir Hatib und den Waldläufern hinterher. Ich glaube, sie brauchen bald Hilfe.« Er wollte gerade das Zeichen zum Losmarschieren geben, da rief Gorgor: »Seht!«

Mittlerweile war es hell geworden. Die rötlichen Schwaden über der Heide waren aufgestiegen, und die Waldläufer kamen in Sicht. Nur eine halbe Meile entfernt durchkämmten sie die Ebene, doch von Westen her, wo der Nebel noch dicht war, näherte sich eine schwarze Masse. Lautlos glitt sie über die Heide und schob sich an die Waldläufer heran.

»Sie fallen ihnen in den Rücken!«, rief Rafai. »Schnell, bevor es zu spät ist!«

Er brauchte seinen Männern keinen Befehl zu geben. Jeder hatte die Vorgänge begriffen, und die Nordländer begannen zu rennen – um das Leben der Waldläufer. Gebrüll erhob sich. Graufell scheute einen Moment, wurde dann aber vom Strom der Menge mitgerissen und setzte sich in Trab. Fernd wollte sein Pferd lenken, gab es aber gleich wieder auf. Graufell fand den Weg am besten allein. Schon war er wieder von seiner Eskorte umringt, und Gorgor ritt neben ihm. Der Hüne hatte sein Schwert gezogen und schwang es probehalber durch die Luft.

Dann brachen die Wölfe aus dem Nebel hervor.

»Drauf!«, brüllte Rafai und stürmte auf die Angreifer zu. Die Nordländer folgten.

Der Zusammenstoß war furchtbar. Gewaltig prallten die

Heere zusammen und droschen aufeinander ein. Lange war nicht zu sehen, wer die Oberhand behalten würde, dann aber gab der Wille der Nordländer, zu ihren Kameraden durchzubrechen, den Ausschlag. Schritt für Schritt drängten sie die Wölfe zurück.

Fernd war von den Waldläufern so gut abgeschirmt, dass er nur dann und wann einen Ausschnitt des Kampfgeschehens wahrnehmen konnte. Außerhalb dieses kleinen Kreises, der sich langsam über die Heide bewegte wie das Auge eines Wirbelsturms, tobte die Schlacht, und Fernd sah die hassverzerrten Gesichter der Wölfe. Sie würden nicht die Flucht ergreifen wie Morgreals Heer vor Barku, denn ihr Herr war nicht weit.

»Sie meiden uns.« Gorgor hatte Graufell am Zügel gepackt und sah sich beunruhigt um. »Dahinter steckt ein Plan.«

»Dort!«, rief ein Waldläufer und deutete nach rechts. Eine Gruppe gepanzerter Soldaten sprengte in vollem Galopp auf die Schutztruppe zu. Offensichtlich kannten sie ihr Ziel genau.

Gorgor reagierte sofort. Er hob sein Schwert, und die Waldläufer formierten sich, um den Angriff abzuwehren. Pfeile schwirrten durch die Luft. Einer von Fernds Beschützern stieß einen Schrei aus und fiel.

Schon waren die gepanzerten Reiter heran, und es gab ein böses Scharmützel. Mann kämpfte gegen Mann, und die Panzerreiter waren den erfahrenen Waldläufern kaum unterlegen. Die Reihen lösten sich auf, und nur noch zwölf Waldläufer umringten Fernd, um ihn vor Angriffen zu schützen. Es war unmöglich, ihn ganz aus der Schusslinie zu halten, denn die Wölfe wussten, was sie zu tun hatten.

»Pass auf!«, schrie ein Waldläufer. Fernd wandte den Kopf, sah einen Bogenschützen auf sich anlegen und wollte ausweichen, aber zu spät. Der Pfeil schnellte von der Sehne – und traf den Falschen: Der Waldläufer hatte sich in die Schusslinie geworfen.

Kurz darauf war der Angriff vorbei und die Todesschwadron an der verbissenen Gegenwehr der Waldläufer gescheitert. Fernd starrte entsetzt auf den Toten hinunter.

»Er hieß Irgar«, sagte Gorgor bitter, »und du verdankst ihm dein Leben.«

›Die Gifalken hatten Recht‹, dachte Fernd. ›Ich trage den Tod in mir.‹

»Hatib!«, unterbrach Gorgor seine Gedanken. »Da ist er ja!«

Trotz starker Gegenwehr war das Nordheer ständig weiter vorgedrungen und hatte den Suchtrupp beinahe erreicht.

»Wir haben es geschafft!«, jubelte Gorgor. Doch dann sah er genauer hin und verstummte.

Den Truppen um Hatib war es böse ergangen. Von seinen tausend Mann waren nur noch wenige auf den Beinen. Die Übermacht der Feinde hatte sie erdrückt. Noch ungefähr hundert Meter trennten die erschöpften Waldläufer von der rettenden Hauptmacht der Nordländer.

»Wo ist Olin?«, rief Gorgor. »Ich seh ihn nicht!«

»Aber ich«, sagte Fernd nach kurzem Zögern. »Da hinten.« Der alte Hauptmann hatte eben einen feindlichen Reiter vom Pferd gehauen, doch in seinem geröteten Gesicht spiegelte sich Erschöpfung. Außerdem schien er am Arm verwundet. Gerade ließ er das Schwert sinken, da griffen ihn drei weitere Wölfe an, und er war nicht mehr zu sehen.

Rafai stürzte mit einem Trupp Reiter nach vorn, um seinem Kommandeur zu helfen. Blindlings galoppierten sie auf den Kampfplatz der Waldläufer zu, mitten in die Meute der Wölfe.

»Vorsicht!«, brüllte Gorgor, doch zu spät: Ein Pfeilregen

überschüttete die Angreifer, und Rafai wurde in den Hals getroffen. Einen Moment verharrte er wie in grauen Stein verwandelt, sank dann lautlos zusammen und kippte vom Pferd.

Ein Wutschrei kam aus den Reihen der Barkuri. Mit Macht stürmten sie voran und sprengten den Ring um die Waldläufer. Wie eine Woge schlugen sie über den Wölfen zusammen und hauten nieder, was sich ihnen entgegenstellte. Fernd und Gorgor wurden mitgerissen, bis die Welle sich abschwächte und schließlich verebbte. Es gab eine kurze Atempause. Freund wie Feind musste verschnaufen, um den Kampf weiter bestehen zu können.

›Olin hat's erwischt‹, dachte Fernd. ›Und Rafai. Eigentlich hab ich sie kaum gekannt.‹

Er sah sich um. Gorgor stand abseits und beriet sich mit Gebork. Dem Truchtin, der eben seine besten Offiziere verloren hatte, stand Entsetzen im Gesicht.

»Was für eine Schlacht!« Unversehens tauchte Hatib auf, der wieder Anschluss ans Hauptheer gefunden hatte. Die völlig abgekämpften Waldläufer waren aus der vordersten Linie herausgenommen und durch frische Kräfte ersetzt worden. Jetzt standen sie im Schutz der Nordländer, um Atem zu schöpfen.

»Wo ist Olin?«, fragte Hatib. »Ich hatte ihn aus den Augen verloren und ...«

»Wahrscheinlich ist er tot.« Fernd berichtete, was er gesehen hatte, und Hatib erbleichte.

»Und?«, fragte Gorgor, als er von König Gebork zurückkam, der sich mit Kait und Gerrit bemühte, die Reihen neu zu ordnen. »Gegen wie viel Mann stehen wir?«

»Keine Ahnung.« Hatib wischte sich über eine Wunde an der Schläfe. Jetzt erst begriff Fernd, wie sehr sein Bruder diese Schlacht unterschätzt hatte.

Kurz darauf trat der Truchtin zu ihnen und erklärte: »Wir sind umzingelt.«

»Aber – das ist unmöglich«, stammelte Hatib verblüfft.

»Das hatte ich auch gedacht«, erwiderte Gebork. »Um ein Heer von zwanzigtausend Mann zu umringen, muss man mindestens das Dreifache an Soldaten haben – sonst können die Eingekesselten jederzeit durchbrechen. Aber im Augenblick stehen die Wölfe in allen Himmelsrichtungen und sind so stark, dass kein Ausbruch möglich ist. Wir haben es versucht, aber nach wenigen Minuten aufgeben müssen, weil die Gegenwehr zu groß ist.«

Zum ersten Mal schien selbst Hatibs Selbstbewusstsein ins Wanken zu geraten. »So viele Soldaten kann der Schwarze Prinz doch gar nicht haben«, sagte er leise.

»Doch«, bekräftigte der Truchtin. »Ich weiß nicht, wie ihnen die Manöver gelingen. Es ist, als wäre der Nebel nur für uns vorhanden, nicht aber für sie. Wir haben sie unterschätzt.«

Tatsächlich war das Nordheer von Feinden umringt, kämpfte nach allen Seiten und war schon auf etwa eine viertel Quadratmeile zusammengeschoben worden, doch die Bedrängnis nahm von Minute zu Minute weiter zu. Die Befehlshaber sahen deutlich, wie die Kampflinie langsam näher rückte. Aus dem Angriff war eine verzweifelte Verteidigung geworden.

»Wir müssen etwas unternehmen.« Hatibs Entschlusskraft, die einige Minuten gelähmt gewesen war, kehrte zurück. »Noch sind unsere Verluste nicht allzu groß. Wir brechen durch, koste es, was es wolle.«

»Aber in welche Richtung?«

»Nach Norden«, erwiderte Hatib bitter. »Die Schlacht ist verloren und kann für uns zur Katastrophe werden.«

Nur Fernd konnte ermessen, wie schwer seinem Bruder diese Worte fielen.

»Und wenn wir nicht durchkommen?«, fragte der Truchtin skeptisch. »Vielleicht ist der Schwarze Prinz gerade dort am stärksten.«

»Wir schaffen das!«, erklärte Hatib. »Also los!«

Er sprengte durch die eng gewordenen Reihen der Nordländer, um den erneuten Vorstoß einzuleiten. Es dauerte, bis die Truppen in Bewegung gesetzt waren, denn der Druck der überlegenen Wölfe wurde immer größer. Doch Hatibs Entschlossenheit wurde belohnt: Die Feinde mussten zurückweichen. Das Nordheer war geschwächt, aber noch lange nicht gefangen. Zäh kämpften sich die Männer durch die Reihen, und als sie den Hexentanzplatz im Rücken hatten, kehrte ihr Mut zurück. Sie waren wieder Herr der Lage. Die Krise war gemeistert.

»Wenn wir nur wüssten, mit wie vielen Wölfen wir es zu tun haben.« Hatibs Selbstvertrauen war wieder da. »Vielleicht könnten wir noch mal angreifen.«

»Das Risiko ist zu groß.« Fernd fürchtete, sein Bruder würde der Verlockung erliegen, sein Glück noch einmal zu versuchen.

»Schaut mal da vorn.« Das Gesicht des Truchtin war aschgrau, und ihre Blicke folgten seiner ausgestreckten Rechten.

Da stand er!

Der Mittag war angebrochen, und der Nebel hatte sich vollends gelichtet. Jetzt erst war zu sehen, welche Macht der Schwarze Prinz gegen die Nordländer aufgeboten hatte. Mit Schrecken wurde ihnen klar, dass sich ein Großteil der Wölfe noch gar nicht am Kampf beteiligt hatte. In Reih und Glied standen sie bereit, zehntausende von ausgeruhten Kriegern. Und vor ihnen stand – der Schwarze Prinz.

Fernd blickte entsetzt auf die Gestalt, die er nie gesehen hatte und doch kannte. Von einem Trupp Reiter umgeben, war sie in einen schwarzen Umhang gekleidet und hatte den Kopf unterm Helm verborgen. Die Wölfe dahinter standen reglos wie Statuen. Es konnte nur noch Minuten dauern, bis sie zum Angriff übergingen und den Nordländern den Rest gaben.

›Sicher bist du jetzt zufrieden‹, dachte Fernd bitter. ›Gut hast du uns getäuscht.‹

Noch hatte der Schwarze Prinz das Signal zum Angriff nicht gegeben. Langsam wanderte sein Blick über die Reihen der Nordländer. Er schien etwas zu suchen. Dann trafen sich ihre Augen.

›Wie schwarze Löcher‹, dachte Fernd. ›Ist da drin denn gar nichts?‹

Eine Zeit lang maßen sie einander, der Schwarze Prinz kalt und gleichgültig, Fernd nervös und ängstlich.

»Er macht uns was vor.« Gorgor bewies einmal mehr, dass er die schärfsten Augen hatte. »Auch das sind nur Trugbilder. Seht, wie sie im Morgenlicht flimmern! Ich glaube, nur der Schwarze Prinz und seine Leibwache sind real.«

»Aber so würde er sich uns doch nie entgegenstellen!«

»Es gibt nur einen Weg, das rauszufinden«, sagte Hatib. »Reiten wir rüber und sehen es uns an.«

»Nein«, widersprach Fernd. »Du weißt, was du mir versprochen hast …«

»Was sollen wir denn sonst tun?«, fragte sein Bruder aufgebracht. »Wenn Gorgor Recht hat, ist das unsere Chance, die Schlacht zu entscheiden – wahrscheinlich die letzte.«

»Du kannst ihn nicht töten, Hatib.«

»Das werden wir ja sehen«, gab der trotzig zurück.

»Hört auf«, mischte sich der Truchtin ein. »Den Gefallen, uns zu streiten, tun wir ihm nicht.«

Hatib biss sich auf die Lippen. Sein Blick wanderte über die Reihen der Nordländer und über König Gebork, der so viel Vertrauen in ihn gesetzt hatte, zu Fernd, der die Abmachung einforderte, die sie am Vortag getroffen hatten.

»Wenn ihr zum Waldbühl fliehen wollt, tut das«, sagte er mit harter, belegter Stimme. »Aber ich reite jetzt rüber. Und wenn er unvorsichtig gewesen ist, bringe ich ihn um.«

Er wandte sich ab, gab seinem Pferd die Sporen und galoppierte los, um mit dem verhassten Gegner abzurechnen.

»Zum Angriff!«, brüllte der Truchtin, nachdem er sich von seiner Überraschung erholt hatte, und stürmte mit einem Reitertrupp hinterher – in dem verzweifelten Versuch, Hatib zu beschützen. Aber zu spät: Die Leibgarde formierte sich, und Fernd wurde klar, dass sein Bruder den Tod suchte.

»Nicht, Hatib!«

Der hatte inzwischen die Leibgarde erreicht, hieb wild auf die Männer ein und streckte einen nach dem anderen nieder. Immer näher arbeitete er sich an den Schwarzen Prinzen heran.

»Weiter!«, brüllte der Truchtin. »Vielleicht schaffen wir's!«

Fast hatten sie ihn eingeholt, da öffnete sich plötzlich das Feld, und Hatib stürmte mit erhobenem Schwert auf seinen Widersacher zu.

›Das ergibt doch keinen Sinn‹, dachte Fernd.

»Das wird böse enden.« Auch Gorgor hatte begriffen, dass da etwas nicht mit rechten Dingen zuging.

Aber es war zu spät, um einzugreifen. Innerhalb der nächsten Sekunden würde sich die Schlacht entscheiden. Selbst Hatib war vom plötzlichen Umschwung überrascht. Dass der Schwarze Prinz sich zum offenen Kampf stellte, verblüffte ihn. Sein Gegner saß reglos auf dem Pferd und hatte zur Verteidigung nur einen kleinen Dolch in der behandschuhten Faust.

»Er hat etwas vor«, murmelte Gorgor.

Jetzt hatte Hatib sich von seiner Überraschung erholt und sprengte mit gezücktem Schwert gegen den Schwarzen Prinzen an. Der hob die Hand und rief ihm etwas zu. Hatib, der schon zum Schlag ausgeholt hatte, zögerte. Verwirrung stand ihm im Gesicht.

In diesem Moment stieß der Schwarze Prinz blitzschnell zu, und sein Dolch drang in Hatibs Bauch. Der Getroffene riss die Arme hoch, ließ das Schwert fallen und sank in sich zusammen.

»Nein!«, schrie Fernd. Schon wollte er Graufell antreiben, um hinüberzureiten und seinen Bruder zu rächen. Der Silbergreis hatte ihn ja gelehrt, wie man Macht anzuwenden hatte …

Doch Gorgor griff ihm in die Zügel und sagte: »Zu spät, Junge. Du kannst nichts mehr für ihn tun.«

Den Nordländern stand das blanke Entsetzen ins Gesicht geschrieben, aber sie reagierten rasch, griffen Hatibs Pferd am Zügel und führten es samt seinem ohnmächtigen Reiter in die eigenen Reihen zurück. Die Leibgarde ließ sie gewähren.

Der Schwarze Prinz hatte sich abgewandt und beriet sich mit einer schlanken Gestalt, die auf einem pechschwarzen Pferd saß und bis dahin im Hintergrund geblieben war. Fernd erkannte den Gifalken vom Vortag. Bald würde der letzte, vernichtende Angriff der Wölfe auf das angeschlagene Heer der Nordländer erfolgen. Jeder hatte Hatibs Niederlage gesehen und wusste, dass mit ihm auch die Würfel des Schicksals gefallen waren – zuungunsten der Nordländer.

Fernd stieg vom Pferd und rannte mit tränenblinden Augen zu seinem Bruder.

»Ist er tot?«, fragte er.

»So gut wie«, antwortete einer.

Hatib atmete stoßweise. Blut durchtränkte seine Kleider, und er war bleich wie ein Toter.

Fernd wandte den Blick ab und musterte den Schwarzen Prinzen, der sich noch immer mit dem Gifalken unterhielt. Er schien das zu spüren und wandte sich um. Wiederum begegneten sich ihre Blicke.

»Noch nicht«, sagte Fernd. »Noch nicht.«

Der Truchtin kam, gefolgt von Kait und Gerrit.

»Wir müssen eine Bahre für ihn bauen«, sagte der König von Barku dumpf. »Vielleicht bringen wir ihn ja durch – im Waldbühl können wir ihn dann verbinden.«

»Wir werden ihn ganz sicher durchbringen«, sagte Fernd finster. »Wollt ihr jetzt meinen Rat annehmen?« Er wusste, dass Gebork vom Waldbühl gesprochen hatte, um ihm einen Wink zu geben. Das hieß, er würde sich an die Abmachung halten.

»Die Schlacht ist verloren«, murrte Kait. »Es wollte ja niemand auf mich hören.«

»Schuldzuweisungen haben jetzt keinen Zweck«, wehrte der Truchtin ab, doch Kaits stiller Vorwurf schmerzte ihn.

Fernd betrachtete seinen Bruder nachdenklich. ›Ich möchte nur wissen, was der Schwarze Prinz ihm gesagt hat‹, dachte er. ›Er war drauf und dran zuzuschlagen und zögerte dann. Warum?‹

Doch er verbannte diesen Gedanken. Es gab Wichtigeres zu tun. »Marschieren wir zum Waldbühl«, sagte er.

»Und verhandeln wir von dort aus«, ergänzte Kait. »Vielleicht gewährt uns der Schwarze Prinz freien Abzug.«

Wenig später warfen sich die Reiter nach vorn, um dem Fußvolk Gelegenheit zum Rückzug zu geben, was vorerst glückte. Nach kurzer Zeit waren die Nordländer durchgebrochen, und in langer Reihe ging es zum Waldbühl zurück. Nur die Nachhut kämpfte und versuchte dabei, den Wölfen das Aufschließen so schwer wie möglich zu machen. Doch der Schwarze Prinz spielte jetzt seine ganze Übermacht aus. Ein furchtbares Gebrüll erscholl bei den Wölfen. Dann ergoss sich Welle auf Welle über die Nachhut der Nordländer. Fernd sah sich schon wieder umzingelt, da rief der Truchtin »Schneller!« und trieb die erschöpften Truppen persönlich an. Noch einmal versuchten die Nordländer, sich von den nachrückenden Wölfen abzusetzen, und wenigstens das sollte ihnen an diesem Unglückstag gelingen. Glücklicherweise hatte der Schwarze Prinz nicht viele Reiter, die sie hätten umgehen und aufhalten können. Außerdem waren viele Kameraden, in kleine, hoffnungslose Gruppen zerschlagen, unter den Feinden. Dass sie die aufhielten, war ihr unersetzlicher, wenn auch letzter Beitrag zur Rettung des Nordheers. Tausende von Toten hatte dieser Tag gefordert. Die Überlebenden ließen eine blutige Spur von Gefallenen zurück.

Der Anmarsch vom Waldbühl hatte acht Stunden gedauert; der Rückweg dauerte sechs. Erbarmungslos ließ der Truchtin die Soldaten antreiben. Unterdessen bliesen die Wölfe zur Hetzjagd. Immer wieder lösten sich Truppen aus ihrem Pulk, um die Nordländer einzukreisen und aufzuhalten, damit ihnen die Hauptmacht den Rest geben konnte.

Hatib wurde auf einer Bahre getragen. Er war in eine Decke gewickelt, und sein Gesicht war blass und spitz. Gorgor und der Truchtin wichen nicht von seiner Seite.

»Wird er bis zum Waldbühl überleben?«, fragte Fernd.

»Er verliert viel Blut«, erwiderte Gorgor. »Wir hatten keine Zeit, die Wunde ordentlich zu verbinden.«

»Was für ein Tag.« Der Truchtin hatte sichtlich jeden Mut verloren. »Erst Rafai und Olin, jetzt auch noch Hatib.«

Es wurde Abend, der blutrote Wolkenabend eines furchtbaren Tages, und verzweifelte Ruhe war bei den Nordländern eingekehrt. Ihre Zahl war auf zwei Drittel der ursprünglichen Stärke gesunken. Dank der Reiterei, die auf ein Viertel zusammengeschmolzen war, hatten sie sich zum Schluss eine halbe Meile Abstand vom nachrückenden Heer des Schwarzen Prinzen verschafft.

»Haltet durch«, sagte Fernd immer wieder. »Wir sind bald da.«

Aber das Heer der Nordländer war am Ende seiner Kräfte. Seit vierundzwanzig Stunden waren die Krieger auf den Beinen. Müde wankten sie dahin, mit leeren und stumpfen Gesichtern.

Eine Meile vor dem Waldbühl brach ein Mann, der sich vor Fernd herschleppte, zusammen. Er versuchte noch einmal aufzustehen, doch es gelang ihm nicht. Stöhnend sank er zurück ins Gras. Da ließ Fernd Graufell halten und stieg ab.

»Du hast es doch fast geschafft.«

»Das nützt nichts.« Der Nordländer war an die sechzig, und sein grauer Bart war gerötet von Blut. Er hatte einen Stich in den Hals bekommen. »Ich sterbe sowieso – wo, ist egal.«

»Steig auf mein Pferd«, antwortete Fernd bestimmt. »Es wird dich zum Waldbühl tragen.«

Ein wenig Hoffnung glomm in den Augen des Alten auf. »Du bist jetzt der Anführer, nicht? Zumindest behaupten das manche.«

»Stimmt.« Fernd fiel es schwer, diese Feststellung über die Lippen zu bringen. »Ich könnte dir sogar befehlen, auf mein Pferd zu steigen.«

»Aber du kannst mir nicht befehlen, nicht an meiner Wunde zu sterben.« Ein Lächeln streifte das Gesicht des Nordländers. »Doch ich werde es versuchen. Nicht, weil ich noch Hoffnung habe, sondern dir zuliebe.«

Er mühte sich wieder auf die Beine, und Fernd half ihm aufs Pferd. Als Graufell sich endlich in Gang setzte, schien der Mann schon eingeschlafen.

»Willst du etwa zu Fuß gehen?«, ertönte eine Stimme hinter ihm. Kait betrachtete Fernd von oben herab.

»Ich kann ja noch marschieren – dieser Mann nicht.«

»Du hast nicht das Zeug zum Anführer.« Kait schüttelte den Kopf. »Sieh dir doch seine Wunden an! Er wird verbluten, bevor wir den Waldbühl erreichen. Mit gutem Willen allein kannst du niemanden retten.«

»Trotzdem.« Fernd wandte sich zum Gehen. »Ich kann marschieren. Und Ihr könntet es, mit Verlaub, auch.«

Kait blickte ihm verwundert nach. Dann ritt er neben Fernd und sagte: »Dann steig bei mir auf; mein Pferd trägt auch zwei.«

Als sie eine halbe Stunde später den Waldbühl erreichten, schien das enttäuschte Geheul der Wölfe kein Ende nehmen zu wollen.

»Sie werden das Gebiet umstellen und alles versuchen, uns nicht entwischen zu lassen«, sagte Kait. »Bist du sicher, dass die Tore des Waldbühls ihrem Ansturm gewachsen sind?«

»Der Ort wurde vom Silbergreis geweiht«, erklärte Fernd. »Uns kann nichts passieren.«

Der König vom Ysen schaute ihn zweifelnd an. »Hat der Silbergreis auch vorhergesagt, dass wir die Schlacht mit Pauken und Trompeten verlieren?«

»Die Tore werden halten«, sagte Fernd bestimmt. »Sagt den Männern, dass sie hier sicher sind. Alles Übrige wird sich finden.«

Kait sagte es weiter, und die Nordländer glaubten daran, weil ihnen nur noch das Halt gab in einer Welt, die zu zerbrechen drohte.

11

Verraten

Graufell löste sich aus dem Schatten, und Fernd begriff mit Entsetzen, warum das Pferd Angst hatte. Im Sattel saß immer noch der alte Nordländer, dem er eine Meile vor dem Waldbühl aufgeholfen hatte. Jetzt war er tot.

Es dunkelte bereits, als das Heer endlich an Siljans Turm eintraf. Reika stand davor und sah entsetzt, wie die einst stolzen Nordländer in kleinen Gruppen auf die Lichtung gewankt kamen. Als sie Fernd erblickte, eilte sie zu ihm.

»Bist du unverletzt?«, fragte sie. »Haben die Wölfe dich nicht angegriffen?«

»Sie haben es versucht, aber Gorgor hat mich beschützt.«

»Und Hatib?«

»Da hinten bringen sie ihn. Der Schwarze Prinz hat ihn schwer verwundet.«

Reika wurde bleich.

»Hatib ist einfach auf ihn losgegangen, ganz allein. Da hat er ihm einen Dolch in den Bauch gerammt.« Fernd berichtete vom Hexentanzplatz und vom gezielten Angriff auf ihn und von Rafai und Olin, die gefallen waren, ohne die drohende Niederlage abwenden zu können.

»Also sind wir umstellt«, sagte Reika tonlos. »Der Schwarze Prinz wird den Waldbühl belagern, bis wir uns ergeben.«

»Vielleicht«, wich Fernd aus. Er wusste, worauf sie hinauswollte. »Komm. Sehen wir nach Hatib.«

Wie ein Hirte erhob sich der Rote Turm über den Nordländern, die sich in einem weiten Kreis um ihn gelagert hatten. Die Wackersten hatten Feuer entfacht, und an einem davon lag Hatib, immer noch bewusstlos. Er musste Fieber haben, denn Schweiß stand ihm auf der Stirn. Von Zeit zu Zeit stöhnte er leise. Wahrscheinlich quälten ihn böse Träume. Gorgor und ein heilkundiger alter Nordländer saßen bei ihm.

»Wie geht es ihm?«, fragte Fernd.

Der Nordländer seufzte. »Ich weiß es nicht. Ich habe ihn erst jetzt ordentlich verbinden können, und er hat viel Blut verloren. Die Wunde ist furchtbar, aber er ist zäh. Vielleicht überlebt er – vielleicht auch nicht.«

»Ja, wer weiß«, murmelte Fernd zerstreut.

»Zum Glück wachsen hier Heilkräuter. Morgen, wenn es hell ist, werde ich mich auf die Suche machen.«

Fernds Gedanken aber wanderten zu der grausigen Szene zurück, die sich zwischen seinem Bruder und dem Schwarzen Prinzen abgespielt hatte.

»Warum hat er gezögert?«, fragte er Gorgor. »Er war drauf und dran zuzuschlagen – das hast du doch auch gesehen. Im letzten Moment hat er es nicht getan. Was hat ihm der Schwarze Prinz bloß gesagt?«

»Das frage ich mich auch. Als hätte Hatib unter der Maske jemanden erkannt.«

Fernd nahm Reikas Hand und schaute nachdenklich ins Feuer.

»Bringen wir ihn ins Turmzimmer«, sagte Gorgor. »Ein paar Waldläufer haben ihm dort ein Krankenlager hergerichtet.«

Fernd schwieg. ›Ich bin so müde‹, dachte er und fasste die Hand seines Mädchens unwillkürlich fester. ›Die Tage waren so lang und dunkel, und nie habe ich Ruhe gehabt. Ich war wie der Wind – frei wie der Wind, würde Hatib sagen. Aber ich will gar nicht frei sein. Ich will nicht mehr allein durch die Lande wandern. Am liebsten würde ich meinen Kopf in Reikas Schoß legen und schlafen, ohne je wieder aufzuwachen.‹

Noch nie hatte er sich so allein gefühlt wie jetzt, mitten im Lager der Nordländer und Reikas Hand haltend. Denn nichts macht einen Menschen so einsam wie ein Geheimnis, das er mit niemandem teilen darf.

Verloren schaute er in die leise zischenden Flammen. Niemand sprach. Nur dann und wann war ein verhaltener Klagelaut zu hören – mal von verwundeten Nordländern, mal von Hatib, der in der Bewusstlosigkeit leise stöhnte.

Fernd sah auf, als ihn jemand an der Schulter fasste. Es war der Truchtin. Er schien um Jahre gealtert.

»Ich habe die Truppen zählen lassen«, sagte er. »Dreizehntausend Mann.«

»Wie viele Verwundete?«, wollte Gorgor wissen.

»Ungefähr fünfhundert, die meisten davon leicht. Die anderen sind fast alle auf der Strecke geblieben.« König Gebork senkte den Kopf, um seine Tränen zu verbergen.

»Den Waldläufern ist es am schlimmsten ergangen«, sagte Gorgor finster. »Vor dem Fall Araukarias gab es fast fünftausend von uns. In Barku waren wir noch knapp zweitausend, jetzt sind wir dreihundert. Der Schwarze Prinz hat uns fast ausgerottet.«

»Und damit die Einzigen, die ihm noch Widerstand leisten könnten«, schloss Gebork. »Denn die Nordländer haben keinen Mut mehr.«

»Zu einer neuen Schlacht wird es nicht mehr kommen, Truchtin.«

»Ich weiß. Unsere Niederlage ist endgültig.«

Ihre Blicke richteten sich auf Fernd.

»Du hattest doch einen Plan, Junge.« Gebork sprach langsam, als habe jedes Wort großes Gewicht. »Weißt du einen Ausweg?«

»Das würde mich auch interessieren«, sagte Kait grimmig. Er war bei den letzten Worten des Truchtin dazugekommen.

Fernd wollte gerade antworten, als ein weiterer Nordländer im Feuerkreis erschien. »Vor dem Waldbühl wartet wieder ein Unterhändler.«

Der Truchtin zuckte zusammen. »Mit welchem Auftrag?«

»Er will mit Fernd sprechen.«

»Allein?«

»Im Gegenteil«, erwiderte der Nordländer. »Er besteht darauf, dass alle Anführer an der Verhandlung teilnehmen.«

»Das dachte ich mir«, sagte Fernd. »Der Schwarze Prinz wird versuchen, uns gegeneinander aufzuhetzen.« Er stand auf, um Graufell zu suchen. Schließlich entdeckte er ihn unter einem Baum, wo er sich ins Dunkel zurückgezogen hatte.

»Was ist denn?« Fernd verstand nicht viel von Pferden, spürte aber, dass sein geduldiger Kamerad Angst hatte. »Ich tu dir doch nichts.«

Da löste sich das Pferd aus dem Schatten, und er begriff mit Entsetzen, warum es sich fürchtete: Im Sattel saß immer noch der alte Nordländer, dem er eine Meile vor dem Waldbühl aufgeholfen hatte. Jetzt war er tot.

›Es ist sinnlos, hat Kait gesagt‹, dachte er. ›Recht hat er gehabt.‹

Ein Barkuri hatte zugesehen und sprach mit seinem Kameraden. Vorsichtig näherten sie sich Graufell, der leise schnaubte, und hoben den toten Nordländer aus dem Sattel. »Lasst gut sein«, sagte Fernd leise. »Ich kann auch laufen.« So marschierte er mit den anderen zum Waldrand.

Wieder war es der Gifalk.

»Ihr habt die Schlacht verloren«, sagte er. »Ich hatte euch ja gewarnt.«

»Was willst du?« Gorgor fiel es sichtlich schwer, seine Wut auf dieses Wesen zu unterdrücken.

»Ich soll euch eine Nachricht zukommen lassen.« Der Gifalk setzte eine gelangweilte Miene auf. »Die Idee ist nicht von mir – meiner bescheidenen Meinung nach seid ihr es nicht wert, auch nur ein Wort an euch zu verlieren. Aber das tut nichts zur Sache. Mein Herr, der Schwarze Prinz, will euch ein Angebot machen.«

Gorgor straffte sich, doch der Truchtin gab ihm einen Wink, und er nahm sich zusammen.

»Was für ein Angebot denn?«, fragte der König von Barku. »Will er uns die Toten zurückgeben?«

»Tot ist tot«, versetzte der Gifalk. »Und wen wir verwundet fanden, haben wir erschlagen. Wir haben keine Lust, uns die Hände noch wochenlang mit Blut und Eiter zu beschmutzen. Ihr aber seid am Leben – und könnt es vielleicht behalten. Wir bieten euch freies Geleit in die Nördlichen Königreiche.«

»Großzügig«, erwiderte der Truchtin. »Und die Gegenleistung?«

»Die Erften«, schnarrte der Gifalk. »Gebt sie meinem Herrn, dann lässt er euch ziehen. Wenn nicht …«

»Du lügst«, sagte Fernd. »Der Schwarze Prinz wird die Erften in die Pforte einsetzen und damit Sklava Mhor vollenden. So wird der Zugang wieder frei, und der SOG hält Einzug in unseren Landen. An der Spitze der Unsterblichen.«

»Kannst du das etwa verhindern?«, fragte der Gifalk höhnisch. »Der Waldbühl ist umstellt. Du wirst die Steine sowieso nicht behalten. Spürst du nicht, wie sie zu meinem Herrn wollen?«

Fernd senkte den Kopf. »Doch.«

»Dann weißt du, wie die Karten verteilt sind. Wir können euch aushungern, bis ihr die Rinde von den Bäumen kratzt.«

»Ihr werdet die Erften nie bekommen«, sagte Gorgor. »Vorher vergraben wir sie im Waldbühl. Dort sind sie auf ewig vor euresgleichen sicher.«

»Glaubt das nicht«, erwiderte der Gifalk. »Denn die Gesetze der Lande brechen zusammen. Bald wird euch der Wald keinen Schutz mehr bieten. Seht her!«

Er machte einen Satz und sprang mitten unter sie. Bläuliches Licht flackerte auf und umhüllte den Gifalken. Ein Dolch blitzte. Fernd konnte gerade noch ausweichen, und der Stoß ging ins Leere. Dann sprang der unheimliche Geselle wieder aus dem Bannkreis.

»Die Tore.« Kait war bleich geworden. »Die Tore …«

»… werden fallen«, schloss der Unterhändler triumphierend. Selbst das kurzzeitige Überschreiten hatte ihm Mühe gemacht, doch allein die Tatsache, dass er dazu in der Lage war, erfüllte die Gefährten mit blankem Entsetzen.

»Die Macht des Schwarzen Prinzen wächst mit jeder Stunde«, fuhr der Gifalk fort. »Er hat die Lande besiegt, und bald wird er euch im Waldbühl zu Paaren treiben, wenn ihr ihm nicht gehorcht. Er will die Erften!«

Ohne eine Antwort abzuwarten, wandte er sich ab und verschwand im Dunkel der Nacht.

»So was Ähnliches hatte ich mir gedacht«, sagte der Truchtin. »Aber wenn wir ihm die Erften ausliefern, tötet er uns.«

»Es käme auf einen Versuch an«, brummte Kait.

Der Truchtin wandte sich um. »Was meinst du damit?«

»Sollen wir hier verhungern? Geben wir ihm die Steine doch – und hoffen wir, dass er sich an sein Versprechen hält.«

Fernd wurde klar, dass der Gifalk sein Ziel erreicht hatte.

»Das geht nicht. Dann wird die Pforte geöffnet!«

»Was schert mich die Pforte?«, rief Kait aufgebracht. »Ihr habt gesehen, was die Tore des Waldbühls noch wert sind! Wir werden alle krepieren!«

Gorgor fuhr herum. »Ich glaube nicht, dass man sich auf das Wort eines Gifalken verlassen kann.«

»Und ich glaube nicht, dass man sich einem siebzehnjährigen Araukarier anvertrauen sollte«, höhnte Kait, wandte sich ab und stampfte davon.

Der Truchtin sah ihm traurig nach. »Sei nicht böse mit ihm. Er allein hat heute dreitausend Mann verloren. Und das in einem Feldzug, den er nicht führen wollte.«

»Ich weiß«, flüsterte Fernd.

»Du machst es uns nicht gerade leicht. Kannst du nicht wenigstens andeutungsweise ...«

»Versteht Ihr denn nicht? Die Erften sind das Auge, mit dem der Schwarze Prinz den Waldbühl beobachtet. Ich habe sie mir angesehen, bevor wir in die Schlacht gezogen sind. Etwas geht mit ihnen vor. Sie entwickeln einen Willen.«

»Inwiefern?«

»Wie der Gifalk gesagt hat: Sie versuchen in die Hände des Schwarzen Prinzen zu gelangen. Aber wenn wir uns auf sein Angebot einlassen, sind wir verloren. Und wenn der Gifalk die Tore des Waldbühls durchschreiten konnte, dann nur, weil wir nicht mehr an sie glauben. Das ist das Geheimnis seiner Macht.«

Schweigend und missmutig marschierten sie zum Roten Turm zurück. Alle wussten, dass der Gifalk sein Ziel, sie zu entzweien, erreicht hatte.

»Beenden wir diesen traurigen Tag«, sagte der Truchtin an der Lichtung. »Vielleicht sieht die Welt morgen besser aus.«

»Hoffentlich halten die Tore«, erwiderte Gerrit. »Sonst gibt es kein Morgen für uns.«

»Diese Nacht halten sie«, versprach Fernd und dachte: ›Ganz bestimmt tun sie das – weil *ich* an sie glaube.‹

☆☆☆

Aber die Reihe der Katastrophen sollte nicht abreißen. Fernd schlief unruhig. In seinen Träumen sah er immer wieder eine schwarze Gestalt, und die Augen unterm Helm waren wie die seinigen. Eine Hand griff nach seiner Seele, und die Gestalt fragte: »Was hast du vor? Was ist dein Ziel, Fernd?«

»Das sage ich dir nicht.«

»Dann frage ich den Silbergreis. Er gehorcht jetzt mir.«

»Der weiß es auch nicht – ich habe ihm nichts verraten.«

»Ich bin dein Ebenbild, Fernd. Vergiss das nicht.«

»Du bist der Tod.«

»Fernd, wach auf!«, riss ihn eine Stimme aus seinen Alpträumen. Mühsam öffnete er die Augen. Reika saß neben ihm.

»Ich habe dummes Zeug geträumt.« Fernd setzte sich auf.

»Darum hab ich dich nicht geweckt – die Erften sind fort!«

»Das ist nicht dein Ernst!?«

»Du hast im Schlaf geredet und mich aufgeweckt. Da war jemand im Zimmer am Tisch und ist weggerannt.«

Fernd sprang auf und tastete im Dunkeln über das Holz: Der Beutel war nicht mehr da.

»Das war Kait«, zischte er. »Er wird sie dem Schwarzen Prinzen geben.«

»Das kann er nicht tun!«

»Der schon. Aber er hat sich verrechnet.« Fernd fasste sich. Vielleicht war es noch nicht zu spät. Er stürzte aus dem Zimmer und rannte die Turmtreppe hinunter zu Gorgor. Der Hüne hatte sich zum Schlafen ans Feuer gelegt. Fernd rüttelte ihn wach und flüsterte: »Der Beutel mit den Erften ist fort.«

Gorgor war sofort hellwach. »Verrat in unseren Reihen?«

»Jemand hat den Beutel aus dem Turmzimmer gestohlen, während wir schliefen. Gibt es denn keine Wachen?«

»Hier schlafen alle«, sagte Gorgor. »Sieh dich doch um.«

Er hatte Recht. In blutigen Verbänden lagen die Nordländer da. Sie hatten am Vortag fünfundzwanzig Meilen zurückgelegt und eine Schlacht verloren. Der Morgen begann gerade erst zu grauen, und keiner der wenigen Wachposten hatte die Augen offen halten können.

Dann begriff Gorgor. »Kait. Natürlich.«

Er stand auf. »Komm. Vielleicht ist es noch nicht zu spät.«

Sie stürmten los. Zweige schlugen ihnen ins Gesicht. Einmal rannte Gorgor gegen einen Baum und rappelte sich fluchend wieder auf. Dann kamen sie zum Waldrand.

Es wurde langsam hell. Kait stand hundert Meter abseits neben einem Dornbusch – zusammen mit dem Gifalken.

»Verräter!«, rief Gorgor aus dem Wald. Kait sah die beiden und ging auf sie zu.

»Kait ist kein Feigling«, meinte Fernd mit seltsamer Ruhe. »Er hat getan, was er für richtig hielt.«

Der König vom Ysen war bleich, doch seine Unterlippe war trotzig vorgeschoben – eine Miene, die schon bei Hatib nie Gutes verheißen hatte.

»Was hast du nur getan!«, rief Fernd traurig.

»Das, was notwendig war.« Kait versuchte ruhig und beherrscht zu klingen. »Wenn die anderen sich einem Jungen anvertrauen wollen, meinetwegen. Aber ich nicht! Kein Erft ist das Leben eines Kriegers vom Ysen wert.«

»Das ist schon richtig.« Fernd legte die Hand auf Gorgors Arm, denn der Waldläufer war drauf und dran, den schützenden Kreis zu verlassen und sich auf den Verräter zu stürzen. »Aber das war ein Geschenk ohne Gegenleistung. Sie werden auch deine Männer niemals ziehen lassen.«

»Es ist einen Versuch wert«, versetzte Kait höhnisch. »Und auf jeden Fall besser, als unter deiner Führung ins Verderben zu rennen. Ein siebzehnjähriger Heerführer? Was hattest du denn vor? Kennst du etwa ein Versteck für dreizehntausend Mann? Jetzt kannst du dein lächerliches Geheimnis ja preisgeben – es ist überflüssig geworden.«

»Dann versuch doch, dein freies Geleit einzufordern! Ich jedenfalls bleibe im Schutz des Waldbühls.«

»Bis die Tore fallen.«

»Noch halten sie.«

»Nicht mehr lange – das hat mir der Gifalk versichert. Er ist mir so unangenehm wie dir, aber er hat Recht.«

»Ein Gifalk hat nie Recht«, erwiderte Fernd hart.

»Glaub, was du willst«, versetzte Kait ärgerlich. »Jedenfalls bist du auf den vermeintlichen Schutz des Waldbühls nicht mehr angewiesen und kannst gehen. Ich habe uns ausgelöst.«

»Aber nicht alle«, ertönte eine metallene Stimme, und Fernd zuckte zusammen. Aus dem Dunkel löste sich eine Gestalt.

»Endlich sehen wir uns wieder«, sagte der Schwarze Prinz. »Es ist so lange her …«

›Aber wir haben uns doch nie gesehen‹, dachte Fernd.

Nur Gorgor war so zornig, dass ihm die unheimliche Gestalt keine Angst machte. »Was wollt Ihr – uns nach dem kürzesten Weg zur Hölle fragen?«

»Hüte deine Zunge«, erwiderte sein Gegenüber. »Du hast meine eigentliche Macht noch gar nicht erfahren.«

»Von wegen Macht – ein Mörder bist du!« Gorgor war drauf und dran, sich auf den Schwarzen Prinzen zu stürzen, aber Fernd hielt ihn mit überraschender Kraft fest.

»Nicht«, sagte er. »Genau das will er.«

»Lasst gut sein – ich habe unseren Teil der Abmachung erfüllt«, sagte Kait lahm. »Ihr habt nichts mehr zu befürchten.«

Doch seine Worte verwehten im Wind. Für Selbsttäuschung war kein Platz mehr.

»Der König vom Ysen fordert Euren Teil der Abmachung ein.« Fernd lächelte traurig. »Werdet Ihr Euch tatsächlich daran halten?«

»Du bist das Ebenbild«, antwortete der Schwarze Prinz, »und weißt genau, dass ich mich nicht daran halten kann. Solange du am Leben bist, habe ich den Auftrag, dich zu jagen und ins Verbotene Land zu bringen.«

»Das heißt, Ihr brecht Euer Versprechen?«

»Die Krieger vom Ysen können ziehen, wohin sie wollen. Der Rest bleibt hier.«

Kait fuhr zusammen, als er diese Worte hörte, aber Gorgor fragte höhnisch: »Also seid Ihr kein Ehrenmann, wie mancher hier glaubt?«

»Von Ehre reden nur kleine Geister. Und Verräter.«

»Ich bin kein Verräter«, sagte Kait überrascht. »Ihr habt mir ein Versprechen gegeben!«

»Das habe ich nicht.« Der Schwarze Prinz trat einen Schritt näher, kalt und gleichgültig wie der Tod. »Das war ein Gifalk – und wie der junge Mann richtig bemerkt hat, haben die ein anderes Verhältnis zur Wahrheit. Hättest du mich selbst gefragt – ich wäre auf dein Angebot nie eingegangen.« Aus der Stimme sprach kalter Hohn.

»Das – das ist nicht richtig!«, stotterte Kait. »Ich habe mich mit Schimpf und Schande besudelt, um das Leben der Nordländer zu retten …«

»Und dich dabei selbst belogen«, unterbrach ihn der Schwarze Prinz gehässig. »Nicht Verantwortungsgefühl für deine Männer, sondern Eigensucht hat dich dazu verleitet. Du hast deine Mitstreiter betrogen. Für so etwas gibt es keinen Lohn.«

»Ich will ja auch keinen Lohn«, geiferte Kait außer sich und trat drohend an den Schwarzen Prinzen heran. »Ich will die Nordländer nach Hause führen! Ich will ...«

Der Zorn riss ihn mit, und er zog sein Schwert, erstarrte aber mitten in der Bewegung, als hätte er einen Schlag bekommen. Er würgte wie von unsichtbarer Hand gepackt, und seine Augen traten vor. Das Schwert entfiel seiner Hand. Mühsam wandte er den Blick zu Fernd und Gorgor, die nur drei Meter entfernt standen, ohne ihm helfen zu können, und in diesem Blick lag eine letzte Botschaft, nachdem Kait seinen Fehler erkannt hatte: die Bitte um Vergebung.

Aber Fernd hatte ihm schon vergeben.

Lautlos stürzte der König vom Ysen zu Boden und blieb tot zu Füßen seines Gegners liegen.

»Der Lohn eines Verräters«, sagte der Schwarze Prinz. »Ich vermute, diese Tat war auch in eurem Sinn.«

»Das war sie nicht.« Fernd spürte, wie eine Veränderung mit ihm vorging. Ob sie mit der Ausbildung beim Silbergreis zusammenhing? »Erwartet keinen Dank – der eigentliche Verräter seid Ihr.«

»Das entscheide, wer will«, erwiderte der Schwarze Prinz ungerührt. »Versteck dich nur weiter im Wald, kleiner Mann. Bald werden die Erften an der Spitze von Sklava Mhor erstrahlen. Spätestens dann ist dieser Unterschlupf Vergangenheit.«

»Da täuscht Ihr Euch.« Fernd hatte den Eindruck, seine Füße seien wie ein Baum mit dem Boden verwachsen. »Sklava Mhor wird nie vollendet werden, denn Euer Raub ist unvollständig. Wenn Ihr den Beutel öffnet, werdet Ihr zwei Erften und den Ring der Wahrheit darin finden, aber nicht den Großerft. Ich habe die beiden ausgetauscht.«

Zum ersten Mal stellte Fernd so etwas wie Überraschung

bei seinem Gegner fest. Die Augen unterm Helm funkelten tückisch, und er machte einen Schritt auf ihn zu. Dann hatte er sich wieder in der Gewalt.

»Dann wirst du mir den letzten Erft auch noch geben.«

»Nein, etwas ganz anderes wird geschehen.«

»Und was?«, fragte der Schwarze Prinz lauernd.

»Ich werde Euch zwingen, mir zu folgen. Ich bin das Ebenbild Eures Herrn. Er wird Euch auf meine Fährte setzen, ob Ihr wollt oder nicht. Und daran werdet Ihr zugrunde gehen.«

»Was hast du vor?« Der Schwarze Prinz streckte seinen Zeigefinger aus. Seine Maske bröckelte zusehends.

»Folgt meiner Fährte, dann werdet Ihr es herausfinden«, sagte Fernd kalt. »Euch bleibt nichts anderes übrig.«

Er ließ seinen Gegner stehen und ging zum Roten Turm zurück. Gorgor folgte ihm, nachdem er sich von seiner Verblüffung erholt hatte.

»Langsam bekomme ich Angst vor dir, junger Mann. Was wird der Schwarze Prinz jetzt tun?«

»Was ihm der SOG befiehlt.« Gorgor hatte Fernd noch nie so finster entschlossen erlebt. »Und der ist mein Bruder.«

☆☆☆

An Siljans Turm waren die Nordländer inzwischen aufgewacht. »Was ist passiert?«, empfing sie König Gebork. »Wir wollten schon nach euch suchen lassen. Wo ist Kait?«

»Tot«, knurrte Gorgor.

»Ruft die anderen zusammen«, sagte Fernd.

Es war eine traurige Gesellschaft, die sich wenige Minuten später am erloschenen Feuer einfand. Außer Fernd, Gorgor und Gebork war nur noch König Gerrit von Algabal übrig geblieben, sowie Orch, der Targi. Hinzu kam noch Reika.

»Kait hat zwei der drei Erften gestohlen, weil er mit dem

Schwarzen Prinzen über unseren freien Abzug verhandeln wollte«, begann Gorgor. »Das hat ihn das Leben gekostet.« Der Waldläufer berichtete seinen überraschten Zuhörern von Kaits Tat und seinem traurigen Ende.

»Er war immer ein Quertreiber.« Gebork schüttelte fassungslos den Kopf. »Aber das hätte ich nicht von ihm gedacht.«

»Wir haben Glück im Unglück.« Fernd senkte die Stimme. »Ohne den dritten Erft kann der Schwarze Prinz nicht viel ausrichten. Uns bleibt noch eine Chance.«

Er sah in die Runde und sprach leise und bedächtig: »Ihr hattet Hatib versprochen, Euch in der Stunde der Not meinem Willen zu fügen. Wer mir traut, soll seinen Eid jetzt erneuern.«

»Ich traue dir weiterhin«, sagte der Truchtin fest. »Schon wegen Hatib.«

»Es gibt sowieso keinen anderen Ausweg«, brummte Gorgor.

»Ich schließe mich an.« Gerrit reichte Fernd die Hand. »Schon weil Kait so schändlich gehandelt hat.«

»Desgleichen«, brummte Orch, doch es gab kaum noch Targi, für die er sprechen konnte.

»Gut«, sagte Fernd. »Wie viele Vorräte haben wir noch?«

»Für sechs Tage«, sagte der Truchtin.

»Das müsste reichen.«

☆☆☆

Eine Stunde später brachen die Nordländer das Lager ab, ohne zu wissen, wohin die Reise gehen sollte. Über Fernds wenige Andeutungen hatten die Anführer strengstes Stillschweigen vereinbart. Doch sie fügten sich seinem Willen, und auch die Waldläufer stellten keine Fragen. Am unglücklichsten waren die Krieger vom Ysen. Sie schämten sich für ihren König und trauerten trotzdem um ihn als tapferen Krieger.

Fernd erwartete den Abmarsch in der Kammer unter der Turmspitze. Er hatte den Kopf in Reikas Schoß gelegt, und sie kraulte ihn nachdenklich. Das Mädchen würde mit sechzig Nordländern bei den Verwundeten bleiben.

»Und du willst sie jetzt wirklich anführen?«, fragte sie. »Gibt es keinen anderen Weg?«

»Ich glaube nicht. Wenn wenigstens Hatib bei Bewusstsein wäre! Aber es ist einfach niemand mehr da.«

»Irgendwann werden die Zeiten anders«, sagte Reika tröstend. »Vielleicht schon bald.«

Aber Fernd hörte sie nicht mehr. Er war vor Erschöpfung eingeschlafen und atmete in regelmäßigen Zügen.

»Ich will nicht, dass du gehst«, flüsterte Reika, und ihre Augen füllten sich mit Tränen, als sie auf ihren Liebsten schaute.

Von draußen kamen Geräusche ins Zimmer. Die Schwerverwundeten wurden in die unteren Räume des Roten Turms geschafft. Sie hatten vor ihrem Schicksal nicht weniger Angst als die Gesunden, denn es hatte sich herumgesprochen, dass die einst unverletzlichen Tore brüchig wurden.

›Fernd ist so anders geworden‹, dachte Reika. Seit dem Aufenthalt beim Silbergreis hatte er etwas, das sie nicht verstehen konnte und das sie voneinander trennte. Reika hatte darunter gelitten, ohne es sich einzugestehen, und Fernd vermutlich auch. Jetzt aber fiel ein Lichtstrahl auf sein männlich gewordenes Gesicht, und das Mädchen beruhigte sich: Am Ende würden sie zusammenfinden.

☆☆☆

Hatib lag in tiefer Bewusstlosigkeit. Die Wunde war sauber verbunden, die Blutung gestillt. Der Heilkundige war die ganze Nacht nicht von seiner Seite gewichen und sah müde und grau aus.

»Wie geht es ihm?«, fragte Fernd.

»Kaum besser«, erwiderte der Nordländer. »Ich kann noch immer nicht sagen, ob er überleben wird.«

Fernd setzte sich neben seinen Bruder und legte ihm die Hand auf die Stirn. Sie war heiß. Hatib stöhnte und murmelte etwas, aber er war zu sehr in seinen dunklen Träumen gefangen, als dass man ihn hätte verstehen können.

»Ich glaube, seine Seele ist am meisten verwundet«, meinte Fernd nachdenklich. »Er weiß, dass wir von Anfang an keine Chance hatten.«

Eine Zeit lang hielt er Hatibs schweißnasse Hand. »Du wirst dich auf mich verlassen können«, murmelte er. »Aber du darfst nicht sterben. Du bist doch mein Bruder.«

Dann verließ er die Kammer. Vor dem Turm fand er den Truchtin am Grab des Alten Niemand. Er schien in Gedanken versunken gewesen zu sein. Nun schaute er auf und lächelte.

»Hier liegt er also«, sagte er. »Das war mir bis jetzt noch gar nicht aufgefallen.«

»Wir haben ihn noch in der Brandnacht begraben.« Fernd setzte sich zu ihm. »Hatib, Bolgan und ich.«

»Ich habe deinen Großvater gut gekannt, denn er hielt immer losen Kontakt zum Königreich von Barku. Habe ich dir schon erzählt, dass er versucht hat, uns vor dem Schwarzen Prinzen zu warnen – über ein Jahr, bevor Hatib zu mir kam?«

»Nein«, antwortete Fernd. »Das habe ich nicht gewusst.«

Ein Schatten fiel auf sie. Gorgor war gekommen.

»Die Männer stehen bereit, Fernd. Außerdem haben die Kundschafter gemeldet, dass der Schwarze Prinz seine Truppen mobilisiert – er scheint die Zusammenhänge zu ahnen.

Aber im Norden klafft noch eine Lücke, wo wir durchkommen können.«

Der Truchtin erhob sich. »Sehen wir zu, dass wir ihn uns vom Leib halten.«

»Das wird das Schwierigste«, sagte Gorgor ernst. »Wir können zwar durch seine Linien brechen, aber er wird uns folgen. Und die Wölfe sind ausgeruhter als wir.«

»Abwarten.«

☆☆☆

Es dunkelte bereits, und die Ebene vor dem Waldbühl verschwand im Zwielicht. Noch war nichts von den Truppen des Schwarzen Prinzen zu sehen.

»Entweder sie verstecken sich«, sagte der Truchtin, der neben Fernd und Gorgor in die hereinbrechende Dunkelheit spähte, »oder sie sind noch nicht hier. Vielleicht sind sie langsamer als befürchtet.«

»Sie sind hier, Truchtin«, erwiderte Gorgor. »Wie das Gras, das vor unseren Augen wächst. Wir sehen sie bloß nicht.«

»Glaubst du, sie ahnen etwas?«

»Ich weiß nicht.« Gorgor starrte in die Nacht. »Ich spüre die Nähe der Wölfe. Sie sind nicht weit.«

Der Mond war aufgegangen, und bleiches Licht flutete übers Grasland. Ein ungewöhnlich kalter Wind wehte, und Fernd fröstelte. »Bewegt sich da nicht etwas?«

»Das sind Posten.« Gorgor bewies wieder einmal, dass er die schärfsten Augen hatte. »Ein paar Dutzend, würde ich sagen.«

»Werden sie versuchen, uns aufzuhalten?«

»Ich glaube nicht. Seht! Sie haben uns bemerkt und weichen nach Osten aus.«

Pferdegetrappel war zu vernehmen, und Schatten huschten

über die Ebene. »Da kommt etwas von rechts«, sagte Gerrit plötzlich. »Ungefähr eine Meile nach Osten.«

Gorgor erstarrte. »Das sind Wölfe. Viele. Sie schließen die Lücke.«

»Dann los!«, befahl der Truchtin. »Zu verlieren haben wir nichts.«

Er gab den Nordländern ein Zeichen, und die dreizehntausend Überlebenden der Schlacht am Hexentanzplatz traten aus dem Wald. Kein Lärm war zu hören, kein Kriegsgeschrei. Die Nordländer wussten, dass Heimlichkeit ihr bester Schutz war.

»Das wird knapp«, sagte Gerrit nach wenigen Minuten Marsch. »Schaut! Sie versuchen uns den Weg abzuschneiden.«

Zur Rechten wurde die Nacht noch schwärzer. Sie befanden sich auf gleicher Höhe mit den Wölfen, die ihr Kriegsgeschrei anstimmten. Schon wollten sie sich zum Kampf stellen, da rief Gorgor, der die Lage endlich übersah: »Beachtet sie nicht! Weiter!«

Er spornte sein Pferd und trabte los. Graufell folgte ihm. »Sie sind zu wenige«, sagte er. »Nur ein paar hundert Mann, um uns hinzuhalten, bis der Schwarze Prinz mit dem Rest eintrifft.«

Er sollte Recht behalten. Die scheinbar unmittelbar bevorstehende Attacke fand nicht statt. Die Wölfe waren zahlenmäßig zu schwach, um den Nordländern ernsthaft schaden zu können. Nach kurzer Zeit brachen sie den Scheinangriff ab und verschwanden so plötzlich, wie sie gekommen waren.

»Der Schwarze Prinz hat etwas geahnt«, brummte Gorgor. »Aber er war nicht schnell genug.«

»Er wird alles daransetzen, seinen Fehler wieder gutzumachen«, erwiderte der Truchtin. »Auf geht's!«

12

Der Anschlag

»Sag ihnen, wir versuchen in die Nördlichen Königreiche zu entkommen«, log Fernd. »Vielleicht gibt der Schwarze Prinz die Jagd irgendwann auf und …«

»Das glaube ich dir nicht.«

Fernd musterte den Nordländer. In seinen vorspringenden Augen lag etwas, das ihn warnte.

Dieser Quastan kam ihm bekannt vor.

Bald verklang das Geheul der Wölfe in der Ferne. Die Straße dröhnte unter den schweren Schuhen der Nordländer. Trotz aller Schrecken hatte die Rast ihnen gut getan. Wacker schritten sie aus, und der Gedanke, bald die Heimat zu sehen, gab ihnen zusätzliche Kraft. Allerdings wusste jeder, dass die Vorräte begrenzt waren, und die Wölfe waren zu dicht hinter ihnen, um in der Umgegend nach Essbarem zu suchen. Gegen Mittag senkten sich die Lande nach Osten zum Falun, der sich durch ein Muldental schlängelte. Eine Brücke führte über den Fluss.

»Eine gute Gelegenheit, die Wölfe aufzuhalten«, sagte Gorgor zu König Gebork. »Lasst mir dreihundert Reiter, Truchtin. Wenn Ihr die Brücke überquert habt, reißen wir sie ein. Dann sollen die Wölfe sehen, wie sie ans andere Ufer kommen.«

Gebork war skeptisch. »Die finden rasch eine Furt.«

»Solange wir das Ostufer besetzt halten, werden sie sich schwer tun. Dann folgen wir Euren Spuren und schließen wieder auf.«

»Viel Zeit gewinnen wir dadurch nicht, vielleicht ein paar Stunden …«

»… die unser Überleben sichern können.«

»Also gut.« Der Truchtin nickte, und Gorgor gab seinem Pferd die Sporen.

Die Landschaft nordöstlich des Falun ist ein flaches, fruchtbares Hügelland. Einst war es dicht besiedelt, nun aber standen die meisten Bauernhäuser leer. Die Bewohner waren geflohen oder ins Verbotene Land verschleppt worden.

Erst bei Einbruch der Dunkelheit machten die Nordländer auf Geheiß ihrer Anführer Halt und sanken erschöpft zu Boden. Siebzehn Stunden waren sie ununterbrochen marschiert. In der Mitte des Heerlagers saß Fernd an einem kleinen Feuer, kaute an einem Stück Brot und blickte ins Leere. Vom langen Ritt tat ihm der Hintern weh, und seine Schenkel waren wund. Aber das Schlimmste war die Verantwortung. Er hatte gelitten mit jedem müden und verzweifelten Gesicht, und sein Ebenbild bedrängte ihn mit der immer gleichen Frage: ›Was hast du vor?‹

»Du solltest ein wenig schlafen.«

Fernd hob den Kopf; Gorgor stand vor ihm.

»Du hast uns ja schnell eingeholt. Ist alles gut gegangen?«

»Es hat keine halbe Stunde gedauert, die Brücke einzureißen. Du hättest die dummen Gesichter der Wölfe sehen sollen!« Gorgor lachte leise, wurde aber gleich wieder ernst. »Sie sind zäh – und zahlreich. Doch heute Nacht haben wir Ruhe vor ihnen.«

»Aber morgen beginnt das Rennen von neuem.«

»Mehr als unser Möglichstes können wir nicht tun.« Gorgor setzte sich ans Feuer und sah zum Himmel. »Es wird Regen geben«, brummte er. Fernd streckte sich auf dem taufeuchten Boden aus und blickte zu den schweren Wolken hoch. Einmal mehr dachte er daran, wie der Schwarze Prinz Hatib das Messer in den Körper gerammt hatte. Sein schmerzverzerrtes Gesicht …

»Ich wollte doch nicht daran denken.« Wütend warf er sich auf die Seite und versuchte zu schlafen. Es gelang ihm erst nach einiger Zeit, und böse Träume quälten ihn, bis das Morgengrauen ihn erlöste.

☆☆☆

Es hatte tatsächlich zu regnen begonnen. Missmutig wickelte Fernd sich aus seiner Decke. Der Anblick der grauen Gesichter der Nordländer tat ihm weh. Gorgor war schon auf und mahnte zur Eile.

»Sind die Wölfe denn so nah?«

»Gerade sind unsere Reiter zurückgekommen. Der Schwarze Prinz hat anscheinend die ganze Nacht keine Ruhe gegeben und seine Männer trotz hoher Verluste durch den Fluss gehetzt. Gegen Morgen mussten die Unsrigen das Ostufer räumen. In vier Stunden wird der Schwarze Prinz hier sein.«

»Er hetzt die Wölfe«, sagte der Truchtin. »Er lässt sie nicht schlafen.«

»Und das wird er nicht durchhalten. Irgendwann muss er ihnen eine Pause gönnen, und dann vergrößert sich unser Vorsprung wieder. Also los.«

Nach einer Stunde führte die Straße in einem sanften Knick nach links, und Fernd gab Order, sie zu verlassen, um Zeit zu sparen. Der Regen wurde stärker. Müde marschierten die Nordländer durch die Heide, mit nassem Haar, tropfenden Bärten und aufgeweichten Schuhen. Das Heer war langsamer geworden. Der Gedanke an die Niederlage drückte die Männer ebenso, wie die Angst vor dem Schwarzen Prinzen sie vorwärts trieb.

»Du bist Fernd, nicht wahr?«, ertönte eine Stimme neben ihm, und der Angeredete zuckte zusammen.

Geborк war gerade zur Nachhut geritten und hatte ihn an der Spitze des Zuges allein gelassen. Jetzt marschierte ein Nordländer neben ihm.

»Hast du das nicht gewusst?«

»Nur vom Hörensagen.« Ein Lächeln zog über das Gesicht seines Gesprächspartners. Er mochte gut sechzig Jahre zählen, und seine Haut war verwittert und ledern.

»Mein Name ist Quastan.«

Fernd antwortete nicht.

»Du führst uns jetzt an, nicht?« Quastan grinste schief. »Es heißt, der Truchtin hat dir die Befehlsgewalt übertragen.«

»Das stimmt nicht.« Langsam wurde ihm dieser Nordländer unheimlich. »König Gebork hat nur meinen Rat angenommen.«

»Welchen denn?«

»Dass wir versuchen sollen, in die Nördlichen Königreiche zu entkommen«, log Fernd. »Vielleicht gibt der Schwarze Prinz die Jagd irgendwann auf und …«

»Das glaube ich dir nicht.«

Fernd musterte den Nordländer. In seinen vorspringenden Augen lag etwas, das ihn warnte. Dieser Quastan kam ihm bekannt vor. Sein Gesicht hatte er zwar nie gesehen, doch der Name hatte einen vertrauten Klang. Er weckte ungute Erinnerungen.

»So ist es aber«, sagte er entschlossen. Seine Hand tastete unauffällig nach dem Dolch.

»Aber auf der Straße wären wir doch schneller vorangekommen.« Mit einem Mal sah Quastan wieder wie ein harmloser alter Nordländer aus. »Die haben wir ja auch auf dem Hinweg benutzt. Wohin führst du uns, junger Mann?«

»Nach Norden«, beharrte Fernd unwillig. »Die Straße macht zu viele Bögen durchs Faluntal – der Schwarze Prinz könnte uns den Weg abschneiden.«

»Das kann er sowieso.«

Langsam wurde Fernd wütend. »Willst du vielleicht für mich die Nordländer anführen?«

Jetzt lächelte Quastan und lenkte ein. »Sei mir nicht böse. Ich wollte dich nicht kränken, aber meine Kameraden haben eben Angst vor den Wölfen.«

»Sag ihnen, dass wir auf direktem Weg in ihre Heimat sind«, antwortete Fernd knapp. »Das beruhigt sie vielleicht.«

Aber Quastan hatte sich schon abgewandt und war zum Hauptfeld des Heeres zurückgekehrt. Fernd sah ihm nach, wie er zwischen den Marschierenden verschwand.

›Seltsamer Kauz.‹ Er spürte, wie seine Beklommenheit nachließ. ›Die Nordländer sind doch sonst nicht so aufdringlich.‹

Quastan hatte ihm nicht geglaubt – so viel war sicher. Fernd konnte es ihm nicht verdenken. Jedermann fragte sich, wohin die Reise ging, und die meisten hatten alle Hoffnung verloren, dass jemand imstande wäre, sie aus dem Schlamassel zu führen.

›Der wollte etwas ganz Bestimmtes von mir wissen …‹

Dann fiel es ihm wie Schuppen von den Augen: »Willst du vielleicht für mich die Nordländer anführen?« – diesen Satz hätte er nicht sagen dürfen! Jetzt begriff er, wie geschickt sich der Alte diese Information erschlichen hatte.

›Ich muss mit Gorgor reden.‹

Gegen Abend besserte sich das Wetter etwas. Die Kundschafter meldeten, die Wölfe seien nach Überquerung des Falun noch ungefähr fünfzehn Meilen marschiert und hätten dann ihr Lager aufgeschlagen.

»Sie werden kaum Zeit zum Schlafen haben«, unkte Gorgor.

»Immerhin sind wir für heute aus ihrer Reichweite«, erwiderte der Truchtin. »Unsere Männer haben eine Rast verdient.«

»Gibt es unter Euren Soldaten eigentlich jemanden, der Quastan heißt?«, fragte Fernd.

»Nicht dass ich wüsste. Warum?«

»Ich bin von einem Nordländer dieses Namens ausgefragt worden. Und ich hatte ein komisches Gefühl dabei.« Fernd erzählte von der Begegnung am Nachmittag.

»Seltsam«, meinte Gebork schließlich. »Kein Nordländer ist so aufdringlich.«

»Auch von meinen Kriegern heißt sicher keiner Quastan«, versetzte König Gerrit. »Unter Kaits Männern gibt es diesen Namen bestimmt auch nicht.«

»Prüfen wir nach, um wen es sich handelt«, sagte Gorgor grimmig und stand auf.

Nach einer halben Stunde kam er zurück. »Ich habe überall nachgefragt. Unter den Nordländern gibt es nur zwei, die Quastan heißen – beides junge Männer. Der Alte hat also mit falschen Karten gespielt.«

»Noch ein Verrat in unseren Reihen?«, fragte der Truchtin erschrocken.

»Wir müssen es annehmen. Entweder hat sich ein Nordländer unter falschem Namen an Fernd herangemacht – oder unter uns marschieren Leute, die keine Nordländer sind. Morgen soll Fernd sich einmal dort umsehen. Vielleicht erkennt er diesen Quastan wieder.«

»Ich glaube nicht, dass er noch bei uns ist«, sagte Fernd. »Er hat gemerkt, dass ich misstrauisch wurde. Vermutlich hat er einen günstigen Moment genutzt, um sich davonzumachen.«

»Abwarten.« Gorgor wurde immer besorgter. »Er hat sein erstes Ziel erreicht und herausgefunden, dass du tatsächlich die Nordländer anführst. Vielleicht bekommt er jetzt einen zweiten Auftrag, den er nur im Schutz der Dunkelheit ausführen kann.«

☆☆☆

Es war schon lange nach Mitternacht, aber Fernd lag noch immer wach. Die Wolken waren ein wenig aufgerissen, und von Zeit zu Zeit schien der Mond. Er stand im letzten Viertel.

Ob er auch jenseits der Ostmauer zu sehen war? Vielleicht schaute sein Ebenbild in diesem Moment zu ihm hoch …

Er hörte ein leises Scharren in der Nähe und wusste, dass es so weit war. Fernd hatte lang genug die Lande durchstreift, um unterscheiden zu können, ob er in Gefahr war oder nicht. Also rührte er kein Glied und atmete tief und regelmäßig. Gorgor lag ein paar Meter abseits und schnarchte, als wollte er einen Wald zersägen.

Wieder ein Geräusch. Es kam von rechts und klang, als habe jemand mit dem Handballen einen Zweig am Boden zerdrückt.

›Da schleicht sich einer an.‹ Eine leichte Erschütterung sagte Fernd, dass der Meuchler sich in unmittelbarer Nähe befinden musste, und seine Hand tastete nach dem Dolch. Doch da sprangen ein paar Gestalten vom Boden auf, und ein unterdrückter Schrei ertönte. Dann hatten die Waldläufer den Eindringling niedergerungen.

»Na endlich«, sagte Gorgor und erhob sich. »Ich dachte schon, er würde bis zum Morgen warten.«

Die Waldläufer entzündeten eine Fackel und schleiften den Gefangenen herbei. »Er hat ein Messer.«

»Das ist nicht schön von ihm.«

Der Gefangene war tatsächlich Quastan. Die Waldläufer hatten ihm einen Schlag auf den Kopf verpasst, und er blutete hinterm rechten Ohr. Erst noch benommen, begriff er die Lage bald.

»Wenn ihr mir etwas tut, wird es euch schlecht ergehen«, drohte Quastan mit wutverzerrtem Gesicht. An seinem Hüftgürtel hing ein Dolch, der im Fackelschein eigenartig funkelte.

Gorgor sah ihn, bückte sich und nahm die Waffe vorsichtig in die Hand. »Er ist in Gift getaucht«, stellte er fest. »Du wolltest ganz sichergehen, nicht?«

»Der Schwarze Prinz wird mich furchtbar rächen!«

»Das bezweifle ich.« Der Waldläufer hielt Quastan den Dolch unter die Nase. »Schlangengift, nicht wahr? Ich kenne den Geruch. Es reicht, einen Menschen nur damit zu ritzen. Der Tod ist langsam und qualvoll.«

Die Dolchspitze berührte Quastans Wange. »Warum jetzt? Du hättest es früher tun können.«

Die Augen des ehemaligen Getreidehändlers wurden milchig vor Angst, doch er schwieg hartnäckig.

»Warum jetzt?!« Der Waldläufer erhöhte den Druck des Messers auf die Haut, und Quastan zuckte zurück.

»Lass das! Ich – ich kann nichts dafür. Der Schwarze Prinz hat mich dazu gezwungen. Ich bin doch einer von euch.«

»Du bist kein Nordländer.« Der Truchtin war hinzugetreten. »Woher kommst du?«

»Vom – vom Ysen.«

»Lüg nicht!«

Quastan gab auf. »Aus Araukaria«, sagte er. »Früher war ich reich …«

»… und jetzt bist du arm. Und ein Verräter dazu.«

»Er hat gesagt, er gibt mir meinen Besitz zurück, wenn ich ihm helfe. Früher war ich reich …«

Fernd begriff: Vor ihm stand niemand anderes als Quastan, der ehemals reichste Mann Araukarias, der Hatib und dem Alten Niemand in der Ratsversammlung so zugesetzt hatte. Letztlich hatte er aufs falsche Pferd gesetzt und war vor Geldgier fast wahnsinnig geworden. Tiefer konnte er nicht mehr sinken.

»Ich bin euch vorausgeritten, habe mein Pferd versteckt und mich gestern Nacht unter die Nordländer gemischt. Ich sollte herausfinden, ob ihr euch tatsächlich von dem Jungen führen lasst.«

»Und als du das erkundet hattest?«

»Hab ich's dem Schwarzen Prinzen gesagt.«

»Wie denn?«

Quastan kicherte irr. »Er ist mitten unter euch.«

Die Waldläufer tauschten viel sagende Blicke. Gorgor fragte: »Und dann gab er dir den Auftrag, Fernd zu töten?«

»Ja.«

»Bist du allein?«

»Ja.«

»Das glaube ich dir nicht.«

»Ist aber so«, sagte Quastan hastig. Seine Augen flackerten.

›Der hat was vor‹, begriff Fernd.

»Ich bin wirklich ganz allein«, wiederholte Quastan. »Nur ich, nur ich …«

Plötzlich machte er einen Satz vorwärts, wand sich aus dem Griff der Waldläufer und versuchte, an den Dolch zu kommen.

»Das gilt dir!«, rief Gorgor Fernd zu. »Zurück!« Der Wahnsinn verlieh Quastan Kraft. Wütend rang er mit dem hünenhaften Waldläufer, doch dann stieß er einen Schrei aus und sackte zusammen.

»Genickbruch«, stellte der Truchtin nüchtern fest.

»Er hätte mich mit dem Dolch verletzen können.« Gorgor atmete tief durch. »Und er hat es nicht verdient, den besten und schönsten aller Waldläufer umzubringen.«

Gebork musste wider Willen lächeln, wurde aber gleich wieder ernst. »Was meint ihr? Gibt's hier noch mehr von der Sorte?«

»Wir dürfen nichts riskieren.« Gorgor wandte sich an seine vier Kameraden. »Begrabt ihn an einer Stelle, wo man ihn nicht so schnell findet. Der Schwarze Prinz braucht nicht gleich zu wissen, dass sein Plan fehlgeschlagen ist. Und von jetzt an bewacht ihr Fernd Tag und Nacht.«

Es begann wieder zu regnen.

13

»Tanzt! Tanzt! Tanzt!«

Die Nordländer hatten sich erhoben und formierten sich, als marschierte das Heer des Schwarzen Prinzen unsichtbar hinter ihm. Die letzten Schwerter blitzten in der Morgensonne; die Männer würden kurzen Prozess machen.

Der Niedergang kam fast unmerklich. Von Tag zu Tag langsamer stapften die Nordländer durch den erbarmungslosen Regen, und der Schwarze Prinz kam unaufhaltsam näher. Seit dem Anschlag hatte er das Tempo der Wölfe noch erhöht und einmal in einem nächtlichen Gewaltmarsch beinahe ihr Lager erreicht. Gerade noch rechtzeitig hatten die Nordländer die anrückenden Feinde bemerkt, waren fluchtartig aufgebrochen und hatten nach verzweifelten sechzehn Stunden wieder acht Meilen Vorsprung gewonnen. Acht lächerliche Meilen.

»Die Energie der Wölfe ist auch nicht unerschöpflich«, sagte Gorgor immer wieder. »Ohne Schlaf werden sie nicht mehr lange durchhalten.«

»Wir aber auch nicht«, erwiderte der Truchtin dann.

Am sechsten Tag nach ihrem Ausbruch aus dem Waldbühl gingen die Vorräte zur Neige, was den Verfall beschleunigte. Die Reiter waren pausenlos im Einsatz, um rasche Vorstöße von Truppen abzuwehren, die sich vom Wolfsheer gelöst hatten, um sie in zeitraubende Kämpfe zu verwickeln. Die überanstrengten Pferde starben mittlerweile zuhauf. Auch mancher Nordländer stolperte und stand nicht mehr auf. Vielleicht zog ihn ein Kamerad noch eine Zeit lang mit, dann blieben sie entweder zusammen liegen oder nahmen tränenreich Abschied. Die fehlende Hoffnung schien ihnen das Mark aus den Knochen zu saugen. Ihre Reise ging ins Nichts, angeführt wurden sie von einem Jungen, der vom Krieg anscheinend keinen Schimmer hatte.

Nur die Waldläufer marschierten noch immer wacker. Trotz ihrer gewaltigen Verluste war ihr Mut ungebrochen.

Am Mittag des achten Tages packte der Truchtin Fernd am Arm. »Schau! Was ist das?« Er deutete nach vorn.

Durch die Regenschwaden waren Hügel zu sehen, stumpfe Kuppen, deren saftiges Grün sogar auf diese Entfernung zu ihnen herüberleuchtete.

»Das ist das Land der Tanzenden Berge.« Fernds Gesicht war eingefallen, und seine dunklen Augen waren trüb und fiebrig. Die Fragen des SOGS zermarterten ihn von Tag zu Tag mehr. »Es gehörte meinem Großvater.« Er senkte den Blick. »Seit seinem Tod ist es herrenlos. Niemand wohnt mehr dort.«

»Warum nicht?«

»Es ist ein wenig unheimlich. Die Berge tun nicht immer, was man von ihnen erwartet.« Fernd begann zu zittern.

»Was hast du?«, fragte Gebork besorgt. »Ist dir nicht gut?«

»Es geht schon. Das ist nur … die Übermüdung.«

Zwei Stunden später erreichten sie die Hügel. Erinnerungen stiegen in Fernd auf. Hatib hatte ihn mal hierher mitgenommen. Der Großvater hatte sich gefreut wie ein Kind, als er seine beiden Ziehenkel über die Hügel kommen sah, und sie mit allem bewirtet, was er besaß. Dann war Fernd krank geworden und hatte einige Tage das Bett hüten müssen. Als es ihm besser ging, hatten sie sich wieder auf den Heimweg gemacht.

»Besucht mich bald wieder«, hatte der Alte Niemand zum

Abschied gesagt. »Mir fällt die Reise nach Araukaria nämlich von Mal zu Mal schwerer.«

Hatte er damals schon gewusst, dass seine Zeit zu Ende ging? Diese Frage ließ Fernd nicht los. Wann war die Entscheidung gefallen, ihn zum Erben zu machen?

Bei Einbruch der Dunkelheit sagte der Truchtin: »Wir sollten Rast machen. Die Männer können nicht mehr.«

Fernd wäre lieber noch einige Meilen marschiert, um das Land der Tanzenden Berge am nächsten Tag hinter sich zu lassen, doch der Truchtin hatte Recht: Die Nordländer waren am Ende ihrer Kräfte.

»Na gut. Hoffentlich versuchen die Wölfe nicht gerade heute Nacht, uns einzuholen.«

»Wir haben keine Wahl. Schau dir die Männer an.«

Die meisten Nordländer fielen vor Erschöpfung einfach zu Boden und schliefen sofort ein. Viele fieberten infolge der Kälte und Nässe. Am schlimmsten war es morgens beim Aufbruch. Allein gestern waren fast dreißig liegen geblieben.

»Morgen Abend sind wir vielleicht schon am Druin«, murmelte Fernd geistesabwesend.

☆☆☆

Der Druin ist ein kleiner Zufluss des Falun. An seinem schmalen Ufer enden die Hügel so abrupt wie mit der Schere abgeschnitten. Dahinter beginnt eine Ebene, die sich bis in die Nördlichen Königreiche erstreckt. Das Wasser des Flusses ist warm, denn er wird aus Vulkanquellen gespeist, in denen die alten Kräfte des Landes beheimatet sind. Deshalb sagt man ihm eine heilende Wirkung nach.

Im Gegensatz zu den wolkenverhangenen Hügeln regnete es am Druin nicht. Im Wasser spiegelte sich die untergehende Sonne.

Fernd rief Gorgor zu sich.

»Wir sollten ein paar Kundschafter ausschicken. Vielleicht wollen unsere Verfolger uns heute Nacht einholen.«

Der Waldläufer wirkte nicht gerade begeistert. »Die meisten von uns können sich vor Müdigkeit kaum noch auf den Beinen halten. Was gibt es denn noch auszukundschaften?«

»Die Wölfe sind nur ein paar Meilen südlich und können uns in wenigen Stunden erreichen. Ich glaube, heute Nacht versuchen sie es.«

Der Hüne seufzte. »Gut, ich werde ein paar Freiwillige auftreiben und sie mit unseren letzten Pferden losschicken.«

»Wie viele haben wir denn noch?«

»Fünfzig. Aber nur noch dreizehn können einen Reiter tragen.«

Fernd erkannte, dass selbst für den Waldläufer das Maß des Leides voll war, wandte sich ab und schwieg.

☆☆☆

Sein Schlaf war unruhig. Traumfetzen tauchten auf, tanzten in wildem Reigen umher und vereinigten sich zu grotesken Bildern. Ein Reiter erschien erhobenen Hauptes auf einer schwarzen Wolke, fragte: »Was hast du vor?«, drohte mit dem Schwert und setzte hinzu: »Du bist mein Bruder.«

»Nein«, murmelte Fernd.

Die Wolke ballte sich zu schwarzem Rauch, der das Tageslicht löschte. »Was hast du vor? Es ist deine Schuld!«, rief eine Stimme, und eine schwarze Hand griff nach der kraftlosen Sonne und zerrte an ihr herum, bis sie zerbrach und zu Boden stürzte. Die Erde schwankte und bebte unter ihrem Aufprall.

»Junge, wach auf«, sagte eine Stimme. Gorgor stand über ihm.

»Was ist?«

»Sie kommen.«

Während er sich hastig bereitmachte, erfuhr Fernd die ganze Geschichte. Die Wölfe waren vor zwei Stunden aufgebrochen, doch fast alle, die Gorgor auf Kundschaft geschickt hatte, waren auf ihrem Posten eingeschlafen und überrollt worden. Ein Einziger war entkommen und hatte Meldung machen können.

Fernd biss sich auf die Lippen.

›Das alles ist deine Schuld …‹ – er hatte kaum noch Kraft, diesen Gedanken beiseite zu schieben, bestieg aber Graufell und sagte: »Bis zum Druin sind es fünfzehn Meilen. Vielleicht können wir die Wölfe bis dahin auf Distanz halten.«

»Und dann?«

Fernd schwieg.

☆☆☆

So schleppte sich das geschlagene Nordheer durch die Tanzenden Berge, die seit dem Tod des Alten Niemand erstarrt waren. Der Abstand zum Wolfsheer betrug ungefähr drei Meilen und verringerte sich ständig. Immer noch waren es zehn Meilen zum Druin, der Grenze des wundersamen Landes. Um die Stimmung der Männer zu beschreiben, reichte das Wort Verzweiflung nicht mehr aus. Mit fiebrig glänzenden Augen marschierten sie, einem Befehl folgend, dessen Sinn sie nie verstanden hatten. Ihre Schuhe waren durchgelaufen, ihre Füße mit blutdurchtränkten Lumpen umwickelt. Niemand kümmerte sich mehr darum, wenn einer liegen blieb. Nicht selten stolperte ein Nordländer über seinen Vorgänger und stand auch nicht mehr auf.

›Die Erinnerung an den Großvater ist noch da‹, dachte Fernd, als er über die nassen Hügel sah. ›Sie warten, dass er wiederkommt …‹

Eine Zeit lang hatte sich der SOG zurückgehalten, weil er

mit jemandem Zwiesprache hielt, der neue Instruktionen brauchte. Dann aber kam seine Stimme zurück und fragte ihn wieder und wieder: »Was hast du vor? Sag's endlich!«

Gegen Nachmittag, etwa drei Meilen vor dem Druin, kam Gorgor zu ihm: »Der Schwarze Prinz lässt die Wölfe jetzt rennen. Das Ende ist unausweichlich – heute holt er uns ein.«

»Wie weit ist er noch hinter uns?«

»Vor einer halben Stunde waren es zwei Meilen, inzwischen sind es weniger.«

Es war unmöglich, die erschöpften Nordländer stärker anzutreiben, und Fernd begann zu zittern, als fieberte er. Gorgor, der die nahende Entscheidung spürte, wich nicht mehr von seiner Seite und kaute an seinem Bart.

Die Vorhut der Wölfe war auf eine Meile herangekommen, als die Nordländer zum Grenzfluss gelangten. Knapp elftausend Mann waren es noch, die den Druin überquerten. Es war später Nachmittag, und der Regen hatte aufgehört.

»Was hast du vor?«, fragte sein Ebenbild, und Fernd spürte, dass es Angst hatte.

»Jetzt sag ich's dir.«

Als alle den Fluss überquert hatten, rief er: »Halt!«

Fernd war ein anderer geworden. Er war nicht mehr der einsame Junge, der ziellos durch die Lande zog, sondern der Nachfolger des Alten Niemand, gekommen, sein Erbe anzutreten.

Elftausend Blicke zwischen Hoffnung und Verzweiflung krochen mühselig an ihm empor. Hinter dem erbärmlichen Rest des einst stolzen Nordheers führte ein Weg aus Schlamm und Dreck, geschaffen von schlurfenden Schritten, in die Hügel hinein. Dort erschien jetzt das Heer des Schwarzen Prinzen, um ihnen den Rest zu geben.

Der Junge hob den Arm.

»Hört, was ich euch zu sagen habe!«, rief er den Bergen zu. »Ich bin Fernd, der Enkel des Alten Niemand!«

Totenstille herrschte. Kein Nordländer hatte den Sinn der Worte begriffen, doch dann zitterte der Boden leicht – die Geister der Lande waren aufmerksam geworden.

»Jetzt tanzt!«, rief Fernd. »Tanzt mit den Mördern des Großvaters! Tanzt!«

Er streckte die Hände aus und spürte seinen Willen durch die gespreizten Finger fließen und gegen die Berge branden.

›Manchmal sitze ich da und denke, dass ich zu sprechen beginne in einer fremden, kehligen Sprache und dass durch meine Finger die Macht fließt und ich sie an alle weitergebe.‹ Wann war ihm dieser Gedanke gekommen? Am Abend nach der Ratsversammlung hatte er das zum Großvater gesagt und selbst nicht verstanden. Jetzt aber wurde ihm der Sinn klar. *›Irgendwann wird es so kommen, und alle werden zuhören.‹*

Anfangs war es nur ein leises Grollen.

»Tanzt! Tanzt!«, rief Fernd.

Das Grollen und Rumpeln wurde lauter, als erwache ein riesenhaftes Tier. Dann begannen die Berge, sich zu bewegen.

Hänge, ganze Kuppen rutschten ab und fuhren donnernd zu Tal. Spalten taten sich auf, während sich anderswo das Gestein zu neuen Hügeln türmte. Es krachte und bebte, und die Nordländer, schreiend vor Angst und Entsetzen, warfen sich auf den Boden und versteckten das Gesicht im Gras, ohne zu begreifen, was vorging. Selbst Gorgor war auf die Knie gefallen und starrte fassungslos auf das ungeheuerliche Schauspiel. Niemals seit Menschengedenken waren die Tanzenden Berge so in Aufruhr gewesen.

»Tanzt! Tanzt!« Der Boden schwankte und stöhnte, als wollte er ein neues Gebirge gebären. Heißer Dampf stieg in tödlich fauchenden Fontänen aus den Spalten auf. Ein Regen aus Asche und Geröll stürzte auf das Wolfsheer herab und entzog es dem Blick der Nordländer.

Die Geister der Lande erledigten ihre Aufgabe mit furchtbarer Gründlichkeit. Die Wölfe hatten Araukaria vernichtet und den Tod des Alten Niemand herbeigeführt, doch jetzt gingen sie unter. An diesem Tag starben fast sechzigtausend – und dazu die Gifalken, die Fernd so furchtbar zugesetzt hatten, ohne das Geheimnis ihrer Herkunft preisgegeben zu haben. Sie verschwanden in glühenden Abgründen, aus denen es keine Wiederkehr gab.

›Das also kann der menschliche Wille anrichten‹, dachte Fernd. ›Beim Verborgenen Gott – es ist furchtbar.‹

☆☆☆

In der Nacht, die das erschöpfte Nordheer am Druin verbrachte, träumte Fernd erneut von Hatibs Verwundung am Hexentanzplatz. Der Schwarze Prinz erwartete ihn, in der Hand den kleinen Dolch. Dann rief er ihm etwas zu, Hatib zögerte verwirrt, der Schwarze Prinz stach zu, und Hatib fiel vom Pferd.

Doch dieses Mal war Fernd den anderen gefolgt und befand sich dicht hinter seinem älteren Bruder, als die Katastrophe geschah. Darum hatte er die Worte des Schwarzen Prinzen verstanden und wachte auf.

Es war tiefste Nacht, und noch immer war das Poltern und Donnern der Berge zu hören. Die Nordländer lagen erschöpft im Gras und schliefen. Die Anstrengung der letzten Tage war einfach zu groß gewesen.

›Die Rache der Tanzenden Berge ist gründlich‹, dachte Fernd. ›Aber sie trifft vielleicht den Falschen …‹

☆☆☆

Am nächsten Morgen hatten sich die Wolken verzogen. Ruhig plätscherte der Druin dahin, doch die Hügel waren vernarbt, mancher Hang war abgerutscht, und in den Tälern türmte sich das Geröll. Vom Heer des Schwarzen Prinzen war nichts mehr zu sehen – es war buchstäblich vom Erdboden verschluckt.

Die Nordländer saßen beisammen und versuchten zu verarbeiten, was sie erlebt hatten. Immer wieder musterten sie misstrauisch die Berge, als könnte das Getöse erneut losgehen. Auch Fernd warfen sie scheue Blicke zu. Es hatte sich herumgesprochen, dass er der Urheber der Katastrophe war, die über ihre Feinde hereingebrochen war.

Fernd hingegen saß abseits und starrte Löcher in die Luft, bis ihn ein Nordländer an der Schulter fasste. »Schaut!« Zwischen den Hügeln war eine schwarze Gestalt aufgetaucht. »Hat etwa jemand überlebt?«

»Einer ja.«

Die Gestalt näherte sich nur langsam. Ihr Mantel, ihr Helm … – obwohl Fernd es gewusst hatte, stieg Angst in ihm hoch.

Die Gespräche der Nordländer verstummten. Mittlerweile hatten alle die Gestalt entdeckt – und begriffen, um wen es sich handelte.

»Ist er es tatsächlich?«, fragte Gorgor atemlos.

»Ja, aber tut ihm nichts, solange ich es nicht sage.«

Die Nordländer hatten sich erhoben und formierten sich unwillkürlich, als marschierte das Heer des Schwarzen Prinzen unsichtbar hinter ihm. Die letzten Schwerter blitzten in der Morgensonne; die Männer würden kurzen Prozess mit ihm machen.

»Tötet ihn nicht!«, rief Fernd. »Keiner legt Hand an ihn!«

Inzwischen hatte die schwarz gekleidete Gestalt den Fluss durchquert und schwankte auf Fernd zu.

Seinem Befehl getreu wichen die Nordländer zurück und bildeten eine Gasse, um den Ankömmling durchzulassen. In die Stirnseite seines Helms waren der Blaue und der Rote Erft eingelassen. Der Schwarze Prinz sah wie ein auferstandener Toter aus. Sein Mantel war zerfetzt, seine Handschuhe waren durchlöchert, und in den kreideweißen Händen hielt er einen Dolch.

»Halt!« Fernd trat vor. »Es ist vorbei, Schwarzer Prinz. Ich habe dich gestern Nacht im Traum gesehen und weiß, wer du bist. Zeig mir dein Gesicht.«

Es war nicht zu sehen, ob sein Gegenüber verstanden hatte.

»Der SOG hat keine Macht mehr über dich.« Fernd sprach leise, aber deutlich. »Er befiehlt dir, mich zu töten, doch er kann dich nicht gegen deine Gefährten hetzen – auch bei deinem Kampf mit Hatib ist sein Plan gescheitert, weil du es nicht wolltest.«

Die unheimliche Gestalt schaute ihn schweigend an.

»Erinnerst du dich, wie wir gemeinsam durch Araukaria gegangen sind?« Fernd spürte, wie ihm die Stimme versagte. »Wir waren einmal Freunde.«

Da senkte der Schwarze Prinz den Dolch. Langsam zog er die zerfetzten Handschuhe aus. Weißliche, schmutzverkrustete Hände kamen zum Vorschein. Sie zitterten. Dann nahm er den Helm ab.

›Er ist es tatsächlich‹, dachte Fernd.

Bolgans Gesicht war eingefallen und totenbleich, die Nase schief und verschorft – sie schien gebrochen. Verwundert blickte er um sich, kippte vornüber und wäre hingefallen, hätte Fernd ihn nicht aufgefangen.

Vorsichtig ließ er seinen Freund zu Boden gleiten und betrachtete ihn traurig und in Erinnerung an die kurze Zeit, die sie zusammen verbracht hatten, eigentlich nur zwei, drei Tage. Die langen Gespräche mit dem Großvater, der in der Stube auf sein Ende wartete ... der Auszug aus der Stadt ... die Flucht in den Turm ... Aber vorbei, vorbei – der Alte Niemand war tot, Araukaria untergegangen, und von allen Erinnerungen hatte vielleicht nur Bolgan überlebt. Zu dritt waren sie ausgezogen, den Schwarzen Prinzen zu vernichten, doch der war längst an einem unerreichbaren Ort. Bolgan war gezwungen worden, sein Erbe anzutreten, und Hatib war vielleicht nicht mehr am Leben. Wieder fühlte Fernd, wie allein er war.

Er merkte, dass die Blicke aller Umstehenden auf ihm ruhten, und sagte: »Dieser Mann ist nicht der Schwarze Prinz, sondern eines seiner Opfer.«

»Du kennst ihn?« Gebork hatte sich herangedrängt.

»Es ist Bolgan aus dem Hochhügelland – mein Freund.«

Die Anführer der Nordländer betrachteten den am Boden Liegenden mit einer Mischung aus Neugier und Abscheu.

»Er sieht nicht böse aus«, sagte der Truchtin. »Aber wie ist er in dieses Gewand gekommen?«

»Ich kann es mir zusammenreimen. Ich hatte heute Nacht einen seltsamen Traum ...«

»Du meinst, er musste mit dem Schwarzen Prinzen tauschen?«, fragte Gorgor schließlich. »Damit der verschwinden kann?«

»Siljan hatte seinen Dienst lange genug getan.«

Fernd nahm den Helm, brach vorsichtig die beiden Erften aus der Fassung und legte sie in den Beutel zum dritten. Dann wandte er sich an Gebork.

»Ich hätte eine Bitte«, sagte er leise. »Ich möchte, dass Ihr meinen Freund pflegt und mit zum Waldbühl nehmt. Wascht ihn im Fluss, zieht ihm diese grässlichen Kleider aus, verbrennt sie und schlagt den Helm in Trümmer. Bolgan hat mein Mädchen gerettet und dem Schwarzen Prinzen den Großerft gestohlen – und er hat dafür mehr gelitten als wir alle. Im Roten Turm soll er warten, bis ich wiederkomme.«

»Willst du uns denn verlassen?«, fragte der Truchtin.

»Ich muss.«

☆☆☆

So endete die wahnwitzige Flucht des Nordheeres, deren Scheitern doch fast festgestanden hatte. Die Männer rasteten noch einen Tag und marschierten dann nach Westen, ins Faluntal, wo die Chancen auf dringend benötigtes Wildbret besser standen. Dort trennten sie sich. Der Großteil wanderte unter Führung von König Gerrit in die Heimat zurück. Die wenigen überlebenden Targi gingen mit ihnen.

Es würde ein schweres Jahr werden. In den Nördlichen Königreichen hatte noch niemand die Saat ausgebracht, und der Sommer dort war kurz. Viel Arbeit erwartete die Männer.

König Gebork hingegen zog mit den Waldläufern und weiteren zweihundert Barkuri nach Süden, an den Ruinen des alten Khor vorbei. Jenseits der Grasebene erreichten sie einige Dörfer, die der Blutgier der Wölfe entgangen waren. Dort deckten sie sich mit Nahrungsmitteln ein und marschierten weiter.

Für Bolgan hatte man eine Bahre gebaut, denn er war immer noch bewusstlos. ›Ich fürchte, ich kann Fernds Wunsch nicht erfüllen‹, dachte Gebork, der sich persönlich um ihn kümmerte, manchmal. ›Er ist so schwach.‹

Doch er täuschte sich. Am Morgen des sechsten Tages – sie hatten fast die Hälfte der Strecke zum Waldbühl zurückgelegt – saß Bolgan auf der Bahre und blickte verwirrt um sich.

»Wo bin ich?«, flüsterte er heiser.

»Im Faluntal. Etwa achtzig Meilen nördlich von Araukaria.«

Es stellte sich heraus, dass Bolgan keine Erinnerung daran hatte, was nach Aufsetzen des Helms geschehen war. Daraufhin fragte ihn der Truchtin nach seinen Erlebnissen in Sklava Mhor, und der junge Mann begann stockend zu erzählen. Jetzt erst begriff Gebork die heillose Lage, in die der Hochhügelländer geraten war.

»Du hast trotzdem viel für uns getan«, sagte er schließlich, als Bolgan ihm vom Raub des Großerfts erzählte. »Ohne dich hätte der Schwarze Prinz alle Erften in die Hand bekommen.«

»Mein Verstand sagt mir das Gleiche.« Bolgan seufzte. »Doch mein Herz sagt etwas anderes.«

»Das ist nur ein Zeichen dafür, dass dein Herz nicht verzeihen kann«, antwortete der Truchtin.

»Aber es ist doch ein Teil von mir. Wenn es nicht verzeihen kann, wer kann es dann?«

»Fernd konnte es«, sagte Gebork lächelnd, und in den Augen des Hochhügelländers regte sich ein Hoffnungsschimmer.

»Glaubt Ihr, Hatib kann mir auch verzeihen?«

»Bestimmt«, erklärte der Truchtin, wusste aber nicht, warum er da so sicher war.

Seit dem Untergang des Wolfsheers hatte sich die Welt verändert. Es war Juni geworden, und der Sommer eroberte endlich die Lande. Die Wiesen wirkten grüner und saftiger, der Himmel blauer, die Menschen freundlicher. Der Falun, an dessen Ufer sie entlangzogen, schien schneller zu fließen. Leben atmete aus allen Poren der Erde, und die Nordländer freuten sich daran. Jetzt erst war zu ermessen, wie öde und grau die Lande unter der Herrschaft des SOGS gewesen waren.

Dreieinhalb Wochen nach Beginn ihrer scheinbaren Flucht standen sie wieder vor dem Waldbühl. Bolgan zitterte, als sie die unsichtbaren Pforten durchschritten, aber mit dem Schwarzen Prinzen war auch das Schandmal vernichtet, mit dem er ihn in Sklava Mhor gebrandmarkt hatte. Unbehelligt gelangten sie zum Roten Turm, wo sie auf die zurückgebliebenen Nordländer trafen.

»Sie sind am Leben!«, sagte der Truchtin erleichtert, als er das Lager erblickte. »Ich hatte solche Angst, die Wölfe könnten hier eindringen.«

Unter den Bäumen war ein kleines Zeltdorf entstanden. Die meisten Verwundeten waren inzwischen wohlauf. Freudenrufe ertönten, als sie ihre Kameraden ankommen sahen.

»Wieso wart ihr so sicher, dass wir zurückkehren?«, fragte König Gebork, als ein Nordländer ihm Bericht erstattete.

»Eigentlich hatten wir keine Hoffnung mehr«, antwortete der. »Aber dann begann die Glocke zu läuten. Und da wussten wir, dass die Wölfe besiegt sind.«

»Wie geht es Hatib?«

»Er hat es überstanden, kann aber noch nicht aufstehen. Ihr findet ihn im Turm.«

Hatib sah bleich und abgezehrt aus, als Gorgor, Gerrit und Gebork ins Turmzimmer kamen. Gerade erst hatte er ein böses Wundfieber überstanden, doch als er seine Freunde sah, strahlte er und setzte sich mühsam auf. Bauch und Rücken waren noch verbunden. »Mein Pfleger Elinor hat mir erst vor vier Tagen anvertraut, dass ihr meinem Bruder blind gefolgt seid.«

»Und er hat sich unseres Vertrauens mehr als würdig erwiesen.« Gebork begann zu erzählen, und Hatib erbleichte, als er von der Verfolgung und dem schmählichen Ende des Wolfsheers im Land der Tanzenden Berge hörte. »Fernd«, murmelte er. »Fernd.«

Er legte den Kopf zurück. »Also hat er in allem Recht gehabt.« Plötzlich wirkte er müde. »Und Bolgan? Ist der auch umgekommen? Er war unter der Maske des Schwarzen Prinzen.«

»Das weißt du?«, fragte der Truchtin überrascht.

»Ich hab ihn im letzten Augenblick erkannt. Es gibt keine Gemeinheit, zu der der SOG nicht fähig ist. Die eigenen Freunde gegeneinander zu hetzen …«

»Bolgan hat als Einziger überlebt. Die Erften müssen ihn beschützt haben. Er ist nach dem Untergang des Wolfsheers aus den Bergen gekommen, und wir wollten ihn töten. Auch das hat Fernd verhindert. Bolgan war dem Tode nah und leidet sehr daran, was er in der Maske des Schwarzen Prinzen getan hat.«

»Dafür kann er nichts«, sagte Hatib. »Jeder von uns ist in diesem Kampf schuldig geworden. Will er mich nicht sehen?«

»Doch. Aber er wusste nicht, wie du reagierst. Deswegen wartet er unten, bis du ihn heraufbittest.«

Doch zunächst kam Reika ins Zimmer gelaufen. »Wo ist Fernd? Alle sagen, er hat sich von euch getrennt, aber keiner will mit der Sprache heraus, wohin er gegangen ist!«

Sie schwiegen. Jeder hatte Angst, dem Mädchen beizubringen, dass Fernd so bald nicht wiederkommen würde.

»Er ist …«, begann der Truchtin endlich, doch das war überflüssig. Reika hatte die Wahrheit schon erfasst, und ihr Blick wurde dunkel.

»Er ist ins Verbotene Land gezogen«, sagte sie. »Und ihr habt ihn allein gehen lassen!«

14

Das dritte Gesetz

»Ich bin gekommen,
um dir deine Seele zurückzugeben.«

Rot, endlos rot dehnte sich die Wüste des Verbotenen Landes. Zu beiden Seiten begrenzt von den Roten Bergen, zog sie sich nach Südwesten. Einst war diese Ebene fruchtbar gewesen, doch nun wohnte hier niemand mehr – außer dem SOG, der dieses verlorene Land zu seiner Heimat bestimmt hatte.

Ein leiser Wind schlich umher und wirbelte Staub auf, der die Ebene in rötlichem Licht erscheinen ließ, als habe die Hoffnungslosigkeit selbst sich in Stein und Sand verwandelt. Eine Gestalt ritt langsam heran – Fernd auf dem Weg zum Ort der Entscheidung.

Hunderte von Meilen lagen hinter ihm. Um den Waldbühl hatte er einen Bogen geschlagen, damit er Reika nicht begegnete – ein kurzes Wiedersehen hätte beiden zu wehgetan. Auch der überall blühende Frühling machte ihm kaum Freude, denn er hatte den Eindruck, sein Inneres habe all die Öde aufgenommen, die in den letzten Monaten bleischwer auf der Natur gelegen hatte. War das der Preis der ihm vom Silbergreis verliehenen Macht?

›Ich sollte die Antwort finden‹, dachte er immer wieder. ›Aber dann habe ich die Frage vergessen.‹

Durchs Ermingebirge und die antuliolischen Ebenen war er geritten, ohne von den Landschaften mehr als die Namen im Gedächtnis zu behalten; schließlich hatte er in der Ferne den Ayakil-Felsen erblickt und gewusst, dass es nicht mehr weit war.

Der Steinerne Hirte stand wie seit Jahrtausenden und wartete auf die Rückkehr der Riesen, doch die würden sich erst am Ende der Zeiten aus ihrem steinernen Grab im Fernfeld erheben.

›Der hat's gut‹, dachte Fernd. ›Der fühlt nichts mehr.‹

Da aber täuschte er sich. Das gewaltige Herz des Steinernen Hirten war voll Mitleid, als er die kleine Gestalt kommen sah, die einen Auftrag hatte, den Menschen eigentlich nicht erfüllen konnten.

Die Siedlung am Ayakil war entvölkert. Die Bewohner hatten nach dem Untergang des Schwarzen Prinzen überstürzt das Weite gesucht, weil sie die Rache der Araukarier fürchteten, die sie vor den Toren des Verbotenen Landes geknechtet hatten. Darum fand Fernd im Dorf genug Vorräte, um sich für den restlichen Marsch einzudecken. Als er am Morgen darauf aufbrach, kamen ihm die ehemaligen Fronarbeiter von Sklava Mhor entgegen. In langer Reihe marschierten sie die Straße entlang, zehntausende, die endlich in ihre Heimat zurückkehren konnten. Er erntete verwunderte Blicke, als er Graufell an der Kolonne vorbei nach Süden führte. Schließlich sprach ihn ein junger Mann an.

»Wohin gehst du denn? Bist du etwa ein Wolf?«

Fernd verneinte.

»Dein Glück«, brummte der andere. Er war groß und hager und hatte ein sehr faltiges Gesicht. »Sonst wärst du jetzt tot.«

»Sind da unten noch Wölfe?«, fragte Fernd.

»Jetzt nicht mehr. Vor ein paar Wochen begann die Erde zu zittern, und die Bauten von Sklava Firr fielen zusammen wie Kartenhäuser. Sogar die Pforte erbebte. Da ahnten wir, dass es mit dem Schwarzen Prinzen aus ist. Die Wölfe ahnten es auch und flohen einer nach dem anderen. Vor einer Woche haben wir uns die restlichen vorgeknöpft. Aber was willst du eigentlich im Verbotenen Land? Da sind nur noch Ruinen.«

»Ich hab noch was zu erledigen«, antwortete Fernd abweisend.

»Wir jedenfalls kehren nach Araukaria zurück und beginnen von vorn.« Alsfar gab ihm die Hand, ehe er sich abwandte. »Auf Wiedersehen. Solltest du noch einen Wolf finden, grüß ihn von mir. Und jag ihm einen Dolch zwischen die Rippen.«

Ein bärtiger Mann mit einem kleinen Jungen auf dem Arm hatte auf ihn gewartet und musterte Fernd prüfend. »Haben wir uns nicht schon mal gesehen?«

»Nein«, antwortete der und ließ den verdutzten Nauru stehen.

Von nun an traf Fernd keine Menschenseele mehr und sah nur hin und wieder in der Ferne einen Fuchs oder einen Hasen.

Vier Tage nach der Begegnung mit den Araukariern erblickte er zum ersten Mal, unwirklich im fahlen Abendlicht, die Roten Berge – und Sklava Mhor.

Beim Abmarsch des Schwarzen Prinzen vor einigen Monaten hatten zur Fertigstellung nur noch die Erften gefehlt. Jetzt hatte das Bauwerk Risse, doch noch immer ragte es düster und bedrohlich in den Himmel, als verbögen sich die Lande unter seinem Gewicht. Auch der widderköpfige Architrav aus Tränenstein war noch da, und als Fernd mit gesenktem Kopf darunter durchging, musste er Graufell am Zügel führen – das Pferd weigerte sich, ihn durch das Tor zu tragen.

Instinktiv langte Fernd nach dem Lederbeutel in seiner Hosentasche. Auch die Erften schienen den Willen des Bauwerks zu spüren, ein eigenes Leben zu gewinnen.

»Dafür ist es zu spät«, murmelte er. »Ich gebe sie nicht her.«

Dann betrat er das Verbotene Land.

Fernd wusste nicht, was im Namen des Schwarzen Prinzen hier geschehen war – nichts von den Höhlen, in denen man die furchtbaren Waffen geschmiedet hatte, um die Lande in die Knie zu zwingen, und nichts von den Vorbereitungen zur Ankunft des SOGS. Doch er sah in der Ferne einen Fleck in der Landschaft – eine tanzende Staubsäule, die mit jeder Meile, die er zurücklegte, wegzurücken schien, als wollte sie vor ihm fliehen.

Von nun an ritt er nachts, um sich vor der sengenden Sonne zu schützen. Am Abend wurde die Luft allmählich rein und frisch, und die gezackten Berge traten klar zutage. Wäre Hatib an Fernds Stelle gewesen, er hätte gewiss Lust bekommen, einen davon zu besteigen und im Mondlicht über die öden Lande zu schauen. Fernd konnte das nicht – der staubige Pfad war das Einzige, was ihn noch mit der fernen Heimat verband.

Am dritten Tag begann das Gelände leicht anzusteigen, und das seltsame Gebilde kam näher. Es war wirklich eine Staubwolke. Sie ragte einige hundert Meter in den Himmel und drehte sich rasend schnell um die eigene Achse. Meilen entfernt, hörte Fernd schon ihr bösartiges Zischen.

›Der SOG‹, dachte er.

Zwei Meilen vor dem Ziel scheute Graufell und blieb stehen. Das schrille Pfeifen verängstigte ihn. Trotz guten Zuredens war er nicht mehr von der Stelle zu bewegen.

»Dann bleib eben hier«, murmelte Fernd. »Ich versteh dich ja.« Er stieg ab und band das Pferd an einen Stein. »Falls ich nicht zurückkomme, reißt du dich los und machst dich auf den Heimweg. Du findest schon zurück.«

Eine halbe Stunde später war er am Brunnen. Luft stürzte

mit Getöse in eine Fassung aus schwarzem Basalt. Ihr Strudel hielt die Staubwolke am Toben.

»Darum nennt man dich SOG!« Fernd zog die Erften aus der Tasche und sah, dass eine Veränderung mit ihnen vorgegangen war. Sie hatten sich aneinander geheftet, glühten von innen heraus und waren so heiß, dass man sie kaum noch in der Hand halten konnte.

›Sie verschmelzen wieder zu einem Stein‹, dachte er. ›Höchste Zeit, sie loszuwerden.‹

Er warf sie in den Brunnen und ballte die Fäuste vor Anspannung. »Jetzt bist du an der Reihe, Bruder.«

Sofort erstarb der SOG, und es wurde still. Der Wolkenwirbel fiel zusammen. Staub rieselte herab. Fernd beugte sich über den Brunnenrand – und schaute in die Ewigkeit.

Schwärze, der Geruch von Staub, totem Gestein und langen Jahrtausenden – und eine nie gekannte Stille. Die Stille des Todes. Ein kühler Hauch drang aus dem Brunnen. Fernd wurde seltsam ruhig. Das also war der Zugang zur Welt hinter der Ostmauer. Einen Moment fühlte er sich an die Augen des Silbergreises erinnert. In der unergründlichen Tiefe dieses Brunnens lag die Seele der Lande.

Dann sah er in der Tiefe etwas blinken und begriff: ›Die Erften kommen zurück!‹

Getragen von einer geheimnisvollen Kraft, schwebten sie nach oben. Die Intensität der Strahlung hatte sich verstärkt. Ihre Vereinigung zum Verschlussstein des Schachts musste direkt bevorstehen.

»Da bist du ja. Wir haben uns lange nicht gesehen …«

»Wo bist du?«, fragte Fernd. »Zeig mir dein Gesicht …«

»Geduld, mein Bruder.«

Die Staubschwaden wurden so dicht, dass sie alles Licht verschlangen, und zogen sich zu einer Gestalt zusammen.

»Du hättest die Erften nicht einfach in den Schacht werfen dürfen. Sieh, wie sie nach oben steigen! Ihre Energie wird dich töten.«

»Ich weiß, was ich zu tun habe«, entgegnete Fernd.

»Der Silbergreis hat dich belogen! Kennst du das dritte Gesetz der Lande? Du kannst dein Ebenbild nicht besiegen, ohne ihm deine Seele zu geben – und das ist schlimmer als der Tod.«

»Lassen wir's drauf ankommen«, antwortete der Junge.

»Du hast Recht. Es ist Zeit für die Abrechnung, mein Bruder ...«

Wie ein Raubtier stürzte sich der Wille des SOGS auf ihn. Fernd spürte ein tödlich lähmendes Gefühl in der Brust aufsteigen. Verzweifelt kämpfte er dagegen an, konnte die Umklammerung aber nicht lösen. Da sah er, dass die Erften aufgestiegen waren und über dem Brunnenschacht schwebten. Sie gingen ineinander über und erstrahlten in hellem Licht.

»Nein!« Unter furchtbarer Anstrengung zerschlug Fernd die Umklammerung, hob die Hand und konzentrierte sich auf die Steine. Er war totenbleich, Schweiß stand ihm auf der Stirn, und seine Augen glänzten fiebrig, doch er kämpfte mit dem Mut der Verzweiflung, und die schwarze Gestalt begann zu flackern.

»Du schaffst es nicht, mein Bruder.«

»Doch!«, stöhnte Fernd. Zentimeter für Zentimeter sanken die Erften Richtung Brunnen zurück und verharrten dann wenige Zoll über dem Rand. Fernds Kraft reichte nicht aus. Im Brunnen brodelte es, und schwarzer Dampf quoll heraus. Die Erften hingegen glühten weiß. Das Gefüge der Lande stand vor der Auflösung.

»Du kannst mich nicht besiegen«, wiederholte die Gestalt, und ihre Augen leuchteten triumphierend. »Ich bin dein Bruder und dir in allem gleich.«

»Aber ich trage den Tod in mir, du nicht«, keuchte Fernd. »Und jetzt gib mir deine Hand.« Er streckte die Rechte aus.

»Das darfst du nicht! Du wirst deine Seele verlieren!«

»Ich weiß. Aber das ist mir egal«, rief der Junge.

Da löste sich die Gestalt in Rauch auf, und die Erften fielen in den Schacht. Aus dem Brunnen schoss ein Blitz hervor, und ein letztes Mal sah Fernd im sich verflüchtigenden Rauch das Gesicht seines Ebenbilds: von Schmerz verzerrt, doch ohne Hass. Dann wurde es in den Schacht gesogen und verschwand für immer.

›Fort ist er, fort‹, dachte Fernd. ›Und meine Seele hat er mitgenommen.‹

Noch einmal bebte die Erde. Die Wucht dieses Stoßes warf den Jungen zu Boden, und er verlor das Bewusstsein.

☆☆☆

Als er erwachte, war es Nacht, und der Mond stand silbrig am Himmel. Fernd fühlte sich so erschöpft, dass er am liebsten gestorben wäre, raffte sich aber schließlich auf.

Den Brunnen gab es nicht mehr. Der Schacht war eingestürzt, das Gestein geschmolzen. Nur ein schwarzer Fleck markierte die Stelle, an der die Welten einst verbunden gewesen waren.

›Es ist vorbei.‹ Fernd hatte gesiegt – der SOG war auf ewig vertrieben. Trotzdem empfand er kein Gefühl des Triumphs oder der Erlösung, sondern nur Leere.

»Zeit, nach Hause zu gehen«, murmelte er, wandte sich um und sah Graufell vor sich stehen. Nach dem Verschwinden der brüllenden Staubwolke hatte er sich losgerissen und war der Spur seines Herrn gefolgt.

»Braver Kerl«, murmelte Fernd und war dankbar, in dieser Wüste nicht allein zu sein. »Du willst heim? Ich auch.«

Die Rückkehr nach Araukaria sollte fast zwei Monate dauern, aber Fernd hatte keine Eile mehr. Er hatte sein Wasser bis zuletzt redlich mit Graufell geteilt, und beide waren halb verdurstet, als sie dem Verbotenen Land endlich den Rücken kehrten.

Sklava Mhor war zerborsten. Eine riesige Spalte hatte sich aufgetan und den Ostturm in die Tiefe gezogen. Der westliche stand noch aufrecht, war aber vom Erdbeben zerrüttet. Es war nur eine Frage der Zeit, bis er vollends einstürzen würde. Fernd quälte sich mit Graufell über die Trümmer, bis sie einen Brunnen fanden, an dessen bitterem Wasser sie ihren Durst stillen konnten.

›Und der Schwarze Prinz hat hier hunderttausende ansiedeln wollen?‹, dachte er und ließ den Blick über die Einöde schweifen. ›Das war die Idee eines Wahnsinnigen!‹

Kurz vor Tifillan hatte Fernd ein Fieber überfallen, das ihn fast eine Woche in der Stadt festhielt.

Die war mittlerweile weitgehend instand gesetzt und begann wieder aufzuleben. Ohne es zu wissen, übernachtete Fernd in der gleichen Schenke wie einst Bolgan. Da Narvan, der Wirt, nicht mehr am Leben war, hatte dessen jüngere Schwester mit ihrem Mann die Wirtschaft übernommen. Fernd musste vier Tage das Bett hüten, und obwohl er nur wenig Geld hatte, wurde er gut gepflegt.

»Wir müssen zusammenhalten«, sagte die Wirtin, wenn sie auf seine Stube kam, um nach ihm zu sehen. »Das letzte Jahr war schlimm genug, da können wir uns keine Eigensucht leisten.« Fernd bedankte sich höflich für die erwiesene Güte, doch es blieb ein Lippenbekenntnis – die Wärme der Frau drang nicht zu ihm durch.

Als er wieder gesund war, hatte er sich von Dorf zu Dorf gehangelt, und überall war man gastfreundlich zu ihm gewesen – auch wenn man sich insgeheim über den seltsamen Jüngling wunderte, der aus dem Nichts kam und nie etwas über sein Ziel verlauten ließ. Fernd blieb wortkarg, und wenn die Morgensonne über den Horizont stieg, machte er sich gleich auf den Weg.

Überall kehrte das Leben zurück, frischer und intensiver als zuvor. Und doch glaubte Fernd, statt eines Herzens einen kalten Stein in der Brust zu tragen: Grau in grau erschienen ihm die leuchtenden Sommerfarben. Auf den Tag genau ein Jahr, nachdem Bolgan vom Hochhügelland aufgebrochen war, um den Alten Niemand zu finden, erreichte er die Ebene von Araukaria. Die große Wanderung war zu Ende.

Trotz allem war es ein fruchtbares Jahr geworden. In den Tälern wogte das Getreide. Zwar hatte man es zu spät ausgesät, doch der Winter würde sich heuer Zeit lassen, sodass niemand im neuen Araukaria Hunger leiden musste.

Denn die Stadt wurde wieder aufgebaut! Fernd wusste es schon, bevor er sie erreichte. Ein Bauer, bei dem er übernachtete – ein freundlicher Mann mit breiter Stirn und derben Händen –, hatte es ihm erzählt.

»Die Überlebenden sind zurück und haben vor den Ruinen ihr Lager aufgeschlagen«, hatte er gesagt. »Sie sind inzwischen gewohnt, sich mit wenigem zu begnügen, und haben einen, der sie führt.«

Fernd horchte auf. »Wen?«

»Das weiß ich nicht genau, aber anscheinend wurden sie von einer Abordnung aus den Nördlichen Königreichen erwartet, die den Ankömmlingen über die ersten schweren Wochen geholfen hat. Vor wenigen Tagen erst ist sie abgezogen, doch ein Gefährte ihres Königs, ein Araukarier, leitet die Aufbauarbeiten.«

›Hatib‹, dachte Fernd. ›Er lebt!‹

»Kennst du seinen Namen?«, fragte er.

»Nein, aber er soll sich im Kampf gegen den Schwarzen Prinzen große Verdienste erworben haben, und die Menschen achten ihn. Und in einem halben Jahr soll er zum König gekrönt werden.«

»Zum neuen Born?«

»Diesen Titel gibt es nicht mehr, denn an ihm klebt zu viel Blut und Verrat.«

Fernds Gedanken schweiften ab. Was würde er in Araukaria vorfinden? Eine Stadt aus roh gezimmerten Häusern? Vermutlich. Und einen Freund, der sich anschickte, König zu werden. Es war alles anders geworden … Und Reika? Dachte sie noch an ihn?

›Das hast du mir nicht gesagt, Silbergreis‹, grübelte er. ›Dass sogar Reika mir gleichgültig sein wird …‹

☆☆☆

Die Ebene von Araukaria war eine einzige Baustelle. Hatib hatte verboten, im Waldbühl Bäume zu fällen. Darum musste man das Bauholz von weit her holen. Trotzdem schienen die Arbeiten gut voranzukommen. Die ersten Häuser waren fast fertig und die Straßenzüge nach einem festen Plan angelegt. In zwei Monaten sollte jeder wieder ein Dach über dem Kopf haben.

Trotzdem würde das neue Araukaria kleiner sein als die einstige Hauptstadt des Alten Reichs. Unzählige Menschen waren beim Brand umgekommen, viele weitere hatten den Marsch zum Verbotenen Land und die Fronarbeit an Sklava Mhor nicht überlebt. Und die Heimkehrer sahen anders aus als vor einem Jahr, dunkler und hagerer. Aber sie hatten Hoffnung.

›Anders als ich‹, dachte Fernd.

Auf dem Königshügel standen einige Zelte der Nordländer. Wahrscheinlich hatte Hatib dort seine provisorische Verwaltung eingerichtet. Nur ein Weg führte durch den Schutt hinauf – der kleine Treppenaufgang, den der Alte Niemand einst mit seinen Gefährten benutzt hatte, um zum Born vorzudringen. Die Stallungen waren verbrannt, und Fernd band Graufell an einem verkohlten Holzpfosten fest, bevor er sich schweren Herzens auf den Weg nach oben machte. Es herrschte ein reges Kommen und Gehen, und niemand beachtete ihn, als er langsam und mit gesenktem Kopf die Treppen hinaufstieg.

»Guten Tag, mein Junge«, riss ihn eine Stimme aus seinen Gedanken. Er sah auf – und erschrak.

»Ihr?«

»Wer sonst? Ich bin kein Geist, Fernd. Das solltest du am besten wissen.«

Trotzdem traute der Junge seinen Augen nicht. »Aber warum seid Ihr hier?«

»Um dir deine Seele zurückzugeben.«

Der Silbergreis war seit ihrer letzten Begegnung sehr viel älter geworden, und die Runzeln um seine Augen hatten sich vertieft. Fernd fühlte sich auf seltsame Weise an den Großvater in seinen letzten Tagen erinnert.

»Hast du ein wenig Zeit? Setz dich zu mir.«

Fernd zog die Stirn in Falten. In den letzten Tagen und Wochen hatte er oft an den Silbergreis gedacht. Er hätte ihm vieles zu sagen gehabt, und das wenigste davon war freundlich. Aber er hatte nicht damit gerechnet, ihn noch einmal zu sehen, und jetzt blieben ihm die Worte im Hals stecken.

»Ich weiß, ich habe dir viel zugemutet – vielleicht zu viel, als dass du je wieder Vertrauen zu mir haben kannst. Ich habe dir nicht immer die ganze Wahrheit gesagt ...«

»Das hab ich gemerkt.« Fernd nahm den Rucksack ab und setzte sich neben den Alten. »Ich habe damals schon geahnt, dass Ihr mir etwas verschweigt. Das dritte Gesetz der Lande, meine ich. Aber ich habe Euch trotzdem vertraut.«

»Und nun glaubst du, das sei falsch gewesen?« Der Silbergreis lächelte. »Du hast diese Entscheidung in den letzten Wochen sicher bitter bereut. Ich weiß das, auch wenn du es mir nicht sagst.«

Es entstand eine Pause.

»Bist du mir böse?«

Fernd schwieg noch immer. Schließlich fragte er: »Warum seid Ihr hier?«

»Hatte ich dir nicht verboten, dein Ebenbild zu berühren? Du hast es trotzdem getan. Warum?«

»Weil es notwendig war.« Fernd wandte sich endlich dem Silbergreis zu. »Ihr habt doch gewusst, dass meine Kraft nicht ausreicht, oder? Und dass ich meine Seele verlieren würde?«

»Ich hatte es dir aus Angst verschwiegen«, gab der Alte zu. »Kein Menschenkind gibt gern seine Seele her. Aber ich werde es wieder gutmachen.«

»Wie denn?«

»Das sag ich dir gleich. Aber da ist noch was anderes. Es geht um das Buch, Fernd. Um die *Rechenschaft*. Hast du sie noch?«

Fernd öffnete seinen Rucksack, nahm das Buch heraus und gab es dem Silbergreis. Der schlug es auf und las darin.

»Du hast alles aufgeschrieben, wie ich sehe. Deine ganze Reise und auch den Kampf mit dem Ebenbild.«

»In Tifillan bin ich fast eine Woche krank gewesen. Da hatte ich viel Zeit.«

Jetzt lächelte der Alte. »Warum hast du alles so penibel eingetragen? Immerhin hattest du keinen Grund mehr dazu.«

Fernd senkte den Kopf. »Ich weiß nicht. Vielleicht, weil mir langweilig war.«

»Das glaube ich nicht. Du hattest noch einen Rest Vertrauen, dass das Buch seinen Sinn hat.«

»Welchen denn? Es ist jetzt voll, bis auf eine Seite. Muss ich es ewig mit mir herumtragen?«

»Im Gegenteil – ich bitte dich darum, mir die *Rechenschaft* zu übergeben. Ich habe das Buch vor langer Zeit deinem Großvater geschenkt, damit er alles, was in den Landen geschieht, darin einträgt. Du bist sein Erbe und hast deine Pflicht ebenfalls gut erfüllt. Aber die letzte Seite ist allein mir vorbehalten. Nur ich darf den Schluss der Geschichte schreiben. So war es von Anfang an vorgesehen.«

»Aber wofür dient das Buch denn?«

»Wie der Titel sagt: Es ist eine Rechenschaft.«

»Aber wer legt Rechenschaft ab? Ich meine, es ist doch alles vorbei, oder?«

»Für euch Menschenkinder schon …«

Fernd sah den Silbergreis an und überlegte. »Ich verstehe langsam. Das Buch war nie für uns Menschen gedacht, oder? Sondern für Euch … und für die Lande.«

»Kluger Kerl. Weißt du auch, warum ich es euch gegeben habe?«

»Damit Ihr vor den Landen … Rechenschaft ablegen könnt.« Endlich sah Fernd klar. »Ihr habt viel für uns getan, vielleicht mehr, als die Gesetze der Lande erlauben. Jetzt werden sie über Euch richten. Und das Buch dient als Beweis für alles.«

»Ich bin stolz, in dir einen so gelehrigen Schüler zu haben. Weißt du auch, warum ich es dich und deinen Großvater schreiben ließ? Ich hätte es ja auch selber tun können.«

»Nein, dann wäre es unglaubwürdig gewesen.«

»Richtig.«

»Also habt Ihr von Anfang an gewusst, dass wir uns wieder sehen.«

»Deswegen bin ich hier. Ich habe eine lange Reise hinter mir – eine viel längere als du.«

»Das glaub ich kaum. Zum Verbotenen Land ist es verdammt weit.«

»Ich habe nicht den direkten Weg genommen, sondern einen Umweg – ins Land jenseits der Ostmauer.«

Eine Ahnung keimte in Fernd auf. »Was habt Ihr da gemacht?«

»Das ist eigentlich ein Geheimnis …«

»Aber es hat mit mir zu tun, oder? Geht es darum, was Ihr auf die letzte Seite der *Rechenschaft* schreiben werdet?«

»Du hast es erfasst. Ich bin auf die Ostseite gegangen, um deine Seele zurückzuholen. Das war das letzte Ereignis dieser Geschichte. Und weil keiner von euch dabei war, kann nur ich es aufschreiben.«

»Meine Seele«, murmelte Fernd. »Ich weiß kaum mehr, wie es ist, eine Seele zu haben, zu fühlen und zu lieben.«

Er sah auf.

»Aber werden Euch die Lande das je verzeihen?« Plötzlich fühlte er Mitleid mit dem Silbergreis. Das war seit Wochen die erste Regung seines Herzens. »Vielleicht werden sie Euch gerade für die letzte Seite am strengsten bestrafen.«

»Das muss ich in Kauf nehmen.«

»Können die Lande Euch vielleicht vernichten?«

»Nein, das können sie nicht.«

Fernd betrachtete den Silbergreis nachdenklich. »Ihr seid anders geworden«, murmelte er und senkte den Blick. »Eure Augen sind nicht mehr wie damals. Es sind – die Augen eines Toten.«

»Ich bin schon lange nicht mehr am Leben, Fernd.«

Eine Gruppe Araukarier kam des Weges, und die beiden rutschten beiseite, um sie durchzulassen.

Dann sagte der Silbergreis: »Meine Zeit ist um. Ich wurde erschaffen, um das Gesetz der Lande zu wahren – jetzt ist es erfüllt, und ich muss Rechenschaft ablegen. Aber ich weiß das Urteil der Lande schon jetzt. Sie werden mir verzeihen – und mich wieder zu dem machen, was ich einst war.«

Fernd war sprachlos vor Staunen.

»Gib mir die Hand, mein Junge.«

Er gehorchte willenlos, und der Silbergreis ergriff seine Rechte.

»Während der Reise hierher habe ich ein wenig von der Lebenszeit deiner Seele gezehrt. Aber das hat ihr nicht geschadet, denn sie ist groß, mein Freund, sehr groß.«

Während er das sagte, spürte Fernd Wärme durch seine Hand fließen, die sich wohlig in ihm ausbreitete. Die Stimme des Silbergreises wurde leiser.

»Leb wohl, Fernd.«

Die Gestalt des Alten wurde durchsichtig und verflüchtigte sich. Ein letzter Händedruck, dann war er verschwunden und hatte seine Reise angetreten – zu den Landen, die ihn einst erschaffen hatten.

Einen Moment war Fernd sprachlos, doch dann begriff er und empfand tiefe Dankbarkeit, denn er spürte seine Seele wieder.

Epilog

Verlassen wir Fernd an dieser Stelle! Der Rest der Geschichte ist schnell erzählt: Auf dem Königshügel sollte der Junge seinen beiden Gefährten begegnen, die von ihren Verwundungen vollständig genesen waren. Auch Reika sollte er wieder treffen. Bald wurden sie ein Paar, wie es nur wenige gibt. Fernd wurde ein unauffälliger Bürger der neu geschaffenen Stadt und verließ sie sein Leben lang nicht mehr.

Mit Hatib, dem König des neuen Araukarien, verband ihn zeitlebens die innige Freundschaft der Kindheit. Hatib regierte streng, aber mit Maß und Gerechtigkeit, und zwei Jahrzehnte nach dem unheilvollen Brand war Araukaria wieder eine blühende und lebendige Stadt.

Auch Bolgan schloss Frieden mit sich und kehrte in seine Heimat, das Hochhügelland, zurück. Dort verliert sich seine Spur, doch es ist zu vermuten, dass er in einem Dorf Aufnahme gefunden und geheiratet hat.

Ein Jahr haben die drei Gefährten die Lande durchstreift, von Nord nach Süd, von Ost nach West, und viel gesehen und erlebt. Ein Jahr lang waren sie aus dem Dunkel der Geschichte gehoben. Nun sinken sie wieder in dieses Dunkel zurück. Was bleibt? Eine schöne Erinnerung, aber vielleicht auch mehr. Denn ewig überdauert der Geist der Lande – und er ist in ihre Seele gepflanzt, wo ihn niemand entfernen kann.